Wolf Schmidt
Der röhrende Hirsch

SERIE PIPER
Band 2050

Zu diesem Buch

Die »Familie Hesselbach«, jene legendäre Familienserie aus der Urzeit des deutschen Fernsehens, trat erstmals 1949 als Hörspielfolge des Hessischen Rundfunks ans Licht der Öffentlichkeit. Die Texte dieser Hörspiele, die 1952/53 erstmals gedruckt wurden, werden hier nach über 40 Jahren wieder vorgelegt. Die unwiderstehliche Dynamik der familiären Katastrophen, in die die Hesselbachs unter offizieller Leitung des »Babbas«, eigentlich aber unter dem dramatischen Regiegeschick der »Mamma« immer wieder hineinschlittern, hat bis heute ihren einzigartigen Charme nicht verloren, weshalb auch die Fernsehserie zu den großen Dauerbrennern im Wiederholungsmenü der Dritten Fernsehprogramme gehört.

Wolf Schmidt, geboren 1913 in Friedberg/Hessen, gestorben 1977 am Bodensee. Autor, Schauspieler und Kabarettist.

Wolf Schmidt

Der röhrende Hirsch und andere Familie-Hesselbach-Geschichten

Mit 11 Zeichnungen von
Asta Ruth-Soffner

Piper
München Zürich

Die Originalausgabe erschien unter dem Titel
»Familie Hesselbach« im Brühlschen Verlag, Gießen

ISBN 3-492-12050-4
Juli 1995
© R. Piper GmbH & Co. KG, München 1995
Umschlag: Federico Luci,
unter Verwendung eines Szenenfotos
© Kurt Bethke, Kelkheim/Ts.
Foto Umschlagrückseite: Kurt Bethke, Kelkheim/Ts.
Satz: Brühlsche Universitätsdruckerei, Gießen
Druck und Bindung: Clausen & Bosse, Leck
Printed in Germany

INHALT

Liebe Leser!

Wenn Ihnen dieses Buch Vergnügen machen soll, — und das ist seine einzige Aufgabe —, dann lesen Sie es bitte nicht in einem Rutsch. Familie ist was sehr Schönes, aber zu viel Familie auf einmal legt sich einem leicht auf's Gemüt. So auch bei den Hesselbachs. Man muß sie portionsweise genießen.

Es war gar kein leichter Entschluß, diese Hörspiele als Buch herauszubringen. Sollte man sie so lassen, wie sie im Funkmanuskript standen, oder sollte man sie in Romanform umschreiben? Wir haben uns für das erstere entschieden, nicht nur aus Faulheit, sondern weil wir der Meinung waren, daß gerade der lebendige Dialog ihr eigentliches Wesen ausmacht.

Sie werden darauf kommen, daß dies noch andere Vorzüge hat. Man kann die Sachen so viel besser vorlesen und, noch schöner, sie mit verteilten Rollen lesen. Das war in früheren Jahrzehnten eine sehr beliebte Familienunterhaltung, die ganz aus der Mode gekommen ist. Aber probieren Sie es mal, es wird Ihnen überraschend viel Spaß machen. Gelegenheit ist überall dazu da: am Familientisch, in der Straßenbahn (aussteigen nicht vergessen!), im Büro (damit es schneller fünf Uhr wird), in der französischen Stunde (nur in den hinteren Bänken möglich). Wenn Sie es besonders kunstgerecht machen wollen, starren Sie nicht alle ins gleiche Buch, sondern erstehen sich für jedes Familienmitglied ein eigenes Exemplar (der Verlag wird dies aus Absatzgründen hundertprozentig begrüßen, der Autor, seinem Anteil entsprechend, zehnprozentig).

Da liegt nun noch ein wunder Punkt. Hesselbachs sprechen hessisch. In Hessen gibt es wohl etwa eine Million Fachleute für die hessische Sprache. Auch Sie gehören vielleicht dazu. Wenn diese Million das Buch gelesen haben wird (nicht auszudenken, eine Million Auflage!), dann werden nicht wenige Dialektexperten feststellen, daß der Text überhaupt kein Hessisch sei. Und sie werden sich darüber in die Haare geraten, ob man für „nicht" auf hessisch nun eigentlich „net" sagt oder „nit" oder „nej" oder „naut". Und ob es „zwei" oder „zwaa" oder „zwi" oder „zwo(a)" heißt. Und daß man den unvergleichlichen hessischen Nasallaut in „Bein" nicht „Bei", sondern „Bei(n)" schreiben müsse oder womöglich streng phonetisch „Ba(n)j" ...

Armer Leser! Es gibt überhaupt kein Hessisch. Es gibt im hessischen Sprachgebiet 485½ Sorten Dialekte, die alle Hessisch sind, und doch alle verschieden. Sich beispielsweise für das Hessisch von Ockstadt an der Seebach zu entscheiden, hieße den gesamten Vogelsberg beleidigen, von Frankfurt mit dem gepflegten Main-Akzent oder Dammstadt mit den schönen, klagenden „eee"-Lauten ganz zu schweigen. Und wie sollte man die Sprache des Goldenen Meenz mit dem Fulda-Platt der Kasseläner unter einen Hut bringen? Aber wenn man trotzdem den Mut aufbrächte, lautlich genau schreiben zu wollen ... das gäbe ein Schriftbild, das man eher für altarabisch als jung-hessisch hielte, und bei dem Ihnen schon nach den ersten zehn Zeilen die Lust am Weiterlesen vergangen wäre. Zum Beispiel die hessische Nationalhymne:

Seijs'de nä(j) dej Soij i(r)m Goa(a)re
seijs'de wä(j)se woi(j)le?

Nein, das wollen wir Ihnen nicht antun. Das Hessisch, das Sie im Rundfunk gehört haben, und noch mehr das in diesem Buche, kann und soll nur ein Kompromiß-Hessisch sein, aus dem jeder das Hessische heraushören kann, das ihm wohl-vertraut im Ohr liegt.

Und noch eins darf Sie nicht wundern. Wenn nämlich Vater Hesselbach einmal „aber" und ein andermal „awwer" sagt. Und wenn Mutter manchmal „kemmt", „kimmt" und dann auch wieder schön hochdeutsch „kommt" sagt. Das sind Finessen, die Sie an Ihrer eigenen Umgangssprache leicht be-obachten können, die zu erklären aber eine ganze Abhandlung erforderte. Wenn ihr's nicht fühlt, ihr werdet's nicht erjagen... Darum mache ich also lieber vorneweg einen Kotau vor den Sprachwissenschaftlern und bekenne mich in allen Dialekt-punkten mangelnder Genauigkeit schuldig. Dafür aber hoffe ich, daß dieses ungenaue Buch genau den richtigen Mittelton für alle Rundfunk-Freunde der Familie Hesselbach trifft und Ihnen, lieber Leser, zu ein paar fröhlichen Stunden verhilft.

Herzlichst! Ihr
Wolf Schmidt

Die Kündigung

(Das Telephon klingelt. Mutter hebt ab)

Mutter: Ja, hier is Frau Hesselbach!... *(mit unterdrücktem Schluchzen)* Nein, mein Mann is immer noch net da... Nein, nix gehört und nix gesehe von em... Ach, un ich hab so gehofft, deß er inzwische doch wieder zurück ins Geschäft komme wär... Ach, ich kann des garnet begreife, deß er so fortgelaufe sein soll! Un deß er soo ebbes gesagt hawwe soll! Ich bin ja so unruhig! Wann bloß nix bassiert is... Nein, nein, Sie brauche net als anzutelephoniern. Wann er kommt, ruf ich Ihne sofort an... Was?... Sein Chef is persönlich auf'm Weg hierher? Allmächtiger Himmel... Warum dann des? *(flehend)* Ei, sage Se mer doch bloß, was des zu bedeute hat?... Sie wisse's auch net? Ei, was soll ich em dann bloß sage, dem Herr Chef – ei, ich dapp ja selwer im Dunkele...

(Es klingelt an der Korridortür)

Da, jetz is er schon da, de Herr Chef. Ich – ich – ich muß em aufmache. Entschuldige Se. *(Hängt ein. Klingeln)* Ums Himmelswille, was macht der Mann für Sache!! Er hat was angestellt. Des fühl ich. Was sag ich bloß dem Chef? Wann ich em was Verkehrtes sag, dann reiß ich de Kall womöglich noch mehr enei.

(öffnet die Korridortür)

Chef: Guten Tag. Frau Hesselbach?

Mutter: Welche Ehre, Herr Direktor! Ich bin ja soo erfreut, deß ich Ihne auch emal kennelern. Bitte komme Se doch näher. Wolle Se net Platz nemme?

Chef: Nein, danke. Ist Ihr Mann zuhause?

Mutter: Ach, wo denke Se dann hin! Mitte in der Geschäftszeit! Mein Mann is doch die Gewissenhaftigkeit selber.

Chef: Hat Sie mein Geschäft noch net antelephoniert?

Mutter: Doch, ja — das heißt, direkt antelephoniert — ja natürlich, doch, die hawwe antelephoniert...

Chef: Die haben Auftrag, alle 10 Minuten hier anzurufen. Ich brauche Ihren Mann nämlich ganz dringend.

Mutter: Un grad da is er fort! Also des sieht em ähnlich, also sowas von Dusselig... ich mein, sowas von eme unglückliche Zufall...

Chef: Und Sie haben keine Ahnung, wo er sein könnte?

Mutter: Kei Ahnung, Herr Direktor, mit mir redt er doch nie üwwer geschäftliche Dinge. Och, der Mann is ja so korrekt, wisse Se.

Chef: Wann er was vorgehabt hätte, nicht wahr, da hätte er mir's doch zummindeste sagen können.

Mutter: Natürlich. Er kann doch net einfach fortlaufe! Awwer der hat nix vorgehabt, Herr Direktor. Des müßt ich wisse. Mein Mann sagt mer doch alles. Ach, mein Mann hat kei Geheimnisse vor mir.

Chef: Ich mein, selbst wenn einer krank ist, muß man doch wenigstens Bescheid gesagt kriegen. Un kranke Angestellte, wissen Sie...

Mutter: Ooch, mein Mann is net krank! Der war noch nie krank! Sowas Kerngesundes! Wann all Ihrne Angestellte so gesund wärn...

Chef: Ich wollte sagen, kranke Angestellte sollen in meinem Betrieb nicht aus falschem Pflichtgefühl arbeiten, und noch kränker werden. Die sollen sich auskuriern...

Mutter: Des is es! Er wird sich e bissi auskuriern! Er wird gleich zum Arzt gange sein, damit's net schlimmer wird. Im Intresse vom Geschäft!

Chef: Wieso, ich denke, er ist nicht krank?

Mutter: E — ja — krank net, awwer kränklich. Wenn der Mann net soviel Pflichtgefühl hätt, wär er heut garnet in' Dienst komme. So schwach wie der sich schon die ganze Tage fühlt...

Chef: No, also „schwach"? Gestern hab' ich ihn gesehen, wie er in unserer Kantine sechs Teller Erbsensuppe verkonsumiert hat...

Mutter: Dadevo kommts ja, die sin em net bekomme! An sich is er gesund, awwer seit dere Erbsesupp kränkelt er! Och, Herr Direktor, mache Se sich kei Sorge! Mein Mann wird die Arbeit nachhole, die er heut im Geschäft versäumt hat. Dadefür werd ich sorge, Herr Direktor...!

Chef: Ach dadrum handelt sich's ja garnicht, Frau Hesselbach. Ich brauche Ihrn Mann jetzt. Ganz dringend! Ich muß mit ihm zum Gericht.

Mutter: *(totenbleich)* Zum Ge...

Chef: Ja, zum Gericht. Und zwar sofort. Erst zur Polizei und dann zum Gericht...

Mutter: Awwer... des kann doch... nur e Mißverständnis sei...

Chef: Wieso?

Mutter: Ja — natürlich! Mein Mann hat ebbes von eme Mißverständnis gesagt!

Chef: Wieso, der weiß doch noch garnichts davon, daß ich mit ihm dahin will.

Mutter: Ach so? Dann — dann is des Mißverständnis mit dem Mißverständnis e Mißverständnis... Wolle Se net Platz nemme, Herr Direktor? Ich mach Ihne en Kaffee, ich kann Ihne auch e Omlett mache, mer könnt sich vielleicht doch debei noch ausspreche üwwer die Sach.

Chef: Was für e Sach?

Mutter: Ei ja no, die wo wesweje dere Sie mit meim Mann vor Gericht...

Chef: Ach, da ist nichts mehr zu besprechen, da ist alles vollkommen klar für mich. Aber Ihren Mann muß ich noch erwischen. Oh, schon bald elf. Ich muß weg. Also, wann er kommt, Ihr Mann, soll er unverzüglich...

Mutter: *(fast weinend)* Unverzüglich, Herr Direktor, unverzüglich, da könne Se sich auf mich verlasse... auf Wiedersehn, Herr Direktor, sehr erfreut, Sie kennezulerne... *(Sie komplimentiert ihn hinaus. — Das Telephon klingelt)* Schon widder Telephon! *(Hebt ab)* Hier is Frau Hesselbach. Nein, er is immer noch net da. Nein. Wiedersehn. *(Hängt ab. Elektrisiert)* Ewe geht die Korridortür! Kall, bist du's? *(enttäuscht)* Ach, du bist's bloß, Willi.

Willi: *(tritt ein)* Ja, bloß ich. *(plötzlich)* Was is dann los mit dir, Mamma, du bist ja käsweiß un hast — Träne in de Auge...?

Mutter: *(umarmt ihn weinend)* Ach, Williche, der Babba — der Babba...

Willi: Was dann, der Babba? Is er krank?

Mutter: Fort!

Willi: Will er sich scheide lasse? Hat er e anner?

Mutter: Ach was! Unsinn! Fort, aus em Geschäft!

Willi: Enausgeschmisse?

Mutter: Ach, vielleicht noch viel schlimmer.

Willi: Is er mit der Kass durchgange?

Mutter: Ach! Ich weiß es net. Ich weiß garnix mehr. Seit zwei Stunde telephoniern die aus em Geschäft als an wie verrückt. Un der Chef vom Babba war ewe sogar persönlich da. Er müßt mit em Babba aufs Gericht! Un vorher auf die Polizei!

Willi: Un der Babba?

Mutter: Is verschwunde. Fortgange aus em Geschäft. Mitte in der Geschäftszeit. Das is in zwanzig Jahr noch net vorkomme.

Willi: Hat er vielleicht Krach kriegt?

Mutter: Nein, nix! Er soll bloß zu dem Lohnbuchhalter gesagt hawwe: „Mich sehn Sie hier nie wieder. Nie!" Un is fortgange. Mitte in der Geschäftszeit! Mit eme toternste Gesicht! Der Babba! Ohne seim Chef was zu sage! Einfach fort. Un seitdem is er verschwunde!

Willi: Vielleicht hat er im Toto gewonne un holts Geld?

Mutter: Ach was. Un außerdem: der Babba, der könnt e Million gewinne, der tät des Geschäft noch net um eine Minut von der Arbeitszeit betrüge.

Willi: Ja, bei ere Million vielleicht... aber bei 10000 Mark?

Mutter: Aaach, ich fühl des, Willi, es is ebbes Schlimmes, ich hab so e furchtbar Angst, deß...

Willi: Deß er womöglich ere Millionärin in die Finger gerate is, wo ihn uns ewegheirate will?

Mutter: Ach, verrückt! Nein, daß er sich ebbes angetan hat! *(weint)*

Willi: *(erschüttert)* Allmächtiger, der Babba *(sein technisches Interesse bricht schüchtern durch)* Wie meinste dann, deß er's angefange hat? Uffgehängt oder ins Wasser...?

Mutter: *(heult)* Ach, Willi, wie kannste nur so ebbes sage *(es klingelt stark an der Korridortür)* Des is die Annelies, mach ihr emal auf.

Willi: Die Annelies? Wieso is dann die net im Geschäft?

Mutter: Ei, ich hab se doch heimrufe lasse... Ich — ich will doch mei Kinner bei mer hawwe, wann se... ihn bringe... *(es klingelt stark. Willi öffnet, Anneliese stürzt herein)*

Anneliese: Mamma! Ums Himmelswille, was is dann bassiert? Is was mit em Babba? So sag doch was!!

Mutter: Der Babba — der Babba... *(weint)*

Anneliese: Ich habs geahnt! Tot!??

Willi: Ach, garnix haste geahnt. Un mir ahne auch nix. Der Babba is aus'm Geschäft fort un mer weiß net, wo er is. Des is alles. Komm, Mamma, beruhig dich emal. Komm, setz dich.

Mutter: Ach, ich kann mich net setze...

Willi: *(mit sanfter Gewalt)* Komm, komm, Mamma. Jetzt muß i c h die Sach emal in die Hand nemme. Als derzeit ältester Mann in de Familie...

Anneliese: *(aufschreiend)* Horcht emal! Ewe schließt eins die Korridortür auf!

Mutter u. Anneliese: *(stürzen auf den eintretenden Vater zu und umarmen ihn weinend)* Babba!!

Willi: *(resigniert, aber doch sehr erleichtert)* Da, jetzt bin ich schon widder der jüngste.

Vater: *(sehr erstaunt, ernst)* Ja, Kinner? Was is dann los? Was habt ihr dann?

Mutter: Ach Kall, daß de nur da bist! Was auch geschehe is...

Vater: Willi, kannst du mir erklärn, was hier eigentlich los is?

Willi: Ja, Babba *(verlegen)* Mir hawwe halt geglaubt, du wärst — im Wasser...

Vater: Ich? Bei dere Kält? Warum dann des?

Mutter: Weil se als aus em Geschäft angerufe hawwe, du wärst fort.

Willi: Und se wüßte net, wohin...

Mutter: Un dein Chef war sogar vorhin sogar selber hier!

Vater: Der Chef? Hier? So. Aha!! No ja. Ich kann mir schon denke. Awwer das macht nix. Des macht mir garnix.

Mutter: Was is dann bloß vorgefalle, Kall? Haste ebbes — ebbes Unrechtes getan?

Vater: *(mit schneidendem Hohn)* Ich? Haha!... *(dumpf)* Dadezu solltest de mich doch eigentlich kenne, Mamma. 20 Jahr bin ich dem Geschäft treu gebliwwe. 20 Jahr hab ich mei Arbeit sauber un anständig gemacht. Wie mer des von einem Karl Hesselbach erwarte kann. Ich hab mir nix vorzuwerfe. Ich net!! *(Telephon klingelt)*

Mutter: Ach, da bimmele se von deim Geschäft schon wieder an. Jetzt müsse mer gleich Bescheid sage, daß du da bist —

Vater: Halt!! Keiner geht ans Telephon!! *(Telephon klingelt)*

Anneliese: Aber Babba!

Willi: Mir solle doch sofort antelephoniern!

Mutter: Dein Chef hat doch selber gesagt, er muß dich...

Vater: Er muß mich net. Aber er kann mich. Der Hörer wird nicht abgehowe! *(Klingeln)*

Willi: Aber mir solle doch...

Vater: Was ihr sollt, bestimm ich. Net de Chef. Hier bin ich der Chef. Netwahr! *(Klingeln. Schweigen)*

Mutter: Aber Kall...

Vater: Die wern schon aufhörn zu klingele. Die wern uns nicht mehr belästige.

Mutter: *(massiv)* Ja, Kall, willste mir net endlich emal verrate, was eigentlich bassiert is.

Vater: Das will ich. Denn wisse — müßt ihr des. Setzt euch.

Anneliese: *(angstvoll)* Großer Gott.

Vater: *(rauh)* Ich bin seit 20 Jahrn in dem Geschäft. 20 Jahr hab ich mei Arbeit sauber und anständig gemacht...

Mutter: *(ungeduldig)* Des wisse mer ja, Kall!

Vater: Und die wisse's auch. Der Chef weiß es. All wisse se's. Sei recht Hand bin ich gewese. Un wie ich erster Buchhalter worn bin, da hat des de Chef auch in seiner Ansprach deutlich gesagt. Un jetzt...

Willi: Hat er dich enausgeschmisse!?

Vater: *(verächtlich)* Enausgeschmisse! Dein Vadder?! Blöd. Jetzt hat der Chef dem Personal gestern sein Neffe vorgestellt. Er wird der spätere Inhawer un soll sich einarbeite. Gut. Da is nix dran zu ännern. Des is em Chef sei Sach. Awwer er hat auch gesagt, er is der Chef un bleibts auch vorläufig. Un alles bleibt beim alte. Gut. Wenig später erfahr ich, daß der junge Mann sich als Prokurist bezeichnet. Prokurist! Wo mir nie ein Prokurist im Geschäft hatte. No bitte, des is auch em Chef sei Sach. Awwer mir so en junge Schnösel als Vorgesetzte vor die Nas zu setze, des is net schee von em.

Mutter: Deswege warste gestern abend schon so komisch, Kall. Das fällt mir jetzt erst ein. Aber deswege kannste doch net so einfach aus em Geschäft fortlaufe...

Vater: Abwarte! Heut morgen komm ich in mei Büro. Ihr kennt mei Büro. Über zehn Jahr bin ich da schon drin. Bescheiden möbliert, aber alles drin, was sich für en leitende Mitarbeiter vom Chef gehört. E schön groß Fenster nach Süden. De ganze Tag Sonn. Also ich komm heut morgen enei. Was seh ich? Mein Schreibtisch is verschwunde. En annerer steht da. Alle Möbel sin umgestellt. En neuer Teppich liegt da, und Vorhäng wern grad angemacht. Ich sag zu unserm Hausdiener: „Was fällt Ihne ein, hier in meim Zimmer herumzuwirtschafte?“ Da sagt mir doch der Hausdiener: „Des is nemmehr Ihne Ihr Zimmer, Herr Hesselbach. Des is des Zimmer vom Herr Prokurist. Der hat Sie umquartiert newe die Lohnbuchhaltung.“

Anneliese: Also sowas.

Mutter: Ohne dir ebbes devon zu sage?

Vater: Es kommt noch besser. Ich trau meine Auge un Ohrn net. Awwer ich konnt mer nadierlich vor dem Mann kei Blöße gewe un hab nur gesagt: „So.“ Un bin enüwwer in die Lohnbuchhaltung. Aber wie der spöttisch hinter mer hergeguckt hat, des hab ich direkt am Buckel kratze gespürt. Un in de Lohnbuchhaltung hab ich gleich gesehn, daß da die Tür zu so eme kleine scheppe Kämmerche aufgestande hat, wo mer als alte Akte drin aufgestapelt hatte. Un die warn fort, un drin stand — mein Schreibtisch. Un sonst nix.

Anneliese: Also sowas!

Willi: Kein Stuhl auch net? Meine die, du wollst Klimmzüg an der Tischplatt mache?

Mutter: Also, Kall, des is ja eine Unverschämtheit!

Vater: Un des Kämmerche müßt ihr sehn! Nach Norden! Auf en Hinnerhof! Mit eme Milchglasfenster! Un kei Stück Mobiliar außer eme Nagel an de Tür. Net emal en Schrank, um mein Mantel eneizuhänge! Wo ich seit sieb-zehnehalb Jahrn mein Mantel in dere Firma immer in en Schrank gehängt hab!

Anneliese: Ja, Babba, brauchste dir dann des gefalle zu lasse?

Mutter: No, also ich hätt da awwer auf de Tisch geschlage.

Willi : Ich hätt dem Olwel en Kinnhake gewwe, deß er durch sei Milchglasfenster uff sein nördliche Hinnerhof gefloge wär.

Vater : (würdevoll) Garnix. Garnix. Mit der mir eigene kühle Üwwerlegenheit haww ich die Situation gemustert. Dann bin ich wieder zurück in die Lohnbuchhaltung. Der Lohnbuchhalter hat noch gesagt: „Herr Hesselbach, Sie gehn wohl noch emal fort, ich hätt Sie noch verschiedenes zu frage." Dadrauf hab ich bloß gesagt: „Mich sehn Sie hier nie wieder. Nie." Un hab mich erumgedreht un bin fortgange.

Die Kinder : Da haste awwer recht gehabt, Babba! *(Telephon)*

Mutter : Wenn du dadurch bloß kei Unannehmlichkeite kriegst, Kall. Zum mindeste wolle mer'n doch jetzt gleich sage, daß du da bist, am Telephon. *(Klingeln)*

Vater : Nix wird gesagt! Das Telephon wird net abgehowe. Keiner unnersteh sich! *(Klingeln)* Das Telephon is auf Koste von dere Firma gelegt worde. Soll die's auch widder ewegmache lasse.

Mutter : Ja, was dann, Kall, was hast du dann vor?

Vater : Was ich vorhab, des hab ich mir ewe auf eme zweistündige Spaziergang durch die Anlage reiflich überlegt: Ich kündige!

Die andern : Babba!

Vater : Ja, ich kündige! Wann die glauwe, se hätte en Simpel vor sich, da sin se bei mir an de richtige komme. Ein Karl Hesselbach läßt sich so ebbes net biete.

Kinder : Bravo!

Mutter : Ja biste dann von alle gute Götter verlasse, Kall? Kündige!?

Vater : Nach so einem Affront!?

Mutter : Nach was für'm Aff?

Vater : Affront!

Mutter: Ach, is ja auch wurscht. Der Aff bist du, wenn du kündigst! So e schön un sicher Stellung aufgebe wege garnix!

Vater : (tief beleidigt) Wege garnix!!?? Ja, biste dann blind, Marieche? Mir mein Zimmer eweg nemme! Mich in des Loch stoppe! Mich — den verantwortungsvollste Mann in de Firma — so zu beleidige! Da gibt's nur eins — kündige!

Kinder : Bravo!

Mutter : So? Un darf mer frage, ob du scho e anner Stellung hast?

Vater: Das natürlich net.

Mutter: So? Un ob du morge widder eine kriegst?

Vater: Des is mir im Augenblick wurschtegal.

Mutter: So? Wurschtegal is des dir? Aber mir net. Biste dir eigentlich klar, daß du e Familie hast? Un Verpflichtunge? Der Annelies ihr Aussteuer is noch lang net beisamme. Der Willi is in Berufsausbildung. Ich hab mit em Herz zu tun. Un du willst den gute Poste aufgewe — bloß weil die deinen Schreibtisch verrückt hawwe.

Vater: *(hitzig)* Marieche, des is e Angelegenheit der Ehre. Wenn die Ehre verletzt is, müsse die materielle Erwägunge zurücktrete.

Mutter: Wann dein Schreibtisch verrückt wird, brauchst du noch lang net auch verrückt zu wern!

Vater: Mein Prestige...

Mutter: Ach, dein Brettstieche oder wie das Brett heißt! Das Brett haste vor deim Kopp! Wieso soll deine Familie not-leide wege so eme dumme, junge Schnösel von Prokurist?!!

Vater: *(schreit)* Weil er mich beleidigt hat!

Mutter: Ach, wieso dann! Wann dieser Herr Prokurist ist, da hat er auch das Recht zu bestimme, wo die Schreib-tische stehn solle. Und du bist kein Prokurist, un deswege haste dich zu füge. Ich seh net ein, wieso dich der Herr beleidigt hawwe soll.

Vater: Soll ich vor dem Kerl zu Kreuz krieche?

Mutter: Ob krieche odder krawwele odder hippe — du sollst vor alle Dinge deine Familie net ins Unglück stürze.

Anneliese: Auf mich brauchst du kei Rücksicht zu nemme, Babba. Ich hab meine Stellung un kann mich selbst erhalte.

Mutter: Du bist ruhig!

Willi: Also Babba, wege mir brauchste bestimmt net dem Kerl in de... ich mein, um de Bart zu gehn, wenn er ein hat. Wenn ich net weiter auf meine Maschinebauschul gehn kann, da geh ich halt auf de Bau, arbeite — des macht mir garnix aus.

Mutter: Ach, ihr seid ja alle drei verrückt.

Willi: Un der Schreibtisch is der vierte, gell.

Vater: *(ruhig)* Mamma! Jetzt wolle mer uns doch net über-werfe. Mir wolle die Sach in Ruh bespreche, net! Die Kinder hawwe meine Erwägunge besser verstande als du —

Kinder: Des kann sich doch de Babba net gefalle lasse, Mamma!

Mutter: Net? Darf ich emal frage, wer von euch dann die Wohnungsmiet bezahle will? Un kann? Un wer des Elektrische? Und's Gas? Un die ganze Haushaltskoste?

Vater: Schließlich hammer e bißche was Gespartes.

Mutter: Des Gesparte? Des wird net angegriffe! Des tät noch fehle!

Vater: Da möcht ich wisse, warum mir überhaupt was gespart hawwe?

Mutter: Für de Notfall!

Vater: Das ist ein Notfall!

Mutter: Ach wo! Das is en Fall von Dummheit! *(Telephon klingelt)* Da bimmelese schon wieder an. Jetzt will ich dir emal was sage: Jetzt geh ich ans Telephon un sag dene, du hast dich e bissi aufgeregt, un sie möchte dir des net übelnemme, und e Empfehlung an de Herr Prokurist, du tätst um Entschuldigung bitte, daß du fortgelaufe wärst... un heut mittag wärst du wieder im Dienst. *(Klingeln)* Ja, das mach ich auch!

Vater: *(bebend)* Marieche! Wann du das tust!... Ich sag dir's im Gute! Mir beide sind viele Jahre beisamme un hawwe immer e glücklich Eh geführt — soweit das mit dir überhaupt möglich is... awwer wann du des tust, is es aus!!! *(Klingeln)*

Mutter: Also, das is ja die Höh! Daß du mir des vor meine Kinner drohst...!

Anneliese: Mammache, tu's net, ich bitt dich!

Mutter: Du bist ganz ruhig!

Willi: Ei no, mer wird doch auch emal was sage dürfe. Mir un de Anneliese is es ja schließlich auch net gehoppt wie gesprunge, wem mir nachher zugesproche wern.

Anneliese: *(leise)* Also sowas! Mach doch den Quatsch net noch quätscher, du Dabbes. *(Klingeln)*

Mutter: *(etwas wankend)* Ich will dir nicht vorgreife, Kall. Aber ich erwarte von dir, daß du jetzt im Interesse der Familie, für die du verantwortlich bist, selber ans Telephon gehst un die Sach irjendwie wieder ins Reine bringst.

Vater: Ich geh nicht an's Telephon!

Mutter: Kall — du gehst!!

Willi: *(beruhigend)* Ei, hört ihr dann net, daß mer nix mehr hört. Die hawwe schon längst aufgehört mit ihrer Klingelei.

Mutter: *(ruhiger)* Kall, jetz laß doch emal vernünftig mit dir rede. Und in Ruh!

Vater: (*aufgebracht und gar nicht ruhig*) Das is es ja, was ich schon die ganz Zeit will. Aber ich werd ja net angehört.

Mutter: Annelies, mach emal dem Babba e bissi Tee, daß er sich beruhigt. Er is ja ganz aus em Häusche.

Vater: Ach, was brauch ich Tee? Ich bin kei klei Kind! Ich hab mir die Sach genau überlegt. Deswege bin ich ja zwei Stunde in de Anlage erumgelatscht, weil ich den Fall ebe ausreife lasse wollt. Es gibt ebe Grenze in dem, wo mer sich zumute lasse kann, net wahr! Wenn mein Chef odder meinswege auch der oosige Prokurist zu mir komme wär un hätt gesagt: „Herr Hesselbach, mir sin in einer Zwangslage. Schließlich müsse mer den Prokurist irjendwo hinsetze un wisse net, wohin" — da hätt mer sich natürlich über den Fall unnerhalte könne.

Anneliese: Gelle, dann hättst du ihm ohne weiteres e anderes Zimmer gegebe, Babba?

Vater: Des hätt ich ja net gekonnt. Es is ja weiter kein freies Zimmer da, außer dem Kämmerche newe de Lohnbuchhaltung. Aber man hätt über die Sache spreche müsse. Mer hätt mir die Sache vortrage müsse...

Mutter: So? Un wenn mer dir vorher gesagt hätt, daß ewe kei anner Möglichkeit besteht, da wärst du freiwillig in des Kämmerche umgezoge!?

Vater: Des is was ganz anderes.

Mutter: Ach? Un bloß, weil da irgend e Höflichkeitsformel ausgelasse worde is, weil irgend en Satz net gesagt worn is, der sowieso nix an der Sach geännert hätt —, deswege also willste du jetzt deine Familie ins Unglück stürze.

Vater: Wer redt dann von ins Unglück stürze?

Mutter: Is es vielleicht kei Unglück, Kall, wenn der Ernährer der Familie mit eim Schlag sein Einkomme verliert?

Vater: Ich werd schon widder e anneres kriehe.

Mutter: Ja, uff dich hawwe se all bloß gewart. Ach, ich seh uns schon stempele gehn, Kall. Un dein Kündigungsschutz und dein Pensionsanspruch — das is alles im Eimer! (*drängend*) Je mehr ich die Sach überleg, Kall — du mußt sofort telefoniern und dich entschuldige!... Womöglich stelle die sonst schon en andere ein, un mir hawwe's Nachsehn.

Vater: (*nachäffend*) En andere. Ich möcht wisse, wo se den hernemme wolle.

Mutter: Ersatz gibt's immer.

Vater : Ersatz für mich? In dieser Firma?! Da bin ich unersetz-
lich! 20 Jahr hab ich...

Mutter : Kall, ich bitt dich, ich fleh dich an... ah — ah — ich
glaub ich krieh mein Herzanfall...

Anneliese : Mammache, reg dich doch net auf!

Vater : Es tut mir leid, Marieche. Awwer dein üblicher
Herzanfall, wenn du was erreiche willst, ist in meine Erwägunge bereits einkalkuliert. Den kannste dir sparn für
e anner mal. Wenn ich ans Telephon gehe, um mit dieser
Firma zu telephoniern, dann nur, um ihr meine unwider-
rufliche und fristlose Kündigung auszuspreche. *(General-
pause. Das Telephon klingelt. Pause. Klingelt nochmals. Etwas
zögernd.)* Gut. Ich hab's gesagt. Un dadebei bleibt's.
Ihr sollt Zeuge sein, daß euern Vater ein Mensch ist, dem
wo seine Ehre höher steht als dreckiges Geld... *(Klingeln)*

Mutter : Kall, net! Geh net dran! Ich bitt dich! Geh net ans
Telephon!

Vater : Ich geh an's Telephon!

Mutter: Du gehst nicht an's Telephon!!

Vater: Eweg! Ich g e h dran! *(Klingeln)*

Mutter : *(atemlos)* Kall! Wann du des tust!... Ich sag dir's
im Gute. Mir beide sind viele Jahre beisamme un hawwe
immer e glücklich Eh geführt — soweit des mit dir überhaupt möglich is... awwer wenn du das tust, is es aus — !

Vater : *(kreidebleich)* Also das is das Letzte! Daß man von
einer Firma, der mer treu gedient hat, 20 Jahr lang, daß
mer von dere vor de Kopp gestoße und verrate wird...
gut, dadrauf muß mer immer gefaßt sein. Aber daß mer
von seiner eigene Lebensgefährtin, der mer jeden Wunsch
von de Auge abgelese hat, der mer zwei Kinder geborn
hat *(Anneliese und Willi lachen)*... ich wollt sage, der mer
also sozusage, deß mer also diesbezüglich — ich mein, in
jeder Hinsicht... jetzt weiß ich nemmehr, wie ich den
Satz angefange hab...

Willi : Ei no, die Hauptsach is, Babba, die Gefahr is für de
Augeblick wieder emal vorbei. Die hawwe ihr Bimmelei
schon widder aufgegewwe.

Mutter : Kall, vielleicht is alles bloß e Mißverständnis. Vielleicht wolle die sich entschuldige. Warum telephoniern sie
dann sonst als nach dir?

Vater : Mißverständnis! Hast du e Ahnung! Die solle sich
ruhig wund telephoniern. Warum die mich brauche wie's

liebe Brot? Weil heut Ultimo is. Und weil man da Entscheidunge am laufende Band von mir benötigt. Aber ich
treff sie net. Soll sie der neue Herr Prokurist treffe, des
Bübche. Da müsse Abschlüss unterschriebe wern, da sind
Wechsel zu prolongiern un Kündigunge auszuspreche...

Mutter: (lamentierend) Ja, ja, vielleicht wern se deine Kündigung grad ausspreche.

Vater: Die sprech ich selwer aus!

Anneliese: Awwer wo dein Chef doch selber hier war...

Vater: Das is mir Schnuppe wie Huste. Ich hab immer
Achtung vorm Chef gehabt. Bis heut. Jetzt hat er sich se
verscherzt. Un da kann er hunnertmal persönlich herkomme un uff de Knie vor mer erumrutsche. Ich werd ihm
die kalte Schulter zeige. Ich werd em mit einer schneidenden,
einer vernichtenden Reserviertheit entgegetrete. Oh, ihr
kennt mich net! Ich kann eiskalt sei. Unnahbar. „Mein
Herr", dät ich em sage, „Ihre Bemühunge sin überflüssig.
Meine Dispositione sind getroffe. Ihre Firma is für mich
ohne weiteres Interesse. Meine fristlose Kündigung geht
Ihne schriftlich zu. Und wollen Sie alles weitere gegebenen-
falls mit meinem Anwalt verhandeln."

Mutter: (schaudernd) Kall, ich kenn dich ja gar net so.

Vater: Ja, so kann ich sei. Eiskalt. Ins Gesicht tät ich's em
sage, meim Chef. Enausschmeiße tät ich en. *(Korridor-
klingel ertönt)*

Mutter: Das wird die Zeitung sein.

Willi: Ich guck nach. *(Ab)*

Vater: Un jetzt wünsche ich, daß in meiner Familie von jeder
weitere Diskussion abgesehn wird. Un wann irgend jemand
von der Firma komme sollt, un wann's der Chef selber is —
der wird enausgeschmisse. Unnachsichtlich enaus!

Willi: *(kommt zurück. Flüstert erregt)* Babba! Dein Chef is
drauße! *(Von hier ab sprechen alle flüsternd)*

Vater: Der Chef?

Mutter: Allmächtiger! Kall, dadevon hammer ja noch garnet
spreche könne. Er hat doch zu mir gesagt, er müßt dich
„erwische", damit er dich auf die Polizei un dann auf's
Gericht bringe könnt!

Vater: Was? Mich? Auf die Polizei? Un aufs Gericht? Ja,
warum haste mer dann des net vorher gesagt? Also soweit
treiwe se's...

Mutter: Haste auch nix gemacht, Kall?...

Willi : Babba, ich halt die Tür zu un dein Chef auf, bis du über de Balkon entflohe bist!...

Vater : Unsinn!

Chef : (tritt nach Anklopfen ein) Entschuldigen Sie, wenn ich einfach so reinkomme, aber ich möchte nicht, daß Sie sich Umstände machen. Na, endlich, Herr Hesselbach, erwisch ich Sie...

Vater : Ja, was, wieso, wie...?

Chef : Ich hab schon geglaubt, wir finden Sie überhaupt nicht mehr.

Vater : Ein Augeblick emal, bitte. Mutter, Kinder, laßt uns emal allein.

Chef : Aber warum denn? Keine Umstände wege mir! Bleibe Sie nur da. Sie müssen ja doch alles erfahren.

Vater : Wenn verleumderische Mensche vielleicht behauptet hawwe sollte...

Chef : Ach, wer wird Sie dann verleumden. Ich hab mich bloß geärgert, daß ich Sie den ganzen Morgen über nicht erwischt habe. Un deswegen hab ich dauernd bei Ihne antelephoniern lassen. Un dabei fällt mir im Moment ein, daß ich Ihnen vor 'n paar Tagen selber gesagt habe, Sie möchten heute zu dieser Versteigerung gehn. Na, da ist es ja jetzt natürlich klar, wo Sie warn. Aber, die Versteigerung wäre nicht so wichtig gewesen. Ich mußte Sie unbedingt vor zwölf Uhr noch haben. Heut ist doch Ultimo.

Vater : (auf alles gefaßt) Das weiß ich genau. Sehr genau.

Mutter : (für sich) Allmächtiger, der Kündigungstermin.

Chef : Un Sie wissen ja, das Gericht hat nur bis zwölf auf.

Vater : Ja, ich – e – ich – e

Chef : Herr Hesselbach, Sie haben lange genug bei mir den Buchhalter gespielt. Damit ist es aus.

Vater : (dumpf) Ja, aber ich – e – ich habe doch – nun wirklich...

Chef : Das ist endgültig, Herr Hesselbach. Da gibt's nichts. Sie wissen ja, daß mein Neffe jetzt da is. Und der ist ein unbeschriebenes Blatt. Allein kann der nicht wirtschafte, wenn ich jetzt für ein paar Monate weg bin. Und deswege habe ich Sie als gleichberechtigten zweiten Prokuristen vorgesehn. Und weil ich verreise will, müssen die Unterschriften bis zwölf beim Handelsgericht sein.

(Sensation)

Jetzt bin ich aber doch froh, daß ich Sie noch vor zwölf erwischt hab. Ich hab schon alle Formalitäten erledigt, auch bei de Polizei. Sie brauche gar nicht mehr mit. Nur Ihre Unterschrift brauch ich. Es ist zehn vor zwölf, also ich schaffs noch. Kommen Sie, unnerschreibe Sie schnell, hier haben Sie meinen Füllhalter...

Vater : Ja – ich – äh... eigentlich hatte ich ja...

Mutter : *(leise)* Kall, sofort unnerschreibste!

Chef : Ich hoffe, Sie haben nichts gegen die größere Verantwortung, die ich Ihnen aufbürden muß. Aber praktisch haben Sie doch schon immer den Lade geschmisse.

Vater : Ja, ich – äh... wo is die Stell – hier? *(Er unterschreibt)*

Chef : Sooooo..... Ja, über die Gehaltsfrage werden wir uns schon einig. Praktisch tragen Sie ja die Gesamtverantwortung, weil mein Neffe nur mit Ihrer Gegenzeichnung etwas unternehmen kann. Na also, das werde ich natürlich berücksichtigen. Also, entschuldige Sie meine Hast – auf Wiedersehn, allerseits... ach so ja, natürlich, ich hatte doch noch was. Was war denn das nur gleich? Richtig, die Zimmerfrage. Das ist allerdings ein heikler Punkt.

Vater : Das is allerdings tatsächlich...

Mutter : *(leise)* Kall! Du wirst dich doch net unterstehn, auch nur ein Wort...

Chef : Wissen Sie, Herr Hesselbach, wenn's Ihnen nichts ausmacht – ich bin ja sowieso für Monate nicht im Geschäft – Setzen Sie sich in mein Kontor. Praktisch sind Sie allein. Und wenn ich da bin, vertragen wir uns schon. Wissen Sie, ich möchte nicht, daß mein Neffe in meinem Kontor sitzt, das sieht mir zu sehr nach Chef aus. Bloß, mein Kontor soll erst noch mal renoviert werden. Bis dahin könnten Sie vielleicht provisorisch in dem Kämmerchen neben der Lohnbuchhaltung – wann's Ihnen nichts ausmacht... oder?...

Vater : *(mit Würde)* Die Raumfrage, netwahr, hat für mich, netwahr – selbstverständlich – überhaupt keinerlei Bedeutung, netwahr. Ich tue meine Pflicht für die Firma dort, wo ich hingesetzt werde, netwahr – ob Kontor oder Kämmerche... für mich gilt nur die Arbeit und nicht der äußere Schein, netwahr...

Chef : Na sehen Sie! Echt Hesselbach! Was anderes hätte ich auch nie von Ihnen erwartet. Ich bin doch Menschenkenner. Hähä. Also dann — auf Wiedersehn allerseits und entschuldigen Sie die Störung — — *(ab. Alle brechen in befreites Lachen aus)*

Mutter: Un du hast fristlos kündige wolle, alter Dickkopp!

Willi: (frech) Warum haste dann dein Chef net enausgeschmisse, Babba, wie de uns versproche hast? Ich hatt' mich scho so drauf gefreut...

Vater: (verlegen) Also, ich — netwahr, ich habe nur erklärt, daß ich in dieser Sache völlig konsequent, netwahr... aber jetzt, wo die Firma nur mit meiner Gegenzeichnung — ich meine wo die Firma mir gegenüber klein beigegewwe hat...

Mutter u. Willi: (lachend) Ach, ach, ach! Wer hat hier klein beigegewwe, Herr Prokurist?!

Anneliese: Jetzt verderbt doch em Babba net die Freud über sein neue Titel. Allmächtiger! Jetzt fällt mir ja erst ein, die Mamma hat mich doch aus'm Geschäft hole lasse. Die denke jetzt, bei uns wär eins gestorwe oder mindestens schwer krank...

Willi: Soll ich mich wege dir womöglich noch überfahrn lasse?

Anneliese: Aber was soll ich dene jetzt bloß sage?

Vater: Dadefür übernehme ich die volle Verantwortung. Nemm emal en Zettel, Annelies, un stenographier. An die... dei Firma, netwahr — „Ich habe es — für unumgänglich gehalten, meine Tochter Anneliese heute wegen einer Familienangelegenheit von weittragender Bedeutung nach Hause rufen zu lassen. Und bitte ich diesen Ausnahmefall entschuldigen zu wollen."

Anneliese: (ängstlich) Also, Babba, ich weiß aber net, ob des hinhaut.

Vater: Net hinhaut? Zwei Zeile Abstand! Unterschrift: Karl Hesselbach, Prokurist.

Alle: Das haut hin!

FEUER!

Mutter: Annelies, riech doch emal! Was is dann das bloß?
Mir is die ganz Zeit so, als ob irgendwo ebbes glimme tät.
Anneliese: Tatsächlich, Mamma! Riecht wie angebrannt.
Mutter: Ei, wo kann dann des herkomme? Ich hab doch
gar nix mer aufm Herd stehn außer de Kartoffel. Un die
koche noch net emal.
Vater: (kommt dazu) Also jetz hat mer zwei ausgewachsene
Weiblichkeite im Haus — die eine is die perfekte Über-
hausfrau un die anner will demnächst eine wern ... un die
hawwe de ganze Tag nix andersder zu tun als achtzubasse,
daß nix anbrennt ... awwer nei, es brennt ihne doch was an.
Mutter: Nix is angebrannt.
Vater: Ei, haste denn kei Nas am Kopp? Das riecht mer doch
mit dem dickste Schnuppe, daß des schon net mehr riecht.
Des stinkt!
Mutter: Das rieche mir ja auch. Awwer von unserer Kocherei
is das net. Ich hab ja außer meine Kartoffel nix aufm Herd.
Vater: Haste vielleicht was im Herd? E Roßhaarmatratz oder
e Gummischürz? Das is ja kaum noch auszuhalte.

Willi: (stürzt herein) Babba! Mamma! Bei Bickelbergs brennt's!

Die anderen: Bei Bickelbergs?!

Willi: Ei habt ihr dann kei Nase? Des stinkt doch bald mehr als wie wann sich die Annelies parfümiert hat, wenn se mit ihrm Hasi ausgeht.

Anneliese: (entrüstet) Also sowas!

Willi: Das ganze Treppehaus is schon voll Qualm. Un der kommt aus Bickelbergs ihrer Wohnung.

Mutter: Allmächtiger! Sind die am End net daheim?

Vater: Natürlich sin die net daheim, sonst täte se ja lösche.

Mutter: Ei, dann brennts womöglich in dene ihrer zugeschlossene Wohnung, un der Brand greift über aufs ganze Haus, und mir verliern noch des bissi, was mer noch hawwe! Des wär ja entsetzlich. Womöglich komme mer gar net mehr durch, durch die Flamme un müsse elend verbrenne, und ...

Vater: Vorläufig sin mehr noch lebendig, jetz machs emal net zu dramatisch, Mamma! Weil's irgendwo e bissi stinkt, siehst du uns schon all bei unserer eigene Beerdigung. Erst emal die Sach nachprüfe, net wahr!

Mutter: Nachprüfe, nachprüfe! E Feuersbrunst wart grad drauf, bis du se nachgeprüft hast!

Vater: Gleich Brunst! Ich merk nix von Brunst!

Mutter: (geringschätzig) Ja, du ...

Willi: (an der Korridortür) Hier, bitte! Der Qualm kommt von Bickelbergs. Ich schell emal. *(Klingelt, wartet)* Die sin net daheim.

Mutter: Allmächtiger, vielleicht sin se auch schon erstickt.

Vater: Unsinn, da müßte die doch vorher was geroche hawwe.

Willi: (schellt) Also wann jetz keins aufmacht, muß was geschehn.

Mutter: Die Feuerwehr! Schnell die Feuerwehr antelephoniern!

Vater: So? Und wer bezahlt die Feuerwehr?

Anneliese: Die Feuerwehr? Muß die auch bezahlt wern?

Vater: Mei Kind, im Lebe muß alles bezahlt wern, des kannste der merke. Sogar des Sterbe. Un das is heut sogar e besonners teuer Vergnüge.

Willi: Ach, die Feuerwehr soll froh sein, wenn mir dene emal en schöne Brand verschaffe. Die tun ja doch sonst de ganze Tag nix.

Mutter: Bezahle müsse doch natürlich es Bickelbergs. Und der Hauswirt!

Vater: So? Un wenn das gar kein Brand is? Wann sich die Bickelbergs un der Hauswirt auf de Standpunkt stelle: wenn Hesselbachs die Feuerwehr alarmiern, dann is das dene ihr Privatvergnüge, dann solle die's auch bezahle — was dann? Die Feuerwehr hält sich an den, der sie geholt hat. Un wenn mir für e Wohnung, die uns gar nix angeht ...

Mutter: Nix angeht! Wenn uns es Dach überm Kopp verbrennt ...!

Willi: Ei, mir müsse den Hauswirt antelephoniern! Soll doch der die Feuerwehr komme lasse!

Anneliese: Ja! Schnell, Willi!

Mutter: Annelies! Komm! Sache zusammepacke! Vor allem die Bettwäsch un mei Notpfennigkass'! Un de Kanarienvogel! Ach Gott, un de Gummibaum müsse mer ja auch rette ... Un den gute Besen un ... ich weiß garnet, wo ich anfange soll ...

Vater: No was is, Willi, haste die Nummer?

Willi: Ei ja, awwer das Telephon is kaputt, scheint's. Mir müsse dene ihr Wohnung aufbreche!

Mutter: Aaaach! Un wenn uns dann die Flamme entgegeschlage! Ich hab heut nacht vom Feuer geträumt, ich hab geträumt, daß ...

Vater: Laß uns doch jetz mit deine Träum in Ruh ...!

Anneliese: Klar, mir müsse aufbreche!

Vater: Halt, halt, halt! Fremde Wohnunge aufbreche! Dazu sind mir nicht berechtigt!

Willi: Awwer wenn doch e Gefahr besteht, für's ganze Haus, Babba!

Vater: Dann müsse mir mindestens Zeuge hawwe. Ich brech net allein in fremde Wohnunge ein!

Willi: Ei, mer könne ja 's Müllers aus em zweite Stock hole. Annelies, lauf du enuff bei's Knolles *(eilt die Treppe hinunter)*

Anneliese: *(eilt die Treppe hinauf)*

Mutter: *(fieberhaft Sachen zusammenpackend)* Kall, du stehst auf meim Kleid!

Vater: Wie kommt dann auch dein Kleid da auf de Boden?

Mutter: Ei, weil ich's grad einpacke will. Schnell, geb mir emal den Kerzehalter!

Vater: Was willste dann mit dem Kerzehalter?

Mutter: Rette natürlich! Komm, Kall, steh doch net so erum, mir müsse die Sache in Sicherheit bringe!

Vater: Awwer doch net den Kerzehalter!

Mutter: Du machst mich wahnsinnig, Kall, halt dich doch net mit dem Kerzehalter auf!

Vater: Ich halt mich doch net mit dem Kerzehalter auf! Du hältst dich mit dem Kerzehalter auf!

Mutter: Weil's doch en echt silberner Armleuchter is. Den hat uns doch mei Schwester zu unserer Hochzeit geschenkt.

Vater: Un du glaubst der is echt Silber? Ho!

Mutter: Kall, also meine Schwester laß ich net beleidige. Der Armleuchter wird gerettet!

Vater: So is des immer. Alles andere geht drauf, awwer die Armleuchter, die wern gerettet! Laß ihn da, es gibt ere genug auf der Welt.

Willi: *(kommt atemlos zurück)* Unne is kein Mensch daheim, Babba!

Anneliese: *(kommt zurück)* Was, unne is keins daheim? Owwe auch net!

Willi: No, des is gut! No, jetz müsse mir aufbreche. Auch ohne Zeuge.

Vater: Nix ... nix wird aufgebroche! Du mußt ewe schnell rüber laufe zum Hauswirt!

Willi: „Rüber!" Der wohnt e halb Stund weit. Bis dahin kann mer vielleicht grad noch die Asch zusammekehrn von unserer Bud.

Mutter: Schnell, Annelies, geb mer emal die Backpulver eraus! Aach, un mein Wintermantel un die Handtücher!

Vater: *(angesteckt von ihrer Packwut)* Vor alle Dinge mei Diplom muß mit, Mamma!

Mutter: Diplom! So en Mumpitz! Das wern mir grad rette, da gibt's wichtigeres ...

Vater: *(brüllt)* Mein Diplom wird mitgenomme!

Mutter: So schrei doch net so, Kall, unternemm was!

Vater: Ich will ja grad was unternemme. Mein Diplom will ich unter de Arm nemme. Du läßt mich ja net!

Anneliese: Un des Aquarium! Mir könne doch die Fisch net verbrenne lasse!

Willi: *(hantierend an der Bickelberg'schen Tür)* Ausgerechnet e Sicherheitsschloß hawwe die dran. Des krieg ich net auf mit meim Dietrich. Annelies, geb mer emal des Beilche her!

Anneliese: Ei, hier liegt's ja doch nebe dir.

Vater: Ja, was dann, was dann? Ich hab noch nix genehmigt, daß aufgebroche wird. Mamma, du läßt ein awwer auch zu nix komme. Sei doch net so zappelig! Also was wollt ich sage? Ach so: mir müsse erst emal vor alle Dinge ...

Willi: (klopfend) Mir müsse erst emal vor alle Dinge des Feuer frage, ob's net noch e bissi warte will, bis mir uns die Sach reiflich überlegt hawwe.

Vater: Also meinetwege! Gut! Es liegt ein Notstand vor! Bei Gefahr für Leib oder Lebe is das Aufbreche von ere fremde Wohnung zu vertrete. Awwer mir müsse ein genaues Protokoll aufnehme! Un das wird von uns alle unterschriewe! Die Sach muß ihr Ordnung hawwe! Ich will auf keinen Fall ebbes Unkorrektes mache! Ich bin schließlich Prokurist einer bekannten Firma ...

Willi: (klopft heftig. Ächzend) Verdammt, geht des schwer auf ...

Anneliese: Wenn du so fest drauf haust, wird die Glastür gleich kaputt sei.

Willi: Die Glastür! Das is e gut Idee! Was soll ich mich mit dem blöde Schloß erumquäle. Da! *(Haut das Glas ein. Klirren)* Soo!!

Die anderen: Willi!!

Willi: (beruhigend) Is ja Gefahr für Leib oder Lebe, net wahr! Die Glasscheib kommt einfach im Babba sein Protokoll, und alles is in bester Butter. Gott sei Dank, jetz kann mer durchgreife un von inne aufmache. Sooo. *(Er öffnet die Tür)*

Vater: Halt, Willi! Net enei gehn! Erst emal rufe, net wahr ... Hallo! Haaaaallo! Herr Bickelberg! Sin Sie daheim oder net?

Anneliese: Womöglich sin se schon bewußtlos.

Willi: (trocken) Oder erstickt.

Mutter: Wie entsetzlich, ich trau mich net enei. Auf einmal komme eim da womöglich die Leiche entgege ...

Vater: Ruhig doch emal! Vom Feuer is überhaupt nix zu sehn, nur der Qualm. Hallo, halloooooo. *(Offiziell, sozusagen im Geist mitprotokollierend)* Da auf mehrmaliges Rufen keine Antwort erfolgt, betreten wir nunmehr die Wohnung, um den Brandherd zu ermitteln.

Willi: Des is kein Brandherd, Babba. Des is die elektrisch Kochplatt. Hier guck emal! Kartoffelbrei hawwe die in dem Dippe auf der Kochplatt stehn. Un der ist vollständig angebrannt. Pfui Deiwel, was en Gestank!

Vater: Wir stellen fest, daß der hervorgetretene Gestank und die respektive Rauchentwicklung auf angebrannte Kartoffeln zurückzuführen ist.

Anneliese: Also sowas!

Willi: Da steht en Eimer Wasser, da schmeiß ich des ganze Gelump eninn. Au, is des heiß ... *(Zischen, die Qualmentwicklung hört auf)*

Anneliese: (enttäuscht) Des war alles?

Mutter: Gott sei Dank, bin ich jetz froh.

Vater: Mamma, was drückste eigentlich als die leer Selterswasserflasch an dich?

Mutter: (verwirrt) Ich? Ach so ... ja, die hab ich rette wolle...
(Alle lachen)

Vater: Ich hab ja gleich gesagt, daß von einem Feuer keine Red sei konnt. Awwer die Mamma hat uns all verrückt gemacht.

Mutter: Ich? Du hast doch selber gerufe, es tät brenne, und hast dein Diplom rette wolle.

Vater: Ich hab doch kein Ton von „brenne" gesagt. Un wege meim Diplom ... des war rein theoretisch, net wahr. Ich hab nur sage wolle ... wenn etwas gerettet wird, net wahr, dann müsse natürlich erst emal die Urkunde gerettet wern. Des Diplom ist eine Urkunde. Ohne Bettücher kann der Mensch lebe. Awwer net ohne Urkunde. Ich war jedenfalls immer dagege, in diese Wohnung quasi einzubreche. Wie stehn mir jetz da? Des is mir awwer sehr, sehr peinlich. Wie solle mer das jetz dene Bickelbergs erklärn? Unangenehm is das. Zu dumm, daß es net wirklich gebrannt hat!

Willi: Soll ich vielleicht en kleine Brand anlege, Babba? *(Entrüstung)* Ich mein, die Bickelbergs könne uns doch auch so dankbar sein, daß mer ihne des Dippe noch gerett hawwe un des Elektrische abgestellt.

Mutter: (schreit auf) Unser Eimer!

Vater: Was is dann jetz schon wieder? Laß mich doch emal den Tatbestand feststelle ...

Mutter: Ach, du mit deine Tatbeständ! Hier is en anderer Tatbestand, den ich feststell: Hier, unser Eimer! Mein Eimer, der vorig Jahr im Treppehaus auf rätselhafte Weise verschwunde is un sich nie wieder gefunde hat! Da steht er! Unter dem Küchetisch von der Frau Bickelberg!

Vater: Komm, komm, komm, Mamma, was du dir wieder einbildest ... Vor alle Dinge, jetz erst emal eraus aus dieser fremde Wohnung statt anständige Leut zu beschuldige.

Mutter: Anständige Leut!? Die Bickelbergs? Das ist mein Eimer! Da kann ich jeden Eid drauf ablege. Annelies, guck doch hier, die zwei Lötstelle.

Anneliese: Tatsächlich, Mamma, das is unsern Eimer.

Willi: No, da sieht mer, wozu es doch gut is, sich ab un zu emal in erer Nachbarswohnung umzugucke. Dadraufhin wern mer gleich emal die Wohnung e bissi visitiern. Vielleicht find sich noch was von uns.

Vater: (empört) Willi!! Das is ja unglaublich! Läßt du die Schublad zu! Los, enaus!! Alles enaus!!

Mutter: Ich geh keinen Schritt von hier eweg, eh ich net die Frau Bickelberg wege dem Eimer zur Red gestellt hab.

Anneliese: Och, Mamma, du wirst dich doch wege so eme alte Eimer net mit de Nachbarn verfeinde.

Mutter: Unsere Nachbarschaft is im Eimer! Das laß ich mir net biete. Ich net.

Vater: Mamma, mir verlasse unverzüglich diese Wohnung und nehme das Protokoll auf! Wenn Bickelbergs jetz zurückkomme täte und täte uns hier in ihrer Wohnung vorfinde, was meinste, wie peinlich das wär ...

Frau Bickelberg: (ist mit ihrem Mann vor der Korridortür angelangt und schreit von weitem) Einbrecher! Hilfe! Einbrecher!!

Vater: Da! Da hammer's schon! Das sin se! Hallo, Frau Bickelberg, mir sin's!

Frau Bickelberg: Se sin noch drin, Ewald! Hilfe! Hilfe!!

Herr Bickelberg: Hilfe!! Einbrecher!!

Willi: (tritt zu ihnen hinaus) Nur kei Angst, Herr Bickelberg. Mir sin's. Es is kein Einbruch. Nur e Großfeuer.

Herr Bickelberg: Ach, Sie sin des, Willi? Un Sie auch, Herr Hesselbach?

Frau Bickelberg: Was, und die Frau Hesselbach und die Fräulein Annelies auch? Ei, was mache Sie dann in unserer Wohnung?!

Hesselbachs: (reden aufgeregt durcheinander) Die Sache war so ... ich hab ... mir hawwe nämlich ...

Frau Bickelberg: (dazwischen) Was soll dann das heiße? Ich versteh kei Wort.

Vater: (schreit) Ruhe! Zum Deiwel nochemal, Ruhe!

Frau Bickelberg: Wie komme Sie mir dann vor, Herr Hesselbach, daß Sie mich in meiner eigene Wohnung anbrülle!?

Vater: Ich hab Sie doch net angebrüllt, Frau Bickelberg,
ich hab meine Fa ...

Frau Bickelberg: Sie hawwe mich ja angebrüllt!

Herr Bickelberg: Natürlich hawwe Sie mei Frau angebrüllt!
Ich muß schon sage, Herr Hesselbach, des sin ebbes sonder-
bare Maniern, wo Sie da an de Tag lege! Erstens: Was mache
Sie in meiner Wohnung? Un zweitens: wie könne Sie sich
die Frechheit erlaube, meine Gemahlin derartig anzubrülle!

Vater: (schreit) Ach, ich hab ja Ihr Frau gar net angebrüllt!
Ich brüll niemals jemand an!

Herr Bickelberg: (schreit) No, sehr gut! Jetzt brülle Sie mich
auch noch an! Herr Hesselbach, wann Sie auch Ober-
gefreiter gewese sin ... zu mehr wern Sie's ja wahrscheinlich
net gebracht hawwe ... deswege hawwe Sie noch lang kein
Recht, mich in dieser Weise ... und ich verlang jetzt
endlich eine Erklärung, was Sie in meiner Wohnung mache
un wieso meine Korridorscheib eingeschlage is und ...

Vater: (mühsam ruhig) En Augeblick, Herr Bickelberg, en
Augeblick! Ich hab ja grad angefange, Ihrer Frau un Ihne
zu erklärn ...

Frau Bickelberg: So? Wann des Ihr Erklärung is, deß Se eim
ins Gesicht brülle ...

Willi: Ei, da kann doch mein Vater nix dafür, wenn Sie Ihr
Gesicht grad dahin halte, wo er hinbrüllt.

Mutter: Willi!

Frau Bickelberg: Ihrn Sohn hat ja feine Maniern, Frau Hesselbach. No, mer merkt glei, wo er herkommt.

Vater: Frau Bickelberg! *(als Mutter erwidern will)* Jetz laß
mich emal, Mamma! Frau Bickelberg, wenn Sie sich als
von mir angebrüllt betrachtet hawwe sollte, dann erkläre
ich Ihne, deß dieses selbstverständlich von meiner Seite
nicht mit Absicht geschehn ist, net wahr, daß ich dieses
Mißverständnis bedauere und meinerseits dafür um Entschuldigung bitte. Ich habe lediglich meine Familie anbrülle — ich meine zurechtweise wolle, net wahr. Auf der
andere Seite kann ich awwer auch natürlicherweise die Bemerkunge, die Sie ewe gemacht hawwe, auch nicht wider-
spruchslos hinnehme. Behandele wie irgendwer lasse ich
mich nicht. Ich bin ja schließlich immer noch Prokurist
einer angesehenen Firma un ...

Frau Bickelberg: Wenn Ihrn Willi mir ins Gesicht ...

Vater: Herr Bickelberg, ich wende mich an Sie. Mir sind immer ruhige Männer gewese un hawwe gute Nachbarschaft gehalte ...

Mutter: Gute Nachbarschaft nennste das, Babba? Die gute Nachbarschaft is im Eim ...

Vater: Marieche! Ich bitte dich! Kann mer mich net emal en Augeblick ausrede lasse? *(Ruhig)* Herr Bickelberg. Ich war soeben im Begriff, ein schriftliches Protokoll dadrüber aufzunehme, und dasselbe von meiner gesamte Familie unterschreibe zu lasse, a) warum wir in Ihre Wohnung komme sind, b) wie mir in Ihre Wohnung komme sind, c) was mir in Ihrer Wohnung gemacht hawwe und d) was mir in Ihrer Wohnung festgestellt hawwe. Ich bin für äußerste Korrektheit in so delikate Angelegeheite, net wahr, und deswege hab ich auch gleich zu Beginn der Aktion meiner Familie erklärt ... weil es uns nämlich unmöglich war, Zeuge zuzuziehe, denn im ganze Haus scheint unglücklicherweise keins daheim zu sein ... habe ich also erklärt, daß mir auf jeden Fall sofort ein schriftliches Protokoll anfertige müsse über das, was wir in Ihrer Wohnung vorgefunde hawwe ...

Frau Bickelberg: Ewald!! Lasse mir uns so ebbes biete?! In u n s e r e r Wohnung erumzuspioniern!

Herr Bickelberg: Herr Hesselbach, ich hab immer geglaubt, ich tät newe leidlich anständige Mensche wohne un net newe eme Spitzel!

Vater: Spitzel? Wieso dann Spitzel?

Herr Bickelberg: Was bezahlt Ihne dann die Polizei für Ihre Denunziatione? Wie komme Sie dann dezu Protokolle über meine Wohnung aufzunemme? Was maße Sie sich dann an? Ich kann in meiner Wohnung mache, was ich will, Herr Hesselbach. Un da hat niemand ebbes drin zu suche. Net emal die Polizei. Ich kann die Polizei enausschmeiße, sofern sie nicht mit eme richterliche Durchsuchungsbefehl kommt. Ich kann jeden enausschmeiße un zu allererst wern ich Sie enausschmeiße ...

Frau Bickelberg: Jawohl, des wern mir. Schmeiß se enaus, Ewald!

Vater: Awwer so horche Sie doch erst emal, was mir in Ihrer Wohnung vorgefunde hawwe.

Frau Bickelberg: Erumschnüffele in meine Sache! Denunziern! Annern Leut vor Gericht bringe! Pfui Deiwel!

Mutter: Aha, des schlechte Gewisse!

Vater: Awwer wie komme Sie dann nur auf sowas, ich ...

Herr Bickelberg: Was Sie in meiner Wohnung vorgefunde hawwe, des kann ich moralisch verantworte. Mache Sie nur e Anzeig! Bitte, bitte! Gehn Sie nur hin bei die Polizei und mache Sie sich lieb Kind. Wann Sie uns wege dere Lappalie vor de Kadi bringe, dann kann ich Ihne nur sage: Mir wisse auch genug von Ihne! Ich hab zwar keine Protokolle angelegt un bin auch net in Ihr Wohnung eingebroche, awwer ich hab mer Notize gemacht, Herr Hesselbach!

Anneliese: Also sowas!

Mutter: Ei, ich trau ja meine Ohrn net!

Frau Bickelberg: Un ich trau sogar Ihrne sonstige Körperteile auch nicht, Frau Hesselbach, denke Sie mal an, ich trau Ihrner ganze Person nicht, Frau Hesselbach. Mir könne dem Prozeß mit ruhigem Gewisse entgegesehn. Wege dem eine Eimer wern mir nicht verurteilt wern ...

Vater: Awwer ich bitt Sie, wer red dann von dem Eimer? Es redet ja niemand von ...

Mutter: Ich rede doch davon, Babba, ich ja.

Frau Bickelberg: Och, des hawwe mer schon gemerkt, Frau Hesselbach, des Sie uns mit dem Eimer eneilege wolle. Awwer mir könne Sie noch viel enei-er lege mit dene Sache, wo mir von Ihne wisse, Frau Hesselbach.

Hesselbachs: (durcheinander) Also das is ja unerhört ...!

Herr Bickelberg: Sie könne den Eimer ruhig der Polizei melde, wege dem wird uns nix passiern. Des is ein Geschenk von eme befreundete Ausländer, wann Sie's wisse wolle!

Mutter: Ha, Geschenk!

Frau Bickelberg: Jawohl, Geschenk. No gehn Sie nur bei die Polizei, dann gehn mir awwer auch.

Mutter: Hab ich ein Wort von Polizei gesagt? Mir genügt die Tatsache, daß der Eimer vorhande is!

Frau Bickelberg: Ja, der is vorhande, Frau Hesselbach. Un wann Sie platze ... dann is er immer noch vorhande. Es is ja nix wie de Neid, de blasse Neid, daß Sie net auch so en Eimer hawwe.

Willi: No also jetzt hört sich aber die Gemütlichkeit auf. Protze die mit unserem Eimer!

36

Vater: Herr Bickelberg! Des Wort Polizei ist von uns nicht gebraucht worn. Awwer wann Sie Wert drauf lege ... es ist sonst nicht meine Art ... Bitte! Ich bin bereit, die Angelegenheit auch auf der Polizei zu klärn, wann Sie sich was davon verspreche. Wenn net ... ich brauch die Polizei weiß Gott net.

Herr Bickelberg: Was wolle Sie dademit sage?

Vater: Daß es ganz von Ihne abhängt, ob mir die fragliche Angelegenheit mit oder ohne Polizei klärn.

Herr Bickelberg: Aaaah, ich versteh! Ich versteh Ihne sogar sehr gut. Auf eine Erpressung läuft die ganz Geschicht enaus. Alles hätt ich von Ihne gedacht! Awwer daß Sie en Erpresser wärn ...

Hesselbachs: *(kurz durcheinander)* Ich ... der Babba ... Wieso ... Ei, des is doch ... Was erlauwe Sie sich ...

Vater: Herr Bickelberg! Ich muß zugebe, daß es heut wieder außergewöhnlich heiß drauße is. Hoffentlich hawwe Sie durch die Hitze sonst keine Schäde davongetrage.

Herr Bickelberg: *(bitter)* Sie brauche nicht ironisch wern, Herr Hesselbach. Also gut, Sie hawwe uns in der Hand. Sie hawwe natürlich an de Wand gehorcht un wisse, was los is. Komm, Frau, geb den Eimer her. Ich denk, Herr Hesselbach, wann Sie schon ein solches Spiel mit uns treibe, wern Sie hoffentlich net mehr verlange als die Hälft.

Frau Bickelberg: Die Hälft willste dene abgewwe, Ewald!? Nix wird abgewwe von dem Eimer! Net soooviel!

Herr Bickelberg: Komm, Frau, dadevo verstehste nix. Der ehrenwerte Herr Prokurist Hesselbach weiß nur zu genau, daß er uns Unannehmlichkeite mache kann. Un ich will kei Unannehmlichkeite. Des halte mei Nerve net aus. Des is mer der Eimer net wert. Un ich will's auch net wege de Leut. Ich will niemand Ungelegeheite mache, am wenigste mir selber. Also bring en her den verdammte Eimer!

Frau Bickelberg: Nein, ich geb nix devon her! Ich net!

Herr Bickelberg: Ja, du gehst lieber ins Gefängnis, gelle? Herr Hesselbach, ist die Angelegenheit endgültig erledigt, wenn mir den Eimer teile?

Mutter: Teile? Wieso denn teile?

Anneliese: Wie stelle Sie sich dann des vor?

Willi: Herr Bickelberg, wie wärs dann, wenn Sie gleich unser ganz Wohnungseinrichtung zu sich enüberschaffe täte. Un dann täte mer teile un Sie täte uns die Hälft zurückgewwe.

Herr Bickelberg: (bebend vor Wut) So? Also Sie wolle den ganze Eimer für sich? Un die ganz Familie is sich drüber einig!

Mutter: Ei no natürlich. Was hawwe Sie dann gedacht?

Willi: En halbe Eimer! Sowas Lächerliches! Halbidiote ... sowas gibts, da brauch mer net weit zu gucke. Awwer Halbeimer ...

Vater: Willi, du hältst dein Schnawwel. Du hast hier gar nix zu sage! Natürlich wolle mir den ganze Eimer.

Herr Bickelberg: So, den ganze Eimer? Sin Sie sicher, daß Sie net noch hundert Mark Schweigegeld wolle? Oder dausend? Oder hunnertdausend?

Vater: (tief verletzt) Herr Bickelberg! Wodefür halte Sie mich?

Frau Bickelberg: (schrill) Wodefür mir Sie halte? Für ...

Herr Bickelberg: Ruhig biste! Hat ja kein Zweck, so zu streite mit so Leut. Hättst du net so laut 's Maul aufgerisse damals, wie mern kriegt hawwe! Wo du genau weißt, daß Hesselbachs nebean ihr Schlafzimmer hawwe, un daß mer bloß es Ohr an die Wand zu lege braucht, um jed Wort zu verstehn! Da wär nie ebbes erauskomme. Hier! *(Er haut den Eimer vor Hesselbachs auf den Boden)* Hier hawwe Se den ganze Eimer geschmuggelte Kaffee! Wern Se selig damit! Saufe Se unsern Kaffee, bis Se platze! Awwer enaus jetzt!

(Tiefes Schweigen)

Willi: (platzt als erster lachend heraus) Ach sooooo! Die hawwe en Eimer Schmuggelkaffee gekauft un babbele die ganz Zeit von dem Eimer!

(Alle Hesselbachs außer Mutter lachen)

Anneliese: Ei, Frau Bickelberg, mir meine doch gar net diesen Eimer!

Mutter: (eisig) Ruhig, Kinder, da is gar nix zu lache!

Vater: (prustend) Hohoho! No, des find ich awwer doch! Deswege schwätze mir die ganze Zeit anenander vorbei! Ha! Herr Bickelberg, nemme Se des freundlicherweise zur Kenntnis: Mir pflege nicht an der Wand zu horche. Un die Existenz eines Eimers geschmuggelte Kaffee in Ihrer Wohnung war uns bis zu diesem Augeblick, wo Sie ihn selber aus dem Schränkche da erausgeholt hawwe, völlig unbekannt!

Frau Bickelberg: (bestürzt) Ja awwer ... Sie hawwe doch ... Sie wollte doch den Eimer ...

Vater: Unnütz hinzuzufügen, daß mir an diesem Eimer Kaffee auch nicht das geringste Interesse haben. Als korrekter Kaufmann lehne ich den Handel mit Schmuggelware natürlicherweise ab. Awwer ich bin nicht die Polizei, un ich häng mich net in andern Leuts Sache. Von mir aus könne Sie den Kaffee tonneweis stapele. Dadevon wolle mir weder ebbes wisse, geschweige denn ebbes hawwe.

Willi: (leise zu Anneliese) So was Blödes, jetz hätte mer emal günstig Kaffee kriege kenne, un er schlägt's aus.

Anneliese: (ebenso) Du bist ja verrückt, Willi.

Herr Bickelberg: (fassungslos) Awwer ... awwer ... Sie hawwe doch ewe noch gesagt, daß Sie den Eimer beanspruche!?

Mutter: Doch net den Eimer Kaffee! Den Eimer da! Mein alte Putzeimer!

Frau Bickelberg: (sehr erleichtert) Ach, den Eimer? Is des Ihrn Eimer? Den stellt doch die Putzfrau vom Hauswirt immer bei mir unter. Die, wo als die Treppe putzt. Sie hat mir emal gesagt, den hätt eins im Treppehaus steh gelasse. Un sie hätt alle Mietparteie gefragt, ob wem der Eimer gehörn tät.

Mutter: Bei mir hat sie nicht gefragt.

Frau Bickelberg: Net? Un mir hat die Frau damals noch ausdrücklich gesagt ... awwer des is schon über e Jahr her ... de Herr Hesselbach hätt ihr gesagt, er vermißt kein Eimer! No also, wann des so e Person is, dann muß ich des awwer emal dem Hauswirt sage, daß er die enausschmeißt. Un ich hatt' gedacht, die wär ehrlich ...

Vater: Augeblick emal! Ich hätt' einer Putzfrau gesagt, ich tät keinen Eimer vermisse? Des stimmt! Ja. Die hat mich gefragt damals, da war ich, glaub ich, allein daheim. Un da mir nichts gemeldet worde war, daß ein Eimer in der Familie fehlt, da hab ich natürlicherweise auch den Eimer von dere Frau nicht beansprucht.

Mutter: Awwer Kall, wie kannste dann nur ...?

Vater: (heftig) Wenn mir nichts gemeldet worn is, net wahr! Ich werde ja nie informiert! Ei, mer hat's ja bis heut noch net emal für nötig gehalte, mich zu informiern, daß uns en Eimer fehlt!

Anneliese: Also wege so eme alte halbkaputtene Eimer ...

Vater: Du siehst, was aus soeme halbkaputtene Eimer all wern kann. Deine voreilige Vermutunge, Mamma ...

Mutter: Dadrüber wern mer uns nachher unterhalte Kall, nicht hier in Gegewart von Bickebergs ...

Willi: Ach, die horche ja doch an de Wänd ...

Vater: Willi!

Mutter: Jedenfalls is die Sache dann ein Mißverständnis, Frau Bickelberg.

Frau Bickelberg: Gott sei Dank, Frau Hesselbach! Sie glaube doch net, daß ich jemals ernsthaft angenomme hätt, daß Sie meine könnte, daß mir auf de Gedanke käme, daß Sie ...

Herr Bickelberg: Ach, wo denkste dann hin, die Frau Hesselbach hat uns schon richtig verstande. Daß mir des all garnet so gemeint hawwe, natürlich. Zwische gute alte Nachbarn wird mer doch e Wort net glei auf die Goldwaag lege. Netwahr, Herr Hesselbach?

Frau Bickelberg: Da haste awwer recht, Ewald! *(süßlich)* Gell, was mir schon all zusamme durchgemacht hawwe! Ich hab immer gesagt, also für die Frau Hesselbach, da leg ich die Hand ins Feuer! Die kümmert sich net um meine Kochdippe un ich mich net um ihr. Zwische uns kemmt kei Feindschaft un kein Verdacht auf! Niiiiiiiiiie! *(plötzlich stockend)* Übrigens, wenn des alles bloß e Mißverständnis war — dann möcht ich awwer jetz doch emal wisse, warum Sie eigentlich unser Wohnungstür eingeschlage hawwe, un was Sie in unserer Wohnung wollte.

Willi: Ei, weil Ihr Kartoffel angebrennt sin! Un's hat so gestunke un gequalmt, deß mir denke mußte, bei Ihne brennt's! Un Sie wärn womöglich am Erstick und mir müßte Sie rette!

Frau Bickelberg: Aach, mei Kartoffel ... die hab ich vergesse.

Herr Bickelberg: Also, Frau, wie kannste awwer auch? So ebbes hat nicht vorzukomme!

Mutter: (sarkastisch) Da muß ich Ihne allerdings beipflichte, Herr Bickelberg! So ebbes hat nicht vorzukomme.

Frau Bickelberg: Also erstens kann des jedem emal passiern.

Mutter: Mir zum Beispiel schon net, Frau Bickelberg.

Frau Bickelberg: Un zweitens kann ich mir schlecht vorstelle, deß e paar Kartoffel angeblich soo en Rauch gemacht hawwe solle! Jedenfalls net so ein, deß Sie mit gutem Gewisse glaube mußte, bei uns täts brenne ... gehn Se fort! Des glaub, wer will ...

Vater: (entrüstet) Frau Bickelberg, ich habe protokollarisch ...

Frau Bickelberg: Ach hörn Se auf, so könne doch angebrannte Kartoffel garkein Rauch und Gestank mache! *(Sie hält ein, schnuppert und schreit plötzlich)* Was is dann des? Feuer! Feuer!! Ei, guckt doch nur emal, es ganze Treppehaus is ja voll Qualm! Des kemmt aus Ihrer Wohnung, Frau Hesselbach! Bei Ihne brennt's! Schnell, schnell!

Mutter: Ach, du liewes bißche! Da sin mei Kartoffel! Die sin angebrannt! Schnell Annelies, komm!

Willi: Mamma, so ebbes hat nicht vorzukomme, hihi.

Vater: Derf ich Sie vielleicht einlade, Frau Bickelberg, jetzt unseren Kartoffelbrandherd zu besichtige. Da könne Sie gleich am lebende Beispiel sehn, deß mir mit der gleiche Aufrichtigkeit vorhin bei Ihne einen Brand vermutet hawwe, wie Sie ewe bei uns. Komme Se nur, die Besichtigung is gratis. Mir scheint, ich kann Ihne die Sach in meiner Wohnung genau so vorführn, wie's vorhin bei Ihne war. Ganz genau so. Bloß en Eimer Schmuggelkaffee, den kann ich Ihne leider net anbiete ...

Der Geburtstag

Mutter: (am Telephon) ... so, so, vor zwei Stunde ist er schon fort aus dem Geschäft. So. Noja ... nein, nein, nix. Danke. *(Sie hängt ein und beginnt zu weinen, faßt sich aber sofort, als Anneliese von hinten ruft).*

Anneliese: Mammache! *(kommt)* Mammache, is der Babba noch net da?

Mutter: (matt) Nein.

Anneliese: Ei, was haste dann? Du machst ja so e furchtbar traurig Gesicht ...

Mutter: Ach wo. Ich hab nix.

Anneliese: Des sieht aber garnet so aus, als ob's du nix hättst.

Mutter: Nein. Wirklich net. Komm, deck eweil de Tisch, Annelies!

Anneliese: Ei, zeig emal! Du hast doch Träne in de Auge!

Mutter: Ach, des is von de Zwiebel. komm, geh!

Anneliese: So e Gesicht, un du willst morge Geburtstag hawwe!

Mutter: (wegwerfend) Geburtstag! Da hab ich überhaupt net mehr dran gedacht. In meim Alter macht eim de Geburtstag kein Spaß mehr. Der erinnert eim nur dran, daß mer besser garnet ... Komm, geh jetz, Annelies'che!

Anneliese: Also, Mamma, jetz will ich aber wisse, was eigentlich los is. Ich bin ja direkt unruhig! Is wieder was mit'm Willi?

Mutter: Mit'm Willi ? Ach nein, mit dem Williche is nix.

Anneliese: Mit'm Babba?

Mutter: Nein, nein.

Anneliese: Doch, 's is was mit'm Babba! Des seh ich dir an der Nas an! Du warst schon so komisch, wie du heut morgen aus der Stadt komme bist.

Mutter: Frag mich net, Annelies'che. Des sin Sache, dadrüber kann mer net spreche. Am wenigste mit seine Kinder. Und überhaupt, es is ja garnix. Überhaupt nix! *(Bricht in Tränen aus)*

Anneliese: Mamma! Um Gotteswille! *(Weint ebenfalls)* So sag doch was! Mir kannste dich doch anvertraue! Ich bin doch kei Kind mehr.

Mutter: Ach, Annelies'che, daß ich dich nur hab, dich un de Willi. Ihr könnt mir wenigstens net genomme wern.

Anneliese: Genomme? Wer is dir dann „genomme" worn? Der Babba? *(Mutter weint)* Wie soll mer dann des verstehn, Mamma. „Genomme"?

Mutter: (heftig) Ich hab garnix gesagt! Überhaupt nix gesagt! Annelies! ... Un ich sag auch nix. Des ... des war alles Unsinn ... Des mußte all vergesse, Annelies ... Komm, versprech mer des! Un daß ich geflennt hab ... des warn bloß die Nerve. Da sagste kein Wort davon, gell, net em Babba und auch net em Willi! Hörste!

Anneliese: Aber Mammache, vertrauste mir denn net?

Mutter: Net frage, ich bitte dich. Es is nix ...

Anneliese: (leise) Ich hab ja auch schon gemerkt, daß de Babba in der letzte Zeit so oft aus'm Haus is. Un zu Tageszeite, wo er sonst immer deheim is. Un ich weiß auch, daß des neulich net gestimmt hat, wie er gesagt hat, er hätt Überstunde gemacht im Geschäft.

Mutter: (heftig) Wieso willst du das wisse?

Anneliese: Weil ich doch grad vorher im Geschäft antelephoniert hatt, und da hat's geheiße, er wär schon lang fort.

Mutter: Du hast net hinter deim Babba herzuspionieren!

Anneliese: (erstaunt) Awwer ich hab doch net spioniert, Mamma. Wie kannste dann so ebbes sage? Ich hab ja auch damals garnix erwähnt von dere Sach.

Mutter: (herb) Dein Vater kann komme un gehn, wann er will. Un sage, was er will. Da hast du dich garnet drum zu kümmern. Un jetz geh, un deck de Tisch oder geh in dei Zimmer oder sonstwas, nur geh!

Anneliese: (leise und verwirrt) Ja, Mamma ... *(sie geht hinaus, schließt die Tür hinter sich. Bleibt stehn, hört hinter der Tür einen Tränenausbruch Mutters)* Allmächtiger! *(Sie läuft zu Willis Zimmer und klopft gedämpft, aber heftig an)*

Willi: (von drinnen) Was is dann?

Anneliese: (tritt atemlos ein) Du Willi, ich muß dringend mit dir rede.

Willi: Ich kann dir nix bumbe, wann's des is.

Anneliese: Ach, als ob ich dich als fort anbumbe tät ... nein, du ... es is was Furchtbares bassiert!

Willi: Hat de Babba wieder emal gekündigt?

Anneliese: Gekündigt net. Jedenfalls net seiner Firma. Awwer ... is dir nix aufgefalle am Babba? ... In der letzte Zeit?

Willi: (langsam) Also demnach hast du des auch gemerkt?

Anneliese: Auch gemerkt? Hast du auch was gemerkt?

Willi: Ich sag garnix.

Anneliese: Awwer du weißt was! *(Willi pfeift „Du kannst nicht treu sein")* So sag mer doch, was du weißt! Es muß ebbes geschehe! Drüwwe sitzt die Mamma un weint, un dadebei will se sich nix merke lasse un kein Wort rede über die Sach. Da müsse mir doch was unternemme, Willi!

Willi: (achselzuckend) Wo willste dann was unternemme?

Anneliese: Beim Babba natürlich.

Willi: Beim Babba! Mir zwei sin ja schließlich net erziehungs-berechtigt.

Anneliese: Awwer mir hawwe doch e Recht drauf, daß er ...

Willi: Juristisch gesehn, hawwe mir nur e Recht auf Unter-halt, sonst garnix.

Anneliese: Ja, awwer moralisch ...

Willi: Mit Moral hat die Sach vom Babba garnix zu tun. Oder noch weniger.

Anneliese: Was für e Sach? *(Willi pfeift: Du kannst nicht treu sein)* Tatsächlich? Jetz schmeißts mich awwer um. Wie is dann sowas überhaupt nur möglich?

Willi: Der Mann is ewe in dem gefährliche Alter.

Anneliese: Dasselbe hat er neulich von dir auch gesagt. Weißte irgendetwas Näheres?

Willi: Ich weiß nur, wie sie heißt.

Anneliese: Das weißt du?

Willi: Hm hm. Ich bin neulich zufällig durch die Bergstraß komme ... un hab gesehn, wie der Babba grad in e groß Privathaus eneigange is. Ich denk, bei wen will er dann da? Un eil mich un geh auch in des Haus. Un da hab ich genau gehört, wie der Babba die Treppe enaufgestige is ... bis in die vierte Stock.

Anneliese: Bis in de vierte Stock ... entsetzlich!

Willi: Wieso entsetzlich? Ob 3. oder 4. Stock, des is doch in dem Fall wurscht. Jedenfalls hat er da geklingelt.

Anneliese: Geklingelt!

Willi: Jaja, geklingelt ... Wiederhol doch net als, was mer sagt. Geklingelt. Die Tür wird aufgemacht, und e Weiberstimm sagt „ahhhhhh" ... als ob er erwart worn wär. Un dann is ere eneigange.

Anneliese: Tatsächlich! Un wie heiße die Leut!?

Willi: „Die Leut"! Kerle! Meinste, da tät e siebeköpfig Familie wohne, die ihn zum Kaffeekränzche eingelade hat? Da wohnt e einzelne Dame. Lydia Limberg, Schauspielerin.

Anneliese: (schaudernd) Schauspielerin ...

Willi: Des sagt doch alles. Und nachher bei uns beim Abendesse hat er dann gesagt, er hätt noch e wichtig Sitzung bei de Handelskammer gehabt. Deswege wär er später komme. No, da hab ich natürlich mei Maul gehalte.

Anneliese: Also, ich versteh de Babba einfach net.

Willi: Das Ewigweibliche zieht uns hinan.

Anneliese: Ach, laß doch dei schlüpfrige Bemerkunge!

Willi: Wieso schlüpfrig, du Knallkopp, des is von Goethe! No, der Goethe hat auch in dere Beziehung allerhand ... da kann sich de Babba dagege heimgeige lasse.

Anneliese: Biste dir klar, was des bedeut! Daß des es End von unserm Familielebe sein kann! Also ich bleib jedenfalls bei der Mamma.

Willi: De Babba wird dich auch garnet brauche könne bei der Lydia.

Anneliese: Also sowas, der Babba! Das is doch eine Gemeinheit von ihm. Un wenn er des net selber einsieht ... da müsse mir halt ebbes unternemme!

Willi: Ich hab ja auch schon dran gedacht, ob ich em net die Frau ausspanne könnt.

Anneliese: Mir wär alles recht, wann er nur zu de Mamma zurückkomme tät. Willi, des mußt du probiern, los!

Willi: Was heißt „los"? Ich kann ja net hinlaufe und sage, „entschuldigen Se gütigst, awwer mein Babba muß jetz heim un ich tät en halt vertrete" ... Des is eine delikate Angelegenheit. Der Babba darf vor alle Dinge garnix erfahrn.

Anneliese: Un die Mamma auch net. Denn die hat's ja mit keim Wort zugewwe. Sie will sich überhaupt net über die Sach unterhalte. Sie duldet kei Bemerkunge über de Babba.

Willi: Des is awwer hochanständig von dere Frau. Ja, es geht doch nix über die Mamma. So e Frau wünsch ich mer auch emal, die sich auch so verhalte tät in so eme Fall.

Anneliese: Wann du emal newe naus gehn tätst, gell? Ach, ihr Mannsbilder verdient's ja garnet, daß mir euch so rücksichtsvoll behandele.

Willi: Psch! Ewe kommt der Babba. Mir müsse jetzt vor alle Dinge erst emal diplomatisch vorfühle, ob die Sach sozusage ernster Natur is oder bloß e ... flüchtige Verirrung ... *(Vater schließt die Korridortür)*

Anneliese: Flüchtig? Des glaub ich kaum. Der Babba is doch so gründlich in allem.

Willi: Komm jetzt! Un laß nix merke! *(Sie treten auf den Korridor)* N'abend Babba!

Vater: (aufgeräumt) N'abend, ihr Kinner! Gelle ihr habt schon Hunger. Awwer ich hab heut wieder emal e bissi länger zu tun gehabt.

Willi: Wieder bei de Handelskammer, gelle?

Vater: Nein, mit'm Verkehrsamt ... *(peinliche Pause, Willi räuspert sich. Mutter kommt)* N'abend, Mamma. Mußt entschuldige, daß es e bissi später worn is, awwer es war net zu ändern, ich bin im Büro bis ewe festgehalte worde. Ich bin net vom Telephon ewegkomme.

Mutter: Ich hab ja nix gesagt.

Vater: Hat jemand angerufe?

Mutter: Wer soll denn angerufe hawwe?

Vater: Och, niemand. Aus em Geschäft vielleicht, net.

Mutter: Ich denk, du kommst grad aus em Geschäft?

Vater: Noja, aber es könnt ja sein, daß noch irgend was ... Aber wenn niemand angerufe hat, dann isses ja gut.

Mutter: Wieso ist des gut?

Vater: Weil ... ei ja no ... mer sagt halt so. Mer babbelt halt viel, wenn der Tag lang is. E ... wird dann ... jetzt gegesse ... oder?

Mutter: E paar Minute wird's schon noch dauern. Ich muß alles erst wieder aufsetze.

Vater: (aufgekratzt) Macht nix, Mamma, macht nix. Dadefür kocht auch kei so wie du.

Mutter: (halblaut) Ja, zum Koche bin ich gut.

Vater: Wie meinste?

Mutter: Nix, nix.

Willi: (leise) Er lobt se. Da is die anner auch nix recht's!

Vater: Natürlich kann mer en Mensch net nur danach beurteile wie er kocht ...

Anneliese: (leise) Da haste's, es is ihm doch ernst!

Vater: ... aber ich möcht emal wisse, ob es in der Welt noch eine zweite Frau gibt, die gleichzeitig so gut kocht un so gut is wie unser Mamma.

Willi: (laut) Recht haste, Babba! *(leise)* Die muß em ja en Säufraß vorgesetzt hawwe, die Lydia.

Vater: Da wolle mer immer dran denke, Kinder! Was mir an unserer Mamma hawwe! Besonders morje, an ihrm Geburtstag.

Mutter: Ach, Kall, schenk dir deine Komplimente.

Vater: Komplimente? Die Wahrheit! Nix wie die reine Wahrheit!

Anneliese: (leise) Also, so e Heuchelei!

Willi: (leise) Un der hat mich als verhaage, weil ich geloge hätt. *(laut)* Babba!

Vater: Ja, Williche?

Willi: Willste net emal en Augeblick zu mir eneikomme. Ich wollt dir was zeige.

Vater: Zeige? Ei no ja, ich komm. *(Sie gehn in Willis Zimmer)* Was willste mir dann zeige?

Willi: (gedämpft) Hier! ... Awwer der Mamma nix verrate. *(Ein Apparat surrt)*

Vater: Was is dann des? E Windmühl?

Willi: Ach wo dann! En elektrischer Tellertrockner! Hab ich erfunde! ... Hier: Die feuchte Teller braucht mer nur dagege zu halte, un da wern se maschinell abgetrocknet. *(Surren hört auf)* Ach, 's hat schon wieder ausgesetzt. Es setzt alsemal aus. Ich muß da noch ebbes in de Konstruktion ändern.

Vater: (befriedigt, ohne Ironie) Hmhm. Sehr gut, Willi. Geht prima dei Maschin. Wenn se geht, geht se prima. Un der Teller is fast so schnell trocke wie wann mer'n mit de Hand trockne tät. *(Geräusch)*

Willi: Verflixt, jetz is des Ding schon wieder erausgange. Ich werd die Maschin ganz umbaue. Bis morge früh hab ich des awwer geschafft. Un wann ich die ganz Nacht dran hock. Für die Mamma mach ich des gern. Für die tät ich alles. Netwahr ... genau wie du, Babba.

Vater: Ei ja no natürlich. Ohne unser Mamma, was wär'n mir dann da? Des muß mer sich immer wieder vor Auge führn. Und grad jetz, wo se Geburtstag hat, is des en guter Anlaß. Ich hab grad in de letzte Tage oft an se gedacht.

Willi: (für sich) Des kann ich mer vorstelle. *(laut)* Ja, un wenn mer so denkt, daß es auch Väter un Ehemänner gibt, die über ihr Fraue ganz anders denke ... un die sich womöglich mit andere einlasse ...

Vater: Ja, leider gibt's des. Aber dadevon wolle mer gar net spreche. Ich freu mich jedenfalls, deß sich dein gesunder Instinkt gege solche Widerwärtigkeit wendet. Eigentlich biste ja noch zu jung, um dir überhaupt über so Sache Gedanke zu mache.

Willi: Noja ... so jung bin ich auch netmehr! Un wenn die Gedanke da sin, da sin se halt da, net? Nur denk ich ... mer sollt sich als junger unerfahrener Mensch wie ich, in solche Fälle lieber mit seinem erfahrene Vater ausspreche als wie mit einem Schulkamerad, net?

Vater: (in der Enge) Ja, also des is ... e ... auch wahr. Ich bin ja net so für „Aussprache". Garnet. Aber wenn's sein muß ... ei no, dann is der Vater natürlich derjenige, an den sich der Sohn in erster Linie vertrauensvoll wende soll. Denn als Vater hat man die Reife un die Erfahrung ...

Willi: Ja, vor allem auch in weiblicher Beziehung, gelle.

Vater: Wieso? *(mißtrauisch)* Was ... e ... hast du dann eigentlich auf'm Gewisse?

Willi: Ich? Ich nix! Ich mein nur, im allgemeine. Ich denk mir, es gibt ewe Mensche, die die beste Grundsätz hawwe ... awwer die ewe doch aus besondere Gründe dran gehindert wern, danach zu lebe ...

Vater: Wenn sich einer dadran hindern läßt, nach seine Grundsätz zu lebe, dann ist des eine bedauerliche Schwäche!

Willi: Ja, un der Mensch i s ewe schwach, netwahr, Babba. Ich glaub, sehr viele Fälle von Untreue, die sin ewe bloß Schwäche. Vielleicht sogar sehr begreifliche Schwäche! Also ich, ich hätt schon Verständnis dafür ...

Vater: Verständnis? Für Untreue? Ja, Willi, weißt du dann, was du da sagst? Untreue is das Schändlichste und Schmählichste, was mer sich vorstelle kann. Wenn ich von dene viele zerrüttete Ehe heut les ... da kann ich nur die Händ über'm Kopp zusammeschlage un die Leut bedauern, die net schon aus ihrm Elternhaus ein gesundes Moralempfinde mitgekriegt hawwe ... durch das Beispiel der Eltern!

Willi: Jaa ... so Leut sin sehr zu bedauern.

Vater: Ich hätt mir nie vorstelle könne, daß meine Eltern auch nur de leiseste Gedanke an Untreue gehabt hätte.

Willi: Ich mir auch net. Ja no ... un dann geschieht's ewe doch emal ... in vereinzelte Fälle, mein ich. Ich ... ich hab da neulich grad en Roman gelese, wo ein Vater ... un ich mein, in so eme Fall, wie dem seinem, müßte die Kinder halt auch Verständnis hawwe mit ihrem Vater oder ihrer Mutter ... je nachdem, ob sich's um einen verheiratete Mann oder auch um eine verheiratete Frau handelt, die also sozusage in so e Sach eneigerutscht is ...

Vater: Ein Vater oder eine Mutter, die sich so vergesse, hawwe keinen Anspruch auf das Verständnis ihrer Kinder.

Willi: (seufzend) Ja also ... dann ... weiß ich auch net, wie ich's anfange soll ...

Vater: Willi ... sag emal, deine Herumrederei is mir ebbes verdächtig. Hast du am End ...

Willi: (entschlossen) Ja, Babba ... ich hab ewe gemeint, mir zwei könnte in offener Aussprache ... von Mann zu Mann ebbes bereinige ... aber wann du natürlich so redst ...

Vater: (entsetzt) Willi!

Willi: Ei ja no, da sag ich halt garnix.

Vater: (langsam) Du wagst es, mir, deinem Vater, zu verstehn zu gewe, mit deine Andeutunge über verheiratete Fraue, daß du mit so einer ... ?

Anneliese: (eintretend) Willi!

Vater: (ärgerlich) Was is denn?

Anneliese: Der Willi muß der Mamma gleich emal was helfe, Babba.

Willi: Ja, ich komm. *(Leise zu Anneliese)* Hoffnungslos. *(Ab)*

Vater: (für sich) Des is ja wahrhaftig, als ob der Läusert mit ere verheiratete Frau angebännelt hätt. Also, diese Jugend! *(Laut)* Annelies, bleib emal da un mach die Tür gut zu. Komm, setz dich emal da her!

Anneliese: (unruhig) Ja, Babba?

Vater: De darfst dir aber nix merke lasse. Vor'm Willi net und vor alle Dinge vor der Mamma net! Die soll sich net aufrege.

Anneliese: (bebend) Ja, Babba?

Vater: Ich habe festgestellt, deß ihr zwei ... du un der Willi ... in der letzte Zeit eigentliche e etwas besseres Verhältnis zuenanner habt als wie früher. Deswege könnt's sein, daß ihr euch gegeseitig auch mehr anvertraut. Ich will jetz natürlich net etwa, daß du de Willi verpetzt ... versteh mich recht ... aber sag mir doch emal ganz offe: Hat dir der Willi irgendwelche Andeutunge gemacht über ... wie soll ich mich ausdrücke ... e Angelegenheit, in deren Hintergrund .. ein ... e ... ernstes Eheproblem steht?

Anneliese: (bricht in Tränen aus) Ach, Babba!

Vater: Aaaaaaaha! also, du weißt Bescheid. *(Sie schluchzt)* Demnach treffe mei schlimmste Befürchtunge zu! Jetz hör vor alle Dinge emal zu flenne auf. Die Sach muß kaltblütig und entschlosse behandelt wern. Wenn's auch wem weh tut.

Anneliese: (fällt ihm weinend um den Hals) Ach, Babbache! Wie du nur so rede kannst! Ich versteh dich net! Kaltblütig ... entschlosse ... wenns auch wem weh tut ... das is doch schrecklich sowas!

Vater: Net aufrege, Annelies'che! Net aufrege, Kind! Komm, laß mein Hals los! Bist sehr lieb ... e sehr lieb Kind, ich weiß es ... sehr lieb, daß du dir so Sorge machst ... aber in dieser Angelegenheit muß ganz kalt vorgange wern. Du hast Mitleid natürlich. Aber du kennst die Männer net! Un besonders die Männer, wenn se in des gefährliche Alter komme. Ei ja no, was soll mer da sage — Passiert is ewe passiert ... rückgängig mache kann mer sowas net ...

Anneliese: Un du fragst garnet, ob ich net entrüstet bin?!

Vater: Entrüstet? Ei ja no, entrüstet bin ich natürlich auch! Empört bin ich! In dem Alter überhaupt. Un dann sogar noch mit ere verheiratete Frau! Awwer mir müsse de Tatsache ins Auge sehn, netwahr ... An dem was bereits geschehe ist, läßt sich ja jetzt nix mehr ändern ...

Anneliese: Ach, Babbache, haste dann überhaupt kei Mitleid wenigstens!?

Vater: Mitleid auch noch?! Des tät noch fehle! In dieser Sache werde ich erbarmungslos vorgehn, nach reine Zweckmäßigkeitserwägunge! Erbarmungslos, wenn auch diskret! Es darf kein Aufsehn entstehn. Un vor alle Dinge darf die Mamma net das Geringste erfahrn. Die regt sich nur auf un kriegt Herzanfäll. Un besonders, wo se morge Geburtstag hat ... kein Wort zu Ihr, verstehste?

Anneliese: Ach, ich weiß überhaupt netmehr, wo ich dran bin ...

Vater: Du sollst dein Mund halte, un sonst garnix. Ich werd mit dem Willi schon alles regele. Da kannste dich aber drauf verlasse!

Anneliese: Un ... wird's ... zu einer ... Trennung komme ...

Vater: Das hängt davon ab.

Anneliese: Wovon?

Vater: Vom Willi.

Anneliese: Wieso vom Willi?

Vater: Wenn er sofort alle Beziehunge abbricht, dann kann er bei uns bleibe. Awwer wenn net, dann muß er erst emal in irgend e ander Stadt zu Verwandte oder so, ich weiß noch net.

Anneliese: Welche Beziehunge soll der Willi denn abbreche?

Vater: Ei, ich denk du bist im Bild? Zu dere verheiratete Frau, von der mir die ganz Zeit spreche.

Anneliese: Was!? De Willi hat schon Beziehunge zu dere ... ich denk, er wollt erst ...

Vater: Was?

Anneliese: Wie?!

Mutter: *(hereinkommend, kühl)* Soll mer noch e halb Stund länger rufe, daß das Abendesse auf'm Tisch steht?

Vater: *(unschuldig)* Ach so, ja, Mamma ... du mußt schon entschuldige ... hä ... wir war'n so vertieft in unser Unterhaltung, daß mir garnix gehört hawwe. Mir hawwe vom Toto gesproche, gelle, Annelies. Hä! Ei no, dann kommt, gehn mer esse! *(Schritte)*

Mutter: *(leise)* Du hast doch net etwa em Babba Andeutunge gemacht?

Anneliese: *(für sich)* Jetz weiß ich garkein Bescheid mehr ...

Willi: *(laut)* Also ein Hunger hab ich! *(Stühlerücken)*

Mutter: *(trocken)* Es is ja auch e Stund später als sonst.

Vater: Ja, Dienst is ewe Dienst. Mahlzeit!

Die andern: Mahlzeit! *(Sie essen. Pause)*

Vater: Ausgezeichnet is des Esse heut wieder, Mamma. *(Pause)* Daheim is es ewe doch am schönste. *(Lange Verlegenheitspause)*

Willi: So gemütlich, net?

Vater: *(bedeutungsvoll)* Jawohl, Willi! Solang, bis die Gemütlichkeit aufhört!

Willi: *(beziehungsvoll)* Ja, jaaa. *(Lähmende Pause)*

Vater: *(krampfhaft ungezwungen)* Was am Bahnhof doch in de Morgenstunde für en Betrieb is. Mer sieht das sonst nie, weil mer als im Büro hockt. Hast du des schon emal beobacht, Mamma, so morgens um elf.

Mutter: Ja. Heut.

Vater: Heut? So. *(für sich)* Ach, du lieber Himmel, da war sie's also doch. *(Lacht)* Ausgerechnet heut war ich auch um elf am Bahnhof. Da hätte mir uns ja eigentlich begegne müsse. Hähä.

Mutter: Eigentlich.

Vater: Hä. Hä. Da hab ich awwer Glück gehabt. Da hätt ich leicht in en falsche Verdacht komme könne bei dir. Hahahahaha. Wann de mich da gesehn hättst ... da hättst du leicht denke könne ... hahaha ... ich hätt' e galant Abenteuer! No, des is awwer komisch! Wie leicht hätt des passieren könne ... ich mein, daß du uns gesehn hättst. Ich hab nämlich die Frau Gemahlin von einem besonders wichtige Kunde aus Hamburg an die Bahn begleit. Ja.

Mutter: So.

Vater: Ja. E sehr nette junge Dame. Mir hawwe einen große Abschluß mit ihrm Mann getätigt. Un weil er bis zum Abgang vom Hamburger Zug sehr beschäftigt war, da hab ich mir's net nemme lasse, ihr e bissi die Stadt zu zeige un sie zur Bahn zu bringe natürlich.

Mutter: Natürlich.

Vater: Des hätt leicht sein könne, daß du uns gesehn hättst, wann du auch um die Zeit ... *(Pause)* Du hast uns awwer wohl net gesehn, oder?

Mutter: Nein.

Vater: Schad. Sehr schad. Ich hätt dich bekannt mache könne mit ihr. Eine sehr nette Dame. Ich hab mich gut unterhalte mit ihr. Wirklich sehr gut.

Mutter: So.

Vater: Ja. *(Pause)* Es ... es is e bissi heiß hier, net? Ja. Und ... e ... was gibt's sonst neues?

Mutter: Nix.

Vater: Bist e bissi einsilbig heut, Mamma. Hm? Biste bös, weil ich so spät komme bin, hm? No ja, wann mer net früher kann, kann mer halt net. Mer tut ja sei bestes. Awwer alsemal, da wird's halt später, netwahr. Es ... e ... hat niemand angerufe ... vom Geschäft oder so?

Mutter: Das haste doch vorhin schon gefragt?

Vater: Achso. Ja natürlich. No ja, 's hätt ja sein könne.

Mutter: Willste noch emal fort?

Vater: Fort? Ich? Wo soll ich denn hin wolle? Ich geh doch sonst auch nie fort.

Mutter: No, ich dacht nur.

Vater: Och ich ... ich bin doch froh, deß ich daheim bin. *(Das Telephon klingelt. Für sich)* Des is es, Gottseidank. *(Laut)* Wer kann dann des ... *(hebt ab)* Hier Hesselbach ... aach, ja. No? Was gibt's denn noch spät? Ach der Chef? So? Schon zurück? Aha. Will mich gleich spreche. Muß das unbedingt noch heut abend ... so. So, no ja, wenn's eilt, dann komm ich halt gleich. Also auf Wiederhörn. *(Hängt ab)* No sowas Dummes.

Mutter: Was is denn?

Vater: Hast ja gehört. Der Chef. Ach, net emal abends hat mer sei Ruh. *(Er bricht auf)* Ja, Kinder, das tut mir ja nun sehr leid, daß ich jetzt so überraschend bei de Chef muß. No ja. Kann mer nix mache. Blöd is des. Ich bin ganz bös darüber. No, awwer morge zu deim Geburtstag, Mamma ... da hab ich mer de ganze Mittag un Abend freigehalte natürlich ...

Mutter: Des kann ich ja garnet annemme.

Vater: Wie? Achso. Hahahahahaha. Sehr gut. Hahahahaha. Die Mamma macht Witz. Ja also, ich geh dann. Un in de Zwischezeit, ihr Kinder, verhaltet euch so, wie ich des von euch erwarte kann.

Mutter: Was meinste dademit?

Vater: Nix. Allgemein. Nur so ... pädagogisch. Net. Mer is doch der Vater, schließlich. Auch du, Annelies. Am Vorabend von ihrm Geburtstag hat die Mamma ein Recht drauf, keine unangenehme Sache zu hörn. Verstehste! Ich will ja kei Rede halte, awwer grad zu dem Anlaß kann des ruhig emal ausgesproche wern, was mir an unserer Mamma hawwe!

Mutter: Laß doch des, Kall!

Vater: Ich weiß, ich weiß, du bist e bissi eingeschnappt, Marieche. Awwer des sollste heut ruhig sein dürfe. Sonst stört mich des ja, awwer heut darfste. Eine Mutter darf auch emal schlecht gelaunt sein, netwahr. Denn was tut se net all für uns? Was wär unser Familielebe ohne sie? Was wärn mir ohne sie? Un weil mir des wisse, soll uns des auch immer e Verpflichtung sei, netwahr, für all unser

Handeln, netwahr. Mir müsse uns bei jeder Handlung
frage: wenn die Mamma des sehn tät, tät sie des billige?
Das gilt besonders für dich, Willi! Tue immer nur das,
was du vor deiner Mutter verantworte kannst, netwahr.
Ja. Hm. So. Also dann. Dann tät ich jetz gehn, netwahr.
Muß ja. Ich bin sehr ärgerlich, awwer ich muß. Ihr ... e
... braucht net aufzebleibe, wann's später wern sollt. Der
Chef der hält eim oft bis tief in die Nacht ... Und, Willi,
mir zwei wern uns morge emal gründlich unterhalte, über
deine künftige ... Entwicklung, will ich emal sage. Ja. Also
dann ... Gunacht!

Die anderen: (gedämpft) Gunacht. *(Vater geht hinaus. Nach
einer Weile geht außen die Korridortür zu)*

Willi: (haut auf den Tisch) Also des is ja allerhand! Da bleibt
eim ja die Spucke weg! Des is ja ... des is ja direkt ...

Anneliese: Heuchelei is des!

Willi: Ach wo, is ja ein viel zu milder Ausdruck für soviel
Hinterhältigkeit un Von-nix-wisse-Wolle un So-tun-als-ob ..

Mutter: (völlig überrascht) Ja, Kinder! ... Was dann, was dann?

Willi: (ausbrechend) Es hat doch kein Sinn, Mamma, drum
erum zu rede und Versteckelches zu spiele! Mir wisse doch
all dasselbe un denke dasselbe ...

Mutter: Willi, kein Wort weiter!

Willi: So ebbes kann mer doch net totschweige, Mamma!
Und schließlich sind die Annelies un ich genau so von dere
Sach betroffe wie du. Also ich bin jedenfalls empört! Un
ich sag's auch!

Anneliese: Also, ob grad du e Recht hast, empört zu sei, nach
dem, was de Babba von dir erzählt hat!

Willi: Von mir! Von mir!? Hat er was erzählt?! Un was,
bitte?

Anneliese: Ich soll's ja net sage ... aber wenn mir schon offe
rede: Also mir hat de Babba vorhin klipp un klar erklärt, du
hättst ebbes mit einer verheiratete Frau!

Mutter: Willi!!!!!!

Willi: Ich?! Also jetzt beiß ich mer awwer gleich e Mono-
gramm in'n Bauch! Net nur Heuchelei! Auch noch Ver-
leumdung. Vom eigene Vater! Ich hab ja net emal was mit
ere Unverheiratete.

Mutter: Also Kinder, jetz duld ich awwer nicht mehr, daß in
meiner Gegenwart mit Andeutunge un Beschimpfunge um

sich geschmisse wird! Jetzt will ich awwer alles genau wisse!

Willi: Das mein ich auch, Mamma. Also erstens emal konnt ja auch der Dümmste merke, daß du den Babba heut morgen am Bahnhof mit der Lydia Limberg gesehe hast.

Mutter: Mit wem?

Willi: Mit der Lydia Limberg. Wo er die ganze Tage gewese is, immer wenn er die Ausrede gemacht hat, er hätt Sitzunge un so. Un bei dere wird er jetzt auch wieder sein. Ich hab en doch selbst eneigehn sehn ins Haus un in die Wohnung von dere. Bergstraße 78, vierter Stock, Lydia Limberg, Schauspielerin. Da is nix dran zu tippe!

Anneliese: (halblaut) Des hätteste net sage solle, Willi ...

Willi: Ich hätt auch nix gesagt, awwer wenn er mir in die Schuh schiebe will, was er auf'm Gewisse hat, da hört bei mir de Gemüshannel auf!

Mutter: (schwach) Ach Kinner! *(Sie bekommt einen Weinkrampf)*

Anneliese: Um Gotteswille, Mamma, reg dich net auf. Komm, leg dich um!

Mutter: (matt) Laßt nur, Kinder. Es geht schon. Es is nur ... wißt ihr ... wann mer jahrelang alles für selbstverständlich hingenomme hat ... unser Familie ... de Babba ... ihr ... und daß mir zusammegehörn ... un auf einmal kommt da ebbes ... un mer spürt, daß alles auf einmal aufhörn soll ... da merkt mer erst, wie mer dran hängt ...

Willi: Also, Mamma, mir halte zu dir, des steht emal fest! Net, Annelies?

Anneliese: (unter Tränen) Des is doch selbstverständlich.

Mutter: (gefaßter) Des is ewe des Furchtbare, daß ihr jetzt sagt, ihr haltet zu mir und netmehr zu uns ...

Willi: (bitter) Lydia Limberg ...! Wann's wenigstens en Mann wär! Den könnt mer wenigstens verhaage! Och, ich wißt schon, was ich da tät!

Anneliese: Komm, Willi, net phantasieren! Ich bring die Mamma jetzt ins Bett.

Mutter: Nein, nein. Geht ihr nur in euer Zimmer. Kümmert euch net um mich. Ich bleib hier sitze, wo ich sitz.

Willi: Dann bleib ich auch hier.

Anneliese: No, dann bleibe mer zusamme. Gell. *(Uhr schlägt neun)*

Willi: (bitter) Lydia Limberg. Zum Lache.

Mutter: (müde) Den Name hab ich schon emal gehört, glaub ich.

Willi: Ich hab noch nie was von dere gehört. Die bekannte Schauspielerinne kenn ich all. Scheint nix besonderes zu sein. Wird e drittklassig Statistin sei, wo nix kann als ihr Bei e bissi zeige.

Mutter: Ich mein, in meiner Jugend hätt emal hier am Theater e bekannt Schauspielerin so geheiße oder so ähnlich ... ach, is ja wurscht. *(Alle seufzen)*

(Überblendung)

(Die Uhr schlägt zehn. Stille)

Mutter: Seid ihr net müd, Kinner?

Anneliese: Nein, Mamma, mir bleibe bei dir.

Willi: Is dir des unangenehm, Mamma, deß mir so garnix sage?

Mutter: Nei, Williche, laß nur. Was soll mer auch sage?

(Überblendung)

Willi: Gleich zwölf! Allerhand is des! Ich möcht nur wisse ... *(resigniert)* no ja.

Anneliese: (traurig) Jetzt hast du gleich Geburtstag, Mammache.

Mutter: En schöner Geburtstag. *(Pause. Schlüsselgeräusch auf dem Korridor)*

Anneliese: Horcht emal! Ewe kommt er!

Willi: Was sage mer jetzt?

Mutter: Nix. Was soll mer da sage?

Vater: (eintretend, freudig erregt) Was, ihr seid noch auf? Des is e gut Idee von euch. Da könne mir de Mamma gleich heut nacht noch gratuliern! Des is mer ganz recht. Is doch noch net zwölf? Nein, in einer Minut! Ich hab's doch noch geschafft. No, Gottseidank! Ich hab mich vielleicht was abgeschwitzt de ganze Abend! Hä! Jetz bleibt noch emal en Augenblick sitze. Ein Monument! *(Er eilt geschäftig hinaus, man hört ihn wirtschaften, Packpapier raschelt. Uhr beginnt zwölf zu schlagen)* Augeblick, ich schaff's noch! *(letzte Schläge)* Zwölf! Un jetzt, Geburtstagskind, hereinspaziert, hereinspaziert!! Die grrrrroße Geburtstagsüberüberraschung! Ei no, komm, komm, Marieche, zier dich net! *(Staunende Ausrufe)*

Mutter: (verständnislos) Ja, was is dann des? E Bild von dir?

Vater: (ausgelassen) Ein Ölporträt! Vom beste Porträtmaler in de Stadt! Vor erer halwe Stund is es fertig worn! Ich hab wie auf Kohle gesesse, de ganze Abend. Un dann wollt er mer's noch net emal mitgewe, weil's noch feucht wär!

Du weißt ja, wie Künstler sin. Awwer ich hab gesagt, der Geburtstag is wichtiger als e verschmiert Stell auf dem Bild un hab's heimgeschleppt. Un des is schwer! Zehn Sitzunge à zwei Stunde warn nötig dadezu! Ich bin bald verzwazzelt. Un es sollt doch auch keins was merke! Ha. Also Mamma, was ich zusammegeloge hab in der letzte Zeit an Verab-redunge un angebliche Konferenze, also des krieg ich nie wieder zusamme, soviel Ausrede. Un der Anruf heut abend! Ha! Der kam garnet vom Chef! Des war alles fingiert! Des war unser Bürodiener, den hatt ich eingeweiht! Hahaha! Un ihr habt nix gemerkt! ... Hahahaha! No, wie gefällts euch? Wie gefällt's dir vor alle Dinge des Bild, Mamma? Täuschend ähnlich, net?

Anneliese: (jubelnd) Wunderbar is es! Mammache, ich gratulier dir!

Willi: (erleichtert) Mammache, ich gratulier dir auch! *(Große Küsserei)*

Vater: Achso, gratuliern, des hätt ich jetz bald wieder ver-gesse vor lauter Bild. Also Marieche, mache mers kurz, ich...

Mutter: (überströmend) Kall, ich dank dir schön! Das haste wunderschön gemacht! Du glaubst ja net, was das für e Geburtstagsüberraschung für mich ist. Ich dank dir, dank dir für alles, was du mir in unserm ganze Lewe ...

Vater: No, no, komm, komm, komm! Mach's kurz un schmerzlos, Marieche ...

Anneliese: Mammache, Babbache ... ach ich bin so glücklich! *(Sie schneuzt sich)*

Vater: Awwer net heule! Komm, also des net, gelle! Des is eb-bes Ekelhaftes, deß in unserer Familie als so Rührszene statt-finde müsse. Komm ... aufhörn! Is ja auch lächerlich, wege so eme Bild! Der Maler is ja sehr gut! Awwer ich mein ...

Mutter: Wunderschön is des Bild, Kall! Täuschend ähnlich. Des bist du, wie du leibst un lebst, Kall! Auf ere Photo-graphie könnts net schöner sein!

Anneliese: (leise zu Willi) Was hast du dann da bloß wieder die Welt verrückt gemacht, Willi, mit deine Räubergeschichte von der „Lydia".

Vater: Un denk dir emal an, Mamma, bei wem der Maler wohnt. Bei der Limberg! Kannste dich netmehr besinne? Die Limberg, die berühmt Lydia Limberg! Die hawwe mir doch damals vor unserer Hochzeit im Theater gesehn, wo se ihr vierzigjährig Bühnejubiläum gehabt hat. Wo die viele Blumme auf die Bühn komme sin!

Mutter: Ach die is des!?

Vater: Ja, eine reizende alte Dame! Bald achtzig, awwer noch gut bei der Hand!

Anneliese: (platzt heraus, leise zu Willi) Des is die Statistin, wo ihr Bei zeigt!

Vater: Was is dann, Annelies'che? Ach gelle, ich hab mich mit Ölfarb bekleckert!?

Anneliese: Ja, un de Willi hat sich mit Ruhm bekleckert!

Vater: (plötzlich nüchtern) Der Willi. Ja so. Ja, des is leider noch e Kapitel ...

Willi: (klagend) Lieber Himmel! Kerle, Mamma! Jetz hätt ich ja bald mei Geschenk vergesse. Awwer da mußt du mitgehn in mei Stub. Ich wollt's nämlich noch umbaue, heut abend. Awwer da bin ich natürlich netmehr dazu gekomme, wege dere ... Awwer im Prinzip is meine Erfindung fertig un ... *(sie entfernen sich, ihre Stimmen werden von der sich schließenden Tür verschluckt)*

Anneliese: Du, Babba! Also mit dem Willi ... also das war bloß e Mißverständnis, von dir und von mir auch! Der Willi hat überhaupt nix derartiges wie du gemeint hast, des kann ich dir schwörn ... der hat des garnet so gemeint ... un du brauchst überhaupt netmehr mit ihm über die Sach zu rede. Für de Willi leg ich die Hand in's Feuer.

Vater: So? Ach, das kommt daher, ich war so durchenanner heut abend, ob auch alles klappt ... So! No, des is mir awwer sehr angenehm. So Aussprache sin mir nämlich greulich zuwider. Jetz muß ich mer awwer erst emal die Ölfarbflecke abwasche.

Anneliese: Ach, un ich muß ja der Mamma noch die Deck gewwe, wo ich nächtelang dran gehäkelt hab. *(Sie holt die Decke und eilt in Willi's Zimmer)* So Mammache, un von mir bloß was ganz Bescheidenes!

Mutter: (bewundernd) Kind, hast du dir e Müh gemacht! Ach, ich dank euch! So viele Geburtstags-Überraschunge! Und die schönst ... *(gedämpft)* Kinner schnell, solang der Babba drauße is: Alles was heut geredt worde is, wird vergesse, versteht ihr mich!

Willi: Vergesse? Noja, aber eigentlich müßt mer da sei Lebe lang dran denke.

Anneliese: Da hat er eigentlich recht. Mer hat erst emal so richtig gemerkt, wieviel eim des alles doch so wert is ...

Vater: *(tritt ein, klagend)* Die Flecke gehn net mit Wasser eraus. Guck emal, so e Sauerei! No ja, mer wolle uns net die Stimmung verderbe! Hä! No, haste dei Geschenke, die Abtrockenmaschin und die Deck? Was sagst du zu deine Kinder, Mamma?

Mutter: Ach Kall, unser Kinner ... ! *(Setzt an zu schluchzen)*

Vater: Jaja, 's is schon gut. Des schönste an dere ganze Geschicht is doch, daß keins von euch gemerkt hat, was ich als für faule Ausred hatt, damit ich bloß zu demMaler gehn konnt! Keins hat ebbes gemerkt. Hahahahahahaha *(Die anderen stimmen in sein naives Lachen beziehungsvoll ein)* Nix gemerkt! Ihr kleine Naive habt gemeint, ich sitz schön brav bei der Handelskammer oder auf'm Verkehrsamt! Ja ... so ebbes bringt ewe bloß der Babba fertig. Vor dem muß mer sich in Acht nemme, der is raffiniert. Haha!

Die Verlobung

Willi: Ei, Mamma, was is dann für e Aufregung? Feiern mer Geburtstag oder was?

Mutter: Ach woher. Heut kommt de Annelies ihrn ... ich mein, heut kommt der Herr Hoffmann zu uns zum Kaffee.

Willi: (pfeift) So? Soll des womöglich in e Verlobung ausarte?

Mutter: Ach, wo denkste dann hin, Willi. Mir kenne ja doch den Herr überhaupt noch garnet. Un zum Verlobe hat die Annelies auch noch Zeit.

Willi: Ja, sie is e bissi zurückgebliebe. In Indien hätt se in dem Alter schon acht Kinner.

Mutter: Also Willi, ich muß schon sage, du bist deiner Mutter gegenüber in letzter Zeit manchmal sehr vorlaut.

Willi: Wieso?

Mutter: Über's Kinderkriege haste überhaupt keine solche Bemerkunge zu mache. Das is e Frechheit.

Willi: Das is awwer ganz ungewollt, Mamma. Das kommt vielleicht daher, deß du mich immer noch net aufgeklärt hast. No, wann ich vierzig bin, wirste das ja auch langsam erledigt hawwe.

Mutter: Willi!

Willi: Ja, unter welcher Rubrik läuft dann der Hans da? Ich mein ... der Herr Hoffmann? „Schwager auf Probe" ... „Schwageranwärter" ... oder was?

Mutter: Ach, garnix. Da kann doch vorläufig gar keine Red davon sein. Die Annelies hat en Bekannte un bringt ihn zu eme Täßche Kaffee mit. Das is alles.

Willi: Ach? Wege dem Täßche Kaffee is en großer Hausputz gestiege un die Wohnung is ausstaffiert, deß mer sich nemmehr zu bewege traut! No, wann des so is ... dann bring ich auch emal eine Bekannte mit zu eme Täßche Kaffee.

Mutter: Du unterstehst dich! Du hast überhaupt viel zu früh angefange, mit de Mäderchen herumzupussiere. Dadevon will ich nix wisse.

Willi: Da brauchste keine Angst zu hawwe, Mamma. Dadevon erfährste auch nix.

Mutter: Mach lieber deine Aufgabe für die Maschinebauschul.

Willi: Das is jetz all netmehr so wichtig. Jetz — wo mir en Ingenieur in die Familie kriege, da wärs doch des mindeste, daß der mir die Aufgabe macht ...

Anneliese: (kommt hastig) Mamma, unter de Gummibaum muß en neuer Untersatz drunter, der sieht ja furchtbar aus! Un über die Nähmaschin muß e ander Deck ... *(schreit)* Willi! Ei, wodrauf stehste dann da?

Willi: Auf meine Händ net. Wieso?

Anneliese: Du stehst auf dem Koksläufer, den ich mit so viel Müh und Sauerkraut aufgefrischt hab!

Willi: Is das desselbe Sauerkraut, das de heut abend deim Hans zum Abendesse vorsetze willst? Hä, was die Annelies auf einmal für e Musterhausfrau is!

Anneliese: Geh sofort erunter von dem Läufer! Ach, un auf de Teppich biste auch schon draufgelatscht mit deine Dreckstiwwel. Sofort gehste enaus un butzt dir dei Stiwwel ab!

Willi: Höi, höi, höi ... net so schnell mit de junge Gäul! ... Du verwechselst mich mit deim Zukünftige! Mich kannste net so schuhriegele wie den, netwahr!

Anneliese: (nervös weinend) Mamma, sag doch dem Läusert, daß er mir net wieder die ganz Wohnung verderbe soll!

Willi: (protestiert) Also sag emal!

Mutter: Willi, komm ... tu doch der Annelies den Gefalle. Du siehst doch, sie is aufgeregt.

Anneliese: Un dein blaue Anzug ziehste an, Willi! So kommste mer net an de Kaffeetisch!

Willi: Noch was? En Frack werd ich anziehe, mit Zylinder! Und damits net zu feierlich wird, werd ich unnerum bloß a Badehos anziehe. Sowas! Alles wege dem Scheich.

Vater: (kommt dazu) Könnt ihr zwei dann niemals Ruh halte miteinander. Ich kann euch doch net in zwei getrennte Käfig setze, damit ihr euch net als fort beißt. *(Betrachtet Anneliese)* — Was is dann mit dir los?

Mutter: Was soll dann mit de Annelies los sein, Kall?

Vater: Ich weiß net. Verändert is se irgendwie.

Anneliese: Garnix. Ich hab e neu Kleid an un e neu Frisur.

Vater: (beruhigt) Ach so. Deswege siehste so komisch aus.

Anneliese: (weinerlich) Mamma, is das wahr, seh ich komisch aus?

Willi: Ach wo, net komischer als wie sonst auch. Komischer gehts auch gar net mehr.

Mutter: Ruhig, Willi! Jetz läßt du aber die Annelies in Ruh! *(beruhigend)* Sehr gut siehst du aus, Annelies'che! Sehr hübsch! Die Männer sin bloß zu blöd, um des zu merke.

Willi: No, wenn wir Männer zu blöd sind, dann is der Annelies ihrn Schatz auch zu blöd. Also hättste die Unkoste sparn könne.

Anneliese: Der Hans is net so!

Willi: Da hörste's, Babba. Mir sin en Dreck. Heut kommt der Mustermann. Der Mann der Männer.

Anneliese: Babba'che, tätste mir net die Lieb und tätst dein Hausrock ausziehe? Bitte, bitte!

Vater: Mein Hausrock ausziehe? Warum dann das?

Anneliese: Weil ... weil ich doch en gute Eindruck mache will mit meiner Familie.

Vater: No, das is ja gelunge! Ich mein, gute Eindruck mache, das scheint mir mehr die Angelegenheit von dem Herr ... e ... Dingsda zu sein. Was ich auf den junge Mann für en Eindruck mach, des steht ja wohl hier net zur Debatte, netwahr. Un ich müßt es schon sehr anmaßend finde, wenn der sich überhaupt die Dreistigkeit herausnemme sollte, in meim eigene Haus auch noch von mir einen Eindruck zu hawwe.

Mutter: Komm, Kall, jetz laß emal die Kinder. Also Annelies, du machst jetz emal alles fertig. Geh nur! Un du, Willi, du ziehst selbstverständlich dein sonndagse Anzug an. *(Willi protestiert)* Nein! Kein Widerspruch! Los! Geh!

Willi: (brummend ab) Auch noch de Kasper mache für den.

Mutter: So, Kall. Und jetz, wo wir noch e paar Minute allei sind, muß besproche wern, was wir mache. Übrigens: den Hausrock behälst du selbstverständlicherweise net an!

Vater: Wieso? Is dann des so e offiziell Geschicht? Es hat doch geheiße, mir wollte ganz zwanglos ...

Mutter: Ja. Awwer der Hausrock is zu zwanglos. Also du ziehst en aus. Da gibt's gar nix. Also weiter. Vor alle Dinge ... du darfst nicht zu offiziell zu dem junge Mann sein. Net so steif ...

Vater: Ewe! Des kann ich doch viel besser in meim Hausrock.

Mutter: Also Schluß jetz mit dem Hausrock! Du ziehst en aus! Un andererseits darfste natürlich auch net gleich wieder zu freundlich zu ihm sein. Als ob mir auf ihn gewart hätte. Mir müsse ihn erst emal auf Herz un Niern prüfe, eh mir uns zu irgend eme Entgegenkomme entschließe. Er muß erst emal den Eindruck kriege, als ob uns an ihm garnix besonners liege dät.

Vater: (eigensinnig) No dadefür wär doch der Hausrock grad des Richtige!

Mutter: Also Kall, mach mich net wahnsinnig mit dem Hausrock! Ich ... ich ... *(es klingelt)* Allmächtiger, das wird er doch net sein. Er wollt doch um vier komme. Un es is doch erst fünf nach vier. Un ich bin noch net fertig angezoge! Los komm her, Kall! *(Ruft flüsternd)* Annelies, du mußt aufmache! Mir komme dann gleich. *(Sie verdrücken sich ins Schlafzimmer)*

Anneliese: (leise) Großer Gott! Ich bin ja noch net gekämmt. *(Ruft nach außen)* Augenblick! Gleich! — *(für sich)* Schnell noch zwei ... Strich ... durch die Haar ... so ... *(Sie öffnet die Korridortür und läßt Hans eintreten)* Guuuten Tag!

Hans: (ein sympathischer junger Mann). Guten Tag, Annelies. Bin ich womöglich zu früh?

Anneliese: Ach wo? Meine Eltern sind gleich fertig. *(Leise)* Duuuu.

Hans: Hm?

Anneliese: Du! Kussibussi!

Hans: (geniert) Du, wenn Deine Eltern ...

Anneliese: Achwo.

Hans: Na komm, Kussibussi. *(Sie küssen sich)*

Anneliese: Auf daß alles gut geht heut. *(Laut und gemacht un-gezwungen)* Also bitte, leg doch ab, Hans. Hier is ein Bügel für dein Mantel. Du mußt entschuldige, gell, es is alles e bißche einfach bei uns.

Hans: Wieso denn? Sehr nett ist es bei euch.

Anneliese: Und große Vorbereitunge hawwe mer auch keine getroffe.

Hans: Na, das wär aber auch nochmal schöner.

Anneliese: Hier! Hereinspaziert! *(er klopft)* Ach, brauchst net anzuklopfe, is ja keins drin. Und Blume haste mir mit-gebracht, des wär awwer wirklich net nötig gewese.

Hans: Ich muß dich enttäuschen, Schnupselchen, aber die hab ich deiner Frau Mutter mitgebracht.

Anneliese: Ach so. Ich bin auch dumm, gell. Awwer da sieht mer's. Gell, du hast Erfahrung in solche Antrittsbesuche?

Hans: *(lacht)* Gelernt ist gelernt.

Anneliese: *(leise)* Weißte, Hans, mei Eltern sind halt e bißche altmodisch in ihre Ansichte. Das darfste'n net übel nehme, gell?

Hans: Na, das ist doch überall so. Wenn wir mal Eltern sind, dann sind wir für unsere Kinder auch altmodisch.

Anneliese: Und so Sache darfste natürlich nachher net sage, Hasi. „Wenn wir Eltern sind" und „unsere Kinder". Für meine Eltern is nämlich die Sach zwische uns zwei noch garnet abgemacht, du. Die sin eher dagege als dafür.

Hans: Warum? Und wenn sie dagegen sind, warum werd ich dann eingeladen, Schnupselchen? Die kennen mich doch noch garnicht.

Anneliese: Das is es ja. Sie wolle dich kenne lerne, damit sie was finde, warum sie dagege sind.

Hans: Aha. Also das wird so'ne Art Examen heut, was?

Willi: *(kommt)* Mahlzeit.

Hans: Tag, Willi, Na, wie geht's Ihnen? Was macht der Maschinenbau? Donnerwetter, sind Sie aber elegant.

Willi: Ich hab mich ja auftakele müsse wie en Pfingstochs. Die Annelies hat mir ja bald de Kopp abgebisse, weil ich net elegant genug wär für den feierliche Anlaß. *(Anneliese gibt ihm einen Rippenstoß)*

Mutter: *(kommt strahlend)* Guuten Taag!

Anneliese: *(verwirrt)* Darf ich vorstellen. Meine Mutter ... der Herr Hoffmann.

Mutter: Sehr angenehm, Herr Hoffmann!

Hans: Guten Tag, gnädige Frau. *(Er küßt ihr die Hand)*

Willi: *(trocken)* Der Herr wird zuerst vorgestellt, das mußte dir merke, Annelies.

Anneliese: *(zischt ihn an)* Ruhig, Dummian.

Mutter: Sehn Sie sich bloß net so arg bei uns um, Herr Hoffmann. Gell, 's is halt e bißche einfach bei uns.

Willi: Wieso is es dann einfach bei uns?

Anneliese: *(leise)* Willi!

Hans: Ich habe mir erlaubt, Ihnen ein paar Blümchen mitzubringen, gnädige Frau.

Mutter: Oh ... des wär awwer net nötig gewese ... so teure Blume!

Vater: *(tritt ein)* Guten Tag allerseits. *(sich vorstellend)* Hesselbach mein Name.

Hans: Hoffmann.

Anneliese: Darf ich vorstelle. Das ist ...

Willi: Was willst dann als vorstelle? Die hawwe sich doch schon vorgestellt.

Anneliese: *(mit gezwungenem Lachem)* Also Willi, du bist unmöglich.

Vater: Wolle Sie sich net setze, Herr ... e

Anneliese: Hoffmann.

Vater: Herr Hoffmann.

Mutter: Komme Sie, wir setzen uns gleich an de Kaffeetisch. Annelies'che, hol den Kaffee erein, gell. *(Anneliese ab)*

Vater: Tja, Sie müsse schon vorlieb nemme mit dem, was wir biete könne. Es is net luxuriös bei uns, awwer solid. Solid ja.

Hans: Selbstverständlich, Herr Hesselbach.

Vater: Das is garnet so selbstverständlich, Herr Hoffmann. Solidität is ein rarer Artikel heutzutag.

Willi: Ja, awwer mir hawwe so viel, mir könne noch e bissi abgewwe davon.

Mutter: Ja ... hawwe mer denn auch genug Stühl? Ich hab mich nämlich um nix gekümmert. Wissen Sie, Herr Hoffmann, das hat alles unser Annelies gemacht. Gedeckt und Kaffee gekocht und gebacke. Sie ist ja so häuslich — ach ja ...

Vater: No also, dann setze mer uns, netwahr. *(Man setzt sich. Pause)* ... Hawwe Sie en weite Weg gehabt hierher?

Hans: Oh danke, es geht. Wenn man fährt, geht's.

Vater: No, dann geht's ja.

Hans: Aber wenn man geht ...

Vater: Ja, dann geht's net. Des glaub ich. Die Entfernunge hier sin doch recht beträchtlich. Mer muß doch meistens fahrn. Ja. Wann mer fährt, geht's. Awwer wenn mer geht, geht's net. Jaja.

Hans: *(ernsthaft)* Na, gegen Berlin ... da geht's immer noch. Dort geht's ja überhaupt nur, wenn man fährt.

Willi: Ja, ich glaub dort geht's net emal, wann mer mit'm Pferd fährt.

Mutter: *(nach einer Pause)* Willi, stell emal die Blume in die groß Vas! Geht's?

Willi: Nein, es fährt. *(Für sich)* Mir komme scheint's net mehr von dem Pferd erunner.

Vater: Sin die von Ihne, die Blume? Sie hawwe ja e ganz Gärtnerei mitgebracht. So hätte Se sich awwer net in Unkoste stürze solle.

Willi: Ja, wirklich. Der Handkuß, den Sie der Mamma gegebe hawwe, der hätt schon dicke gelangt.

Mutter: *(mild verweisend)* Willi! *(Große Verlegenheitspause)*

Vater: *(nach einem Räuspern)* So. Also von Berlin sin Sie.

Hans: Ja.

Vater: Da wolle Sie wahrscheinlich auch später wieder hin.

Hans: Och, eigentlich hab ich ja hier eine sehr schöne Stellung.

Mutter: No, freilich. Was wolle Sie dann da wieder nach Berlin, gell?

Vater: Ja. Nur ewe die Unsicherheit in allem, net. Auch die schönst Stellung kann sehr unsicher sein.

Hans: Da haben Sie schon recht, Herr Hesselbach.

Mutter: *(mißbilligend zu Vater)* Unsicher is doch alles heutzutag, Kall. Des weißte doch selber.

Vater: *(sanft)* Das is es ja, was ich sag, Mamma. Bei so einer Unsicherheit is es ja naturgemäß auch sehr schwer, weitreichende Entscheidunge zu treffe. Das will heut alles besonners gut überlegt sein.

Hans: Unbedingt, Herr Hesselbach. Unbedingt. Nur in meinem Fall allerdings ...

Vater: Wisse Sie ... entschuldige Se, wenn ich Sie unterbrech ... ich steh ja sozusage mitte im Lebe, netwahr. Ich bin ja ... wie Sie vielleicht wisse, seit lange Jahre Prokurist in einer sehr bedeutende ... no also, in einer ... Firma, netwahr ...

Willi: Awwer Prokurist bist doch neulich erst worn, Babba.

Mutter: *(scharf, gedämpft)* Willi, du bist überhaupt nicht gefragt. Der Bub is immer so vorlaut, des is furchtbar.

Vater: *(gelassen)* Der Willi will sage, daß ich den Titel Prokurist erst neulich kriegt hab, netwahr. Aber die Stellung,
die bekleide ich schon seit lange Jahre, netwahr, auch ohne
Titel, das verstehn Sie schon richtig ...

Hans: Aber selbstverständlich, Herr Hesselbach.

Vater: Es kommt ja im Lebe nie auf einen Titel an, sondern
dadadrauf, was einer kann un was einer leistet. Das is meine
Devise. Deswege habe ich nie auf einen Titel geguckt un
hab mich nie um einen Titel gerisse, netwahr. Apropos ...
Sie sind Diplomingenieur, gell?

Hans: N ... noch nicht. Aber ich denke, den werde ich näch-
stes Jahr machen.

Vater: Soso. Nächst Jahr erst. Noja. Kommt Zeit, kommt
Rat. Mer soll nie was übereile.

Mutter: Die Hauptsach is, Sie hawwe Ihr gut Stell, gell! Und
sin auch sonst zufriede, gell? Auf de Titel kommt's ja
net an.

Vater: Da kommt's schon drauf an, Mamma. Besonders wenn
mer ihn net hat. Für die Welt, mein ich. Die Leut gucke
halt ewe doch sehr nach so ebbes. Ich bin ja da anders. Mir
kann mer mit eme Titel überhaupt net imponiern. Obwohl
sich natürlich net leugne läßt, daß so ein Titel auch eine
gewisse Garantie darstellt.

Mutter: *(nervös)* Also, was babbelste dann da zusamme,
Babba? Einmal kommt's auf den Titel an, un e ander mal
kommt's net drauf an ...

Willi: Ei ja, beim Babba seim Titel kommts net drauf an, awwer
beim ...

Mutter: *(scharf)* Willi! *(rasch)* Ich muß doch emal gucke, wo
unser Annelies'che mit'm Kaffee bleibt. *(Anneliese tritt mit
Tablett ein)* Ach, da biste ja, Liewes'che! So! Und hier wär
auch die Torte.

Anneliese: Soooooooooo ...

Willi: Donnerwetter, Sie müsse öfter komme, Hans! Tort hat
die Mamma für unsereins schon lang nemmehr gebacke.

Mutter: Also erstens hat die Tort die Annelies gebacke, netwahr. Un zweitens nimmst du dir jetz e Stück auf en Teller,
Willi, un verschwindst in deine Stub, Aufgabe mache! Un
drittens — wieso sagst denn du „Hans" zum Herr Hoffmann?

Hans: Oh, das darf er ruhig, gnä Frau. Wir haben neulich mal einen Abend lang beisammen gesessen und vertragen uns sehr gut. Willi ist doch meine zukünftige Berufskonkurrenz. Mit der muß ich mich gut stellen.

Vater: Wann er so wenig intensiv arbeitet wie jetz, dann wird er keine groß Konkurrenz wern, der Willi.

Mutter: Los, Willi — du gehst! Du hast Zeichnunge zu mache.

Willi: No ja, geh ich halt. Mit dene blöde Zeichnunge komm ich doch net zu Rand.

Hans: Wenn's wo fehlt, greifen Sie ruhig auf mich zurück, Willi. Wozu bin ich denn hier? Zusammen werden wir's schon schaffen, denk ich. Auch ohne Diplom.

Willi: Ich nemm Sie beim Wort.

Mutter: (scharf) Auf Wiedersehn, Willi!

Willi: Auf Wiedersehn, Mamma. *(Gibt ihr einen Handkuß. Anneliese lacht)*

Vater: Biste verrückt, Willi. Laß gefälligst diese Affereie!

Willi: Wieso denn, der Hans hat ihr doch auch ein gewwe. Und sie hat en sehr gern genomme. Hättst emal ihr Gesicht sehn solle. Mahlzeit *(Er verschwindet mit seinem Stück Torte)*

Vater: Sie müsse entschuldige, awwer der Willi is ein furchtbarer Flegel.

Mutter: Ach, lasse mer doch jetz de Willi, Babba. Komm, Annelies'che. Jetz geb doch emal em Herr Hoffmann auf! Nemme Sie nur! Als genomme! Un jetz setz dich auch emal ruhig hin, Kind. Ach, mit der Annelies hab ich mei lieb Not, Herr Hoffmann, das könne Sie mer glaube. Daß sich die emal ruhig hinsetzt daheim, das kommt garnet vor. Nei, sobald sie daheim is, wird gestrickt un genäht, wird gesäubert und gebutzt un gekocht un gebacke ...

Vater: No, so doll is es awwer net mit der Annelies. Da übertreibste awwer stark, Mamma.

Mutter: (ihren Ärger unterdrückend) Ach, das merkst du bloß net, Babba. Wie sich das Kind abrackert un schafft de ganze Tag! Un dann näht se sich noch alles selber un stickt un kann Stoff bedrucke, un Stoffmalerei kann se auch, un ... e ... was kann sie noch gleich? ...

Anneliese: (geniert) Ach, komm Mamma! Du machst ja direkt en Hausdrache aus mir.

Vater: Ewe, des mein ich auch. So schlimm wie du is die Annelies doch garnet ...

Mutter: Die Annelies is eine perfekte Hausfrau. Das muß emal gesagt wern!

Hans: So, jetzt kommt's aber raus, Annelie. Wissen Sie, was sie mir nämlich für einen Bären aufgebunden hat, gnä Frau.

Mutter: (verwirrt) En Bär? Die Annelies?

Hans: Ja, sie hat behauptet, sie verstünde überhaupt nichts vom Haushalt, und sie wäre die geborene schlechte Hausfrau!

Mutter: (verständnislos) Schlechte Hausf — No sowas! Das is awwer nur ihre Bescheidenheit! Da könne Sie ganz beruhigt sein. Eine Tochter von mir is auf jeden Fall eine geborene gute Hausfrau. Wie kannste dann so dummes Zeug rede, Annelies?

Anneliese: (herausplatzend) Weil nämlich der Hans die „geborene Hausfraue" net ausstehn kann!

Hans: Na, das hab ich aber nie gesagt ... ich habe nur ...

Anneliese: Sei nur still, du. Wenn du über deine Vermieterin herziehst, weil sie so e Musterhausfrau wär, so en Putzteufel un so ...

Hans: Ja, ich ... e ... ich ... e ... meine, es gibt Fälle ... wo es übertrieben wird, nicht wahr ...

Vater: Das gibt's. Da habe Sie allerdings e wahres Wort gesproche.

Mutter: (rasch) No, also übertreibe tut's die Annelie natürlich net. Ach wo. Im Gegeteil. Dadezu beschäftigt sie sich ja vielzuviel mit ander'n Sache, gell. Wenn ich denk, wie oft sie Bücher liest. Un überhaupt so intressiert is sie so an allem, was in der Welt geschieht, un versteht auch von allem was, Sprache hat se gelernt ...

Anneliese: (leise) So hör doch auf, mich förmlich anzupreise! Des is ja furchtbar.

Mutter: (verzweifelt) Ja ... ich ... e ... ich mein ja nur ...

Vater: (massiv) Ja, um wieder auf unser Thema zurückzukomme. Also nach Berlin habe Sie keine Verbindunge mehr sozusage?

Hans: Nein, nein. Zumal ich vollkommen allein stehe.

Mutter: Allein? Ach, des muß ja bitter sein, gell?

Hans: Na ja, man gewöhnt sich an alles. Man muß eben ...

Mutter: (mitleidig) Ach, und da habe Sie überhaupt niemand in der ganze Welt, der Ihne e bißche näher steht? Is dann sowas überhaupt auszuhalte, wenn mer so gar kein Umgang hat?

Hans: Ach, so schlimm ist das auch nicht. Man trifft sich mal mit Kollegen, zum Skat ...

Vater: (interessiert) So? Skat spiele Sie? Hmhm. Gut?

Hans: Mit Contra, Re und Sau. Verzeihung, gnä Frau, aber das heißt so.

Mutter: Nojaa. Awwer Skat ersetzt ewe doch net die Familie. Und da hatte Sie bisher ... garnix?

Hans: Doch, ich hatte allerdings früher mal in einer hiesigen Familie verkehrt.

Mutter: Awwer jetzt netmehr?

Hans: Nein.

Vater: So.

Hans: Ja.

Vater: Ei no, des geht uns ja auch nix an ...

Hans: Tja ... e ... das war nämlich so ..., daß ich ... e ...

Anneliese: Der Hans war nämlich verlobt. Aber er ist schon wieder entlobt.

Mutter: (nach beträchtlicher Pause) Verlobt?

Hans: J...ja. Die, die Dame, mit der ich ... wir haben eben gefunden, daß wir eben doch nicht zusammen passen und da haben wir eben die Konsequenzen gezogen ... und uns eben wieder ... eben getrennt ...

Anneliese: Eben.

Vater: No ja. So was gibt's. Mer kann natürlich drüber streite, ob mer's überhaupt zu einer Verlobung komme lasse soll, wenn mer sich ebe net vollkomme klar is, ob mer ebe ... *(Willi erscheint in der Tür)* Willi, was willst du dann schon wieder? Die Mamma hat dich doch grad enausgeschickt?

Willi: Ich wollt de Hans nur beim Wort nemme. Ich komm mit dere Zeichnung net zurecht. Könnte Sie net emal en Augeblick erüber komme, Hans?

Anneliese: Also, das is doch eine Unverschämtheit!

Hans: Aber wieso denn, Annelie? Wenn Sie nichts dagegen haben, gnädige Frau und Sie, Herr Hesselbach, dann helf ich ihm gern.

Vater: Da wir sowieso mit dem Kaffee fertig sind ...

Mutter: Awwer nachher müsse Sie noch e paar Stückchen Tort esse. Sie hawwe ja noch kaum was gehabt. Womöglich hat's Ihne garnet geschmeckt?

Hans: Aber ich bitte Sie, gnä Frau. Im Gegenteil, Ihre Torte war phantastisch.

Mutter: Das müsse Sie awwer der Annelies sage, ... die hat se gemacht.

Hans: Ach so, ja. Natürlich. Ja, also wenn ich darf ...

Vater: No, warum dann net. Gehn Se ruhig e bissi enüber zum Willi. Derweil kann die Mamma de Tisch abdecke, un dann setze mer unser Unterhaltung fort. Geh du auch ruhig mit, Annelies! Ja, ja geht nur! Also bis nachher.

(Hans mit Anneliese und Willi ab)

Mutter: Also, ich versteh dich net, Kall. Also wie du dich ewe benomme hast! Du warst ja fast beleidigend!

Vater: Ich? Im Gegeteil. Diplomatisch war ich, du hast die Sach schon sehr undiplomatisch angefange, muß mer sage. Warum hast du dann dem bloß unser Annelies aufschwätze wolle wie en alte Ladehüter.

Mutter: Erlaube mal!

Vater: Mer wolle uns jetz net kabbele, Mamma, sondern lieber die paar Minute benutze, um uns klar zu wern, ob mer dem junge Mann Hoffnunge mache solle oder net. Also erst emal: Daß er so teure Blume gekauft hat — des gefällt mir sehr wenig.

Mutter: Ja, da muß ich dir leider recht gebe, Kall. Das deutet auf eine sehr leichtlebige Veranlagung.

Vater: Gell? Un daß er dir die Hand geküßt hat, is auch so en Blödsinn ...

Mutter: *(pikiert)* Wieso is das ein Blödsinn? Er hat ewe Bildung. Un weiß, was sich schickt. Auf mich hat das en gute Eindruck gemacht!

Vater: Hand küsse ... so was Verrücktes. Wenn du schön un jung wärst, tät ich nix sage. Noja ... Was viel schwerwiegender is, des is, deß er nix is. Ingenieur kann sich jeder schimpfe. Ohne Diplom hat er doch garkeine Aussichte. Und Vermöge scheint er überhaupt keins zu hawwe.

Mutter: Was mir de Annelies mitgebe könne, is schließlich auch nur nachkriegsmäßig. Bei diesem Frauenüberschuß von einem ernsthafte Bewerber auch noch Vermöge verlange! Daß er überhaupt en Mann is un heirate will, das is ja heutzutage allein e Vermöge. Heut könne alte Glatzköpp noch glänzende Partiee mache.

Vater: Bitte keine Anspielung auf mei Glatz! Jedenfalls kannst du unter diese Umstände besonders froh sein, daß du mich hast.

Mutter: *(begütigend)* Das bin ich ja auch, Kall. Wann ich auch manchmal so tu, als ob ich's net wär.

Vater: Bitte, auch keine Rührszene! Du weißt, das legt sich bei mir auf de Mage.

Mutter: Awwer, daß sich der Hoffmann so unerhört über die Hausfraue geäußert hat ... was soll mer dadezu sage? Is der net ganz klar im Kopf? Ich weiß garnet, was der gege die Hausfraue hat?

Vater: Awwer ich. Ich hab früher auch immer Angst vor einer perfekte Hausfrau gehabt, wo mer kei Schrittche gehn darf, ohne deß mer gesagt kriegt, mer soll auf de Teppich trete und soll achtpasse, deß mer kein Kratzer irgendwohin macht. Direkt Angst hab ich gehabt dadevor.

Mutter: Ach geh fort, hast du Angst?

Vater: Jetz net mehr. Auch die Angst stumpft ab mit der Zeit. Un wenn mer so der Gefahr täglich ins Auge blicke muß, wie ich ...

Mutter: Och, jetz hör awwer emal auf, Kall, ich bin doch wahrhaftig net so. Ich hab dir doch noch nie im Lebe ... übrigens hast du schon wieder dein Brillefutteral auf das Mahagonischränkche gelegt, Kall, wie oft soll ich dir des noch sage. Da geht doch die Politur devo ab! ... Also um auf den Hoffmann zurückzukomme. Am wenigste gefällt mir an dem Mann, daß er Skat spielt. Wer spielt, vergeudet Zeit und Geld!

Vater: Was? Un ich bin grad froh, wann mer endlich emal en dritte Mann zum Skat finde. Das is des einzig Vorteilhafte an dem. ... Awwer was sagste dazu, daß er verlobt war?

Mutter: Un wieder entlobt!

Vater: Das macht ein doch stutzig. Denn wenn sich einer erst emal zum Entlobe durchgerunge hat und hat gemerkt, wie leicht des geht, da hat er vielleicht Geschmack dran gefunde un macht's in Zukunft auch so. Un wann mer sich erst e paar mal mit Erfolg entlobt hat, dann rutscht eim auch e Scheidung viel leichter von der Hand.

Mutter: Auf der eine Seit is mer froh, wenn mer ein für die Annelies hat, auf der andere Seit fragt sich's, ob er auch der Richtige is.

Vater: Mir is des sehr zweifelhaft, ob mir unser Einwilligung gewwe solle. Awwer noch zweifelhafter is mir, ob die zwei sich was drauß mache, wenn mir sie net gewwe.

Mutter: Du meinst doch net, deß die Annelies ohne unser Einwilligung den ...?

Vater: Heutzutage. Liewer Himmel. Mir Alte sin doch abgemeldt. Die mache ja doch, was se wolle ... du, guck emal was is dann des da ... auf'm Fußboden! En Brief? *(Er hebt einen Brief auf)* An Inge Bechttold, Absender Hans Hoffmann. Briefmark noch net gestempelt. Un offe is der Brief auch noch.

Mutter: An ein Fräulein Inge ... wie war der Name? Der Brief muß ihm aus em Rock gefalle sein. No, des is ja sehr interessant. Was hat der dann an andere Fräuleins zu schreibe, wenn er sich mit unserer Annelies verlobe will. Vielleicht hat der noch e paar andere Bräut ...! Also, Kall ... mir müsse uns Gewißheit verschaffe. Mir müsse den Brief lese.

Vater: En fremde Brief?

Mutter: Der Brief is ja noch net zugebabbt. Da kann mer'n ruhig lese. Das is ja direkt en Wink vom Himmel. Kall, das wär ja direkt e Sünd, wenn mer die Gelegenheit verpasse tät, sich über das Lebensglück seiner Tochter Gewißheit zu verschaffe. Vielleicht is der Mann überhaupt en Heiratsschwindler!

Vater: No, no, vorhin haste'n noch gelobt, weil er die, die Hand geküßt hat.

Mutter: Ei ja, des solle ja so Kerl auch als fort mache.

Vater: Dann muß des ja e mühselig Geschäft sei.

Mutter: Sei doch net immer so zynisch, Kall. Vielleicht is er auch keiner. Awwer hat dadefür mit einer andere e Verhältnis. Kall ... da is kei Sekund zu verliern. Zieh den Brief vorsichtig aus em Kuvert un les. Un ich steh an de Tür un horch, ob sie auch net zurückkomme.

Vater: (seufzend) No, meinetwege. Du, da liegt ja e Bild drin von eme Mädche. Sehr hübsch.

Mutter: Von eme Mädche? Zeig emal her! Da hammer's schon! Hübsch nennst du die? Da hast du awwer en sehr primitive Geschmack, die is doch net hübsch!

Vater: No, wenn du so wärst, hätt ich nix dagege.

Mutter: Ach, die kann doch unserer Annelies das Wasser net reiche. Was schreibt er ihr denn? So les doch endlich!

Vater: „Liebste Inge! Kuß und Dank für das Bild zuvor."

Mutter: (böse) Aaha! Da hammer's, Kall.

Vater: Was brüllste mich dann an? Ich hab doch den Brief net geschriwwe?!

Mutter: Ja, awwer du hast den Brief net lese wolle! Weiter!

Vater: „Du machst mir große Hoffnungen, liebste Inge! ...

Mutter: So ein Halunk!

Vater: „Eigentlich wollte ich dich heute schon besuchen, aber es wird erst nächste Woche klappen." ... No, das is ja starker Tuwak.

Mutter: Gehn dir endlich die Auge auf, was des für einer is!?

Vater: Wieso? Ich hab doch von Anfang an gesagt, der Kerl is mir verdächtig. Du hast dich doch von em einwickele lasse mit seiner Handabschleckerei.

Mutter: So les doch weiter un laß die dumme Sprich! Sowas Ungeschicktes wie du, geb her den Brief! *(Reißt ihn weg und liest)* „Liebe Inge, so wie wir miteinander stehn ..." Des is ja ... „So wie wir miteinander stehn will ich dir reinen Wein einschenken. Es ist gut, daß dein Mann nichts von der ganzen Sache weiß." Eine verheiratete Frau! Mit einer verheiratete Frau hat's dieser Lump! Also, deß du des net gleich gemerkt hast, Kall. Du hast ewe überhaupt kei Menschenkenntnis.

Vater: So les doch endlich weiter, mer weiß doch noch gar net, was mer mit dem Brief anfange soll.

Mutter: Wieso steht auf'm Kuvert „Fräulein Inge Dings", un dabei isse verheiratet?

Vater: Auf dem Kuvert steht „An Frau Inge Bechttold".

Mutter: Du hast doch vorhin gesagt „Fräulein".

Vater: Nein, das hast du gesagt. Ich hab gesagt An Inge Bechttold. Frau Inge Bechttold. So halt dich doch nicht auf mit so Kleinigkeite! Geb den Brief her! Ich will jetz endlich emal fertigslese. *(Reißt ihn ihr weg)* „Daß du dich so um mich kümmerst, ist wirklich mehr als man von seiner Kusine verlangen kann."

Mutter: Seine Kusine is se auch noch! Das wird ja immer besser.

Vater: Ruhig! „Die junge Dame, die du mir zugedacht hast, mag so nett sein, wie sie auf dem Photo aussieht, und so vermögend, wie du sie mir schilderst. Und ihr Vater mag ein noch so großes Werk haben, in das ich einheiraten könnte ... Aber es geht nicht." ... Hm, ... was is dann das jetz wieder? „Mein Herz hat bereits gesprochen. Ich habe vor einiger Zeit eine junge Dame aus einer sehr guten Familie kennen gelernt."

Mutter: Schon wieder e anner Frau!

Vater: „Ein Fräulein Hesselbach."

Mutter: Ach, das solle mir sein — die sehr gute Familie?

Vater: No, sin mer des vielleicht net?

Mutter: Da bin ich net so sicher, Kall.

Vater: Weiter erst emal. „Der Vater ist Prokurist einer sehr bedeutenden Firma." ... Das is wahr ... „Ein sehr angesehener Herr" ... Das is auch richtig. Falsche Angabe macht er nicht ... „Die Mutter, die ich einmal zusammen mit ihrer Tochter im Kaufhaus von weitem sah, ist eine außerordentlich jugendliche und sympathische Erscheinung von einer fast mädchenhaften Zartheit, dabei der Typ einer echten, umsichtigen Mutter."

Mutter: (flatternd) Ei, wo hat der mich dann gesehn? Ach, letzte Mittwoch, wo ich mit de Annelies einkaufe war. Ja, da hab ich den helle Mantel angehabt. Der kleidet mich auch wirklich sehr gut. Der macht jung. Awwer des annere, was er da von mir schreibt ... das is ja ... *(verschämt-geschmeichelt)* das is ja ... lächerlich.

Vater: Des mein ich auch. Jetz sieht's ja bald so aus, als ob er's auf dich abgesehn hätt.

Mutter: Dumm Zeug, Kall. Jugendlich hab ich s c h o n ausgesehn. Wenn du's auch net glaubst. Du guckst mich ja auch nie an. Das muß dir immer erst von andere Männer gesagt wern. So les doch weiter!

Vater: „Annelie und ich lieben uns sehr und wollen uns auf jeden Fall einmal heiraten. Wir hoffen sehr, die Zustimmung ihrer lieben Eltern zu erlangen. Ihre Vermögensverhältnisse kenne ich nicht. Sie sind auch völlig unwesentlich für meine Entscheidung. Ich will nicht mit Schwiegervaters Geld sondern aus eigener Kraft Annelie's und meine Existenz aufbauen." No, des läßt sich hörn.

Mutter: (erregt) Ja, hat ihm dann die Annelies net gesagt, deß sie eine sehr schöne Aussteuer mitbringt?

Vater: (liest) „Du weißt, liebe Kusine, daß meine erste Verlobung auseinander ging, weil Lilli nichts als Tanzen und Nachtlokale im Kopf hatte. Da ist Anneliese Hesselbach doch aus einem anderen Holz geschnitzt." Gottseidank!

Mutter: No, wann die so eine war, da hat er awwer recht gehabt, wenn er die Verlobung gelöst hat.

Vater: „Allein schon die Persönlichkeit von Annelie's Eltern ist eine Gewähr dafür, daß unsere Ehe nicht nur ein flüchtiges Liebeserlebnis, sondern eine moralisch und charakterlich bestens fundierte Verbindung wird." Also dadegege läßt sich nix sage. Sehr gut gesagt. Du hast den Mann awwer vollkomme verkannt, Mamma.

Mutter: Du warst doch so mißtrauisch. Ich hab nur deshalb, weil Du … *(plötzlich)* Awwer was is denn mit dem Mädche?

Vater: Welchem Mädche?

Mutter: Dem Mädche auf dem Photo! Stellst du dich awwer an!

Vater: Du läßt mich ja net weiterlese. „Deswegen wollen wir beide Deinen Plan, mich mit dieser jungen Dame zusammenzubringen, vergessen. Natürlich will ich sie auch gar nicht persönlich kennenlernen. Es hätte keinen Sinn. Anbei ihr Photo zurück. Wenn du mir wieder schreibts, liebe Kusine, dann bitte ins Büro, und nicht in meine Wohnung. Meine Wirtin hat nämlich die abscheuliche Angewohnheit, meine Briefe zu lesen . . . . . . " *(hastig)* Komm her, mir stecke den Brief wieder ins Kuvert … und lege'n genau dahin, wo er vorher gelege hat. Auf de Boden, nebe seinen Stuhl . . . . . .
(Es klopft)

Mutter: (leise) Das sind se! Eil dich! *(laut)* Ja, bitte?

Hans: (tritt mit Anneliese ein) So! Die Konstruktionszeichnung wär in Ordnung.

Anneliese: Also, Kinder, bis de Willi des emal kann, was der Hans nur so aus em Handgelenk schüttelt … ich hab ja direkt gestaunt, daß es sowas gibt von Fertigkeit …

Hans: Na, nu übertreib mal nicht. Gnä Frau, es ist nun doch schon später geworden. Ich darf Sie nun wirklich nicht länger aufhalten … als Fremder …

Mutter: Was? Sie wolle gehn?

Vater: (herzlich) Ach woher dann! Sie sin doch ewe erst komme. Un wenn mir uns auch erst heut persönlich kenne gelernt hawwe … für uns sin Sie doch durchaus kein Fremder

Mutter: No, das wär ja noch schöner.

Vater: Jaja, des dürfe Se mir ruhig glaube. Und außerdem … es hat doch überhaupt noch Skat gespielt wern solle.

Mutter: Des tät noch fehle. Nein, da gibt's garnix, Herr Hans … gell, ich darf doch so sage … Sie bleibe bei uns zum Abendesse. Mich müsse Sie deswege jetz entschuldige. Ich werd in der Küch was richte. Un Babba, du gehst enüber in die Weinhandlung, gell, und holst uns was Gutes zu trinke.

Vater: Mach ich! Natürlich! Das heißt, wenn's net unhöflich is, Sie emal en Augeblick allein zu lasse.

Mutter: (lächelnd) No, so ganz allein bleibt er ja net. Er muß ewe mit der Annelies vorlieb nemme . . . Wenn's auch schwer fällt . . . .

Vater: Ach so, ja. Die Annelies hab ich ganz vergesse. *(Alle lachen)*

Mutter: Also dann: Bis nachher! Komm, Babba ...

Hans und Anneliese: Bis nachher! *(Die Eltern verlassen das Zimmer)*

Anneliese: (nach einer beseeligten Pause) Du, Hasi! Merkst du was?

Hans: N—ja.

Anneliese: Ich glaub, du hast sie erobert, mei zwei Alte! Ach, du!! Ich bin ja so glücklich!

Hans: Na, und ich erst, Schnupselchen! Ist doch viel besser so als mit großem Krach. *(Sie küssen sich ausgiebig)*

Anneliese: Dann sage mir's ihne heut Abend noch, gell!

Hans: Klar.

Anneliese: Also, wie wir vorhin enausgange sind, da hab ich schon gedacht, du liewes Bißche, die mache Schwierigkeite. Awwer jetz ... wie umgewandelt! Wie haste das bloß geschafft, Hasi?

Hans: Ganz einfach, Schnupselchen. Erst mal Kussibussi. *(Sie küssen sich)* Mit dem Brief da hab ich es geschafft. Da liegt er noch. Beziehungsweise wieder.

Anneliese: Waaas? Du hast wirklich die Komödie mit dem Brief gespielt, wo du neulich emal davon gesproche hast? Also sowas! No, wenn ich des geaaahnt hätt ... ich glaub, ich wär gestorbe vor Aufregung. *(Zärtlich)* Sowas! Du bist doch en richtiger Lump, du. Kussibussi *(Sie küssen sich)*

Hans: Na, hör mal, Schnupselchen. Alles, was über dich und deine Eltern in dem Brief steht ... das ist nämlich die reine Wahrheit. 'N bißchen geschmeichelt, aber das hört jeder gern. Nur die Kusine und das reiche Mädchen auf dem Photo ... die sind gelogen. Taktik, Schnupselchen.

Anneliese: Du, wenn das mit dem Brief awwer schiefgegange wär ...

Hans: (unbekümmert) Aber Schnupselchen, warum sollt' es
denn schiefgehn? Bei meiner ersten Verlobung hat das doch
auch prima geklappt . . . .

(Überblendung)

(Hochrufe auf das Brautpaar. Gläserklingen. Glückwünsche)

Vater: (dazwischen) No, dann mache mer auch gleich Schmol-
les, da geht's in eim Aufwasche hin.

(Erneute Bewegung, Durcheinanderreden. Vater klopft ans Glas)

Vater: Meine liebe Kinder, un vor alle Dinge natürlich auch:
lieb Mamma! Ich will ja kei Red halte. Awwer ... andererseits ...

Mutter: ... willste doch eine halte.

Alle: (lachen)

Vater: Ach nei, nei. Wanns auch noch lang Zeit hat, bis ihr
zum Heirate kommt — ich will euch jedenfalls sage, daß
ich mich freu. Trotz allem. Dann seht ihr, für en Vater is
das immer so e Sach, wenn er zwanzig Jahr lang sei Tochter
gehüt hat wie sein Augappel, vom erste Moment an, wo se
mit ihrm kleine verschrumpelte Gesichtche in ihrm Körbche
gelege hat. Un dann is se größer un größer un hübscher un
immer hübscher geworde, un war so sein rechter Stolz un
sein Sonneschein ... un jetz sitzt da auf einmal so en fremder
Kerl da un will se eim ewegschnappe. *(Bewegung)* Noja,
Hans, also ... du kannst wenigstens Skat spiele. Ich muß
mer se ja ewegschnappe lasse die Annelies, was bleibt mir
dann andersder übrig? Ich kann mer se doch net an de Hut
stecke.

Alle: (lachen)

Vater: Das is ja das Komische. Auf der eine Seit freut mer
sich, daß se heirate soll ... un auf der andere ... *(er kämpft
mit seiner Rührung)* Awwer ihr zwei, Annelies und Hans,
bildet euch bloß net ein, jetz wär alles in Butter, weil mir
zwei Alte Ja gesagt hawwe! Für euch geht's jetz erst
richtig los. Un wann's was rechtes werde soll mit euch, dann
müßt ihr euch sehr, sehr viel Müh gebe und sehr, sehr
nachsichtig sein mit einander, denn sonst is es schon Essig
mit der Eh.

Mutter: (gerührt) Das is wahr. Ich war immer sehr nachsichtig.

Vater: Du auch? So. No ja. Seht ihr ... die Ehe, das is wie
im Toto. Wenn mer Glück hat, groß Glück ... dann is
mer im erste Rang. Awwer dann komme auch Momente ...
da sagt mer sich ... no, also es is doch e Sach zweiten Ranges

... un manchmal, da denkt mer sich sogar ... no, mer is grad noch so mit em Einsatz erauskomme, mit eme blaue Aug, im dritten Rang. Un wenn mer Pech hat, da hat mer überhaupt danewe getippt. Awwer das is das Wunderbare: wenn mer sich Müh gibt un der andere gibt sich auch Müh, un die Sach mag noch so verfahrn aussehn ... mer kann's immer wieder zum erste Rang bringe. Mer weiß nie, was kommt, awwer mer darf nie de gute Wille verliern. Hier, Hans! Guck dir deine künftige Schwiegermutter an! Da sitzt se. Guck se dir genau an! Da weißte, wie dei Frau in fünfundzwanzig Jahrn aussieht! *(Pause. Weich)* Mamma! Er strahlt dich an und bleibt sitze. Mamma, er hat net die Flucht ergriffe, ich schein doch im erste Rang getippt ze hawwe ...

Alle: (lachen gerührt und prosten sich zu)

Ferienpläne

Mutter: (*eine heftige Diskussion der vier Familienmitglieder energisch abschließend*) Also! Der Annelies ihrn Urlaub fällt genau mit em Willi seine Ferie zusamme. Und de Babba kann sich sein Urlaub lege, wie er will. Jetz seh ich awwer doch wahrhaftig net ein, warum da unser Familie net zusamme in die Ferie fahrn soll!?

Anneliese: Ei no, ich hab ja schließlich net nur e Familie, sondern ich bin ja schließlich auch verlobt, Mamma.

Willi: Ja, un ich mein, Mamma, dir tät des doch auch wirklich ganz gut, wann du selber emal e bissi Urlaub von deiner Familie nemme tätst.

Mutter: Mit andere Worte: unser beide Kinder wolle alles mögliche; nur eins wolle se auf jeden Fall net: mit ihre Eltern in Urlaub fahrn.

Willi: Ach wo, Mamma, des hab ich doch garnet gesagt! Ich tät schon gern mit der Familie gehn. Awwer ich will doch mit meim Freund e Faltboot-Tour mache. Also, wenn de da mitkomme willst, Mamma, da biste uns herzlich willkomme.

Anneliese: (*lacht*)

Mutter: Du weißt genau, deß ausgerechnet ich mich grad in e Faltboot setze tät! Blödsinn. Soviel Unglücker passiern da. Daß du dich in so e Gefahr begibst ... also das erlaubt der Babba schon überhaupt net. Netwahr, Babba? So sag du doch auch emal was, Kall!

Vater: Ei ja no, was soll ich dann sage? Ich hab ja nix zu sage in dieser Familie. Der Babba schweigt un bezahlt. Dadrauf kommt ja doch die ganz Geschicht wieder eraus.

Willi: (eifrig) Ewe net, Babba! Ewe net! Wenigstens, was mich betrifft, net! Also nämlich de Fritz ... mein Freund, net ... also der stellt des Faltboot. Un Proviant nemme mer uns mit. Un schlafe tun mer im Zelt. Die ganz Geschicht kost dich kein Pfennig, Babba!

Mutter: Im Zelt! Auch noch! Dadefür hab ich dich awwer net großgezoge, Willi, deß de dir in eme Zelt e Rippefellentzündung un e Lungeentzündung un noch Schlimmeres holst!

Willi: Och, geh fort, Mamma, die Nomade schlafe ihr ganz Lebe lang in Zelte und des schadet dene garnix.

Mutter: Was die Tomate mache, is mir ganz schnuppe. Du schläfst jedenfalls net in eme Zelt. Solang ich hier noch ebbes zu sage hab, wird dir des der Babba verbiete.

Vater: Och no, Mamma, jetz mach awwer emal e bissi halblang. Du siehst nix wie Gefahrn.

Willi: Hört! Hört!

Vater: Ich hab auch schon im Zelt übernachtet. Im Zelt hat schon mancher besser geschlafe als mancher andere, der im weiche Bett liegt, awwer mit einer Frau danebe, die ihm die halb Nacht Vorträg über des zu wenige Haushaltsgeld hält.

Mutter: Kall, ich verbitte mir, daß du mich in dieser Weise ...

Vater: Was dann, Mamma? Ich hab ja nur völlig allgemein gesproche. Es brauche sich nur diejenige getroffe zu fühle, die sich getroffe fühle. Is doch was ganz Natürliches, Mamma: Junge Kerl wie de Willi ... die wolle ewe enaus in die Natur. Lagerfeuer ... Faltboote ... Schwimme ... Sonnebrand kriege ... sich de Mage verderbe an selbstgekochte Sache ... un ewe Urlaub von der Familie. Das tät jedem von uns garnet schlecht.

Mutter: (scharf) Willst du dademit womöglich sage, deß du auch allein fort willst, Kall?

Vater: Ich will überhaupt net fort in meim Urlaub. Awwer wann beispielsweise du fortwolle tätst, Mamma, da hätt ich dadefür ... volles Verständnis, will ich emal sage. Und ich würde dir also dadegege ... wanns mich auch Überwindung kostet, natürlich ... würde deine diesbezügliche Pläne jedenfalls nix in de Weg lege. Ich muß mich dann ewe hier daheim allein zurechtfinde. Wohl oder übel, net. Awwer laß du dich dadurch nicht abhalte!

Mutter: (beleidigt) Ich versteh schon. Ich werd ja heut geradezu überhäuft mit Beweise der Anhänglichkeit meiner Familie! *(fast schluchzend)* Dann sagt mir doch gleich, daß ihr mich net mehr hawwe wollt! Daß euch nix mehr an mir liegt! *(Proteste der anderen)* Ja, ja, ich weiß schon. Die Mamma, die is gut genug, um zu koche un zu wasche un Knöpp anzunähe …

Willi: Un vor lauter Kampf um en alte Eimer ihr Kartoffel anbrenne zu lasse …

Anneliese: Also Willi, wie herzlos! Mammache, ich bitt dich, wie kannste dann nur sowas von uns denke! Awwer des mußte doch begreife: jeder Mensch hat ewe eine eigene Vorstellung von eme schöne Urlaub!

Mutter: Und meine Vorstellung von eme schöne Urlaub is ewe: nur zusamme mit meinem Mann und meine Kinder! Wie sich des gehört!

Willi: (unschuldig) Ei no, da bleiwe mer doch gleich daheim un gehn bloß drei Woche lang jeden Tag schön zu viert in de Anlage spaziern. Un ab un zu, da setze sich de Babba un die Mamma auf e Bank … un die Annelies un ich, mir spiele zusamme im Sand … backe, backe Kuche …

Vater: (lachend) Mamma, du kannst die Kinder net ewig am Schürzebännel halte. Un wenn em Willi sei Ferievergnüge nix kost … no also, da bin ich durchaus net abgeneigt. ihm meine Genehmigung zu erteile.

Willi: Bravo!

Mutter: Wer is denn überhaupt dieser Fritz, der dieses Paddelboot hat?

Willi: Der Fritz … des is … des is ein Freund von mir!

Mutter: Von dem hast du awwer noch nie was erzählt! Bist du ganz sicher, Willi, daß dieser sogenannte Fritz net zufällig Röck trägt un Erika heißt oder so ähnlich?

Willi: Och, wo denkste dann hin!

Vater: Willi, ich will doch net hoffe, daß du mit lügenhafte Angabe von mir eine Genehmigung erschleiche willst, für eine Unternehmung, die in sittlicher Beziehung … in irgendeiner Weise … die … wie soll ich mich da ausdrücke .. no ja, du weißt schon, was ich mein!

Willi: (unschuldig) Nein. Ich weiß net, was du meinst, Babba.

Mutter: Hast du mir net neulich emal erzählt, Willi, daß diese Erika ... des is doch diese Blonde da, netwahr, mit der du in die Tanzstund gange bist ... daß die ein Faltboot hat!? Netwahr, Babba, du erinnerst dich doch auch, daß de Willi des erzählt hat?

Vater: Ich erinnere mich nie an so Sache!

Mutter: Awwer ich! Hat die e Faltboot oder net, Willi?

Willi: Des is schon richtig, daß die eins hat. Die meiste Eltern, die ihre Kinder wirklich lieben, die schenke ihne e Faltboot.

Mutter: (streng) Wenn sie sich's leiste könne!

Willi: Der Erika ihrn Vater is auch bloß Prokurist.

Vater: Bloß Prokurist! Bloß! Da muß ich awwer doch sehr bitte. Prokurist ist man nicht „bloß"! Prokurist ist man sogar!

Willi: Ja, awwer der Prokuristesohn Willi Hesselbach hat bloß sogar kein Faltbott. Das hab ich dademit bloß sage wolle. Un was mein Freund Fritz is ...

Mutter: Wie heißt er? Wo wohnt er? Was is sein Vater?

Willi: Soll mer hier verhört wern? Wird eim schon wieder emal net geglaubt? Also bitte: de Fritz schreibt sich Fiedler. Un wohne tut er in der Nähe vom Kanal.

Mutter: (unerbittlich) Wo da?

Willi: In eme Haus. Net in eme Kanalrohr. Was weiß ich, wie die Gaß heißt. Un sein Vater ist jedenfalls Direktor.

Vater: Direktor? So. Na also.

Mutter: Was für en Direktor? Heutzutag schimpft sich jeder Direktor. En Flohzirkusdirektor is auch en Direktor!

Willi: Was geht dann mich des an? Ich mach keine soziale Unterschiede. Wenn er auch Direktor is ... deswege kann er doch en sehr anständiger Mensch sei. Un jedenfalls ist er ein sehr vorbildlicher Vater, der Herr Direktor Fiedler, da is garnix zu sage! Der läßt sein Sohn ohne weiteres mit em Faltboot in die Ferie fahrn!

Anneliese: Unsern Babba is awwer auch vorbildlich! Der will dich ja auch mit em Faltboot in die Ferie fahrn lasse, un er hat auch ganz recht. Der Willi hat das verdient, deß er sich emal von seiner Maschinebauschul erholt! Wie der gearbeitet hat, immer bis in die Nacht. Und so blaß is er.

Mutter: Guck emal an! Das is ja ganz neu! Die Annelies hält em Willi die Stang! Nur damit de Willi bloß allein in die Ferie fahrn kann!

Anneliese: Ei, warum soll mer ihm denn net die Freud mache? Natürlich: wenn de Willi allein fahrn darf, da is es ja wohl selbstverständlich, daß ich auch allein fahrn darf!

Willi: (flüstert) Net so auffällig, dumm Hinkel!

Mutter: Aha! Wenn ihr was erreiche wollt, dann is auf einmal die geschwisterliche Liebe da. Der eine setzt sich uneigennützig dafür ei, daß de andere allein fahrn darf, damit mer's ihm selber dann auch net abschlage kann: Les doch net als die Zeitung, Kall, beteilig dich doch emal e bissi an der Unterhaltung!

Vater: Ich fahr net gern Karussell! Un euer Unterhaltung dreht sich auch als im Kreis erum. Sagt mer Bescheid, wann sich ebbes Neues ergibt. Dann hör ich schon auf mit'm Zeitungslese.

Mutter: Och, an dir hat mer awwer auch garkein Unterstützung. Annelies, jetzt möcht ich doch vor alle Dinge emal wisse, was du eigentlich vorhast in deim Urlaub?! Ich hab da vorhin ebbes von „Verlobt" gehört und von „Hans" ...

Anneliese: Bin ich vielleicht net verlobt mit'm Hans?

Mutter: Das schon. Awwer ich wüßt nicht, was das mit deinem Urlaub zu tun hätt.

Anneliese: (leicht) No, das is doch klar, deß mir zusamme in Urlaub fahrn wolle.

Mutter: (empört) Zusamme!?

Anneliese: (unsicherer) Ja. Natürlich.

Mutter: So? Ich wüßte net, was da „natürlich" dran wär? Daß Verlobte zusamme in Urlaub fahrn, das war zu meiner Zeit jedenfalls nicht natürlich!

Anneliese: Zu deiner Zeit war ewe vieles Natürliche net natürlich, Mamma.

Willi: Des hat an der Technik gelege. Damals warn die Autos zum Beispiel noch ganz anders gebaut wie heut un ...

Mutter: Awwer die Mädchen net! Ich mein ... e ... die Mädchen wärn damals überhaupt net auf die Idee gekomme, allein mit einem Mann, der nicht mit ihne verheirat ist ... sich irgendwo auf Reisen allein zu zeige! Und selbst wenn's ganz harmlos sein sollte! Was täte dann die Leut sage!

Anneliese: Ei, was liegt dann mir dran, was die Leut in Oberstdorf sage? Ich kenn da keins un will keins kenne.

Vater: Es geht bei so ere Geschicht durchaus net nur um dich, meine liebe Annelies! Es geht auch um das Ansehn der Familie. Schließlich bin ich Prokurist einer bekannte Firma, und es is durchaus denkbar, daß ich bei einer von de nächste Landtagswahle als Kandidat aufgestellt werde. Mir sin Andeutunge gemacht worn, netwahr. Un für de Landtag ist eine makellose Lebensführung, auch meiner Familienmitglieder von ausschlaggebender Bedeutung.

Anneliese: Wenn im Landtag alles so makellos is wie meine Lebensführung, mein lieber Babba, dann soll mich des nur freue.

Willi: Da wär die Polidik ja garnet mehr auszuhalte, so schön wär des da.

Anneliese: Wann ich daheim mit meim Verlobte spazierngehn kann, dann, dann werd ich's in Oberstdorf ja wohl auch könne!

Mutter: Spazierngehn!

Willi: Spazierngehn is politisch tragbar, Mamma.

Mutter: Und wo willst du wohne?

Anneliese: In eme Hotel natürlich, wo denn sonst?

Mutter: Natürlich. Und der Hans?

Anneliese: Auch im Hotel. Natürlich.

Mutter: Auch im Hotel. Natürlich. Also, ich muß schon sage, das ist doch allerhand Unverfrorenheit, seine Eltern mit solche Vorschläg zu komme. Ein junges Mädche! Mit eme Mann! Im Hotel!

Willi: Ei, se könne ja e Wäschelein quer durchs Zimmer spanne un e paar Decke drüberhänge. Des hab ich emal in eme Film gesehn, da kann niemand ebbes sage.

Anneliese: Ja, bist denn du verrückt?! Mir nemme doch selbstverständlich jedes sei eigenes Zimmer! Oder habt ihr womöglich gedacht, daß mir ...

Mutter: Also mir zuzutraue, daß ich auch nur einen Augeblick denke könnt, daß meine Tochter denke könnt, ich tät denke, daß sie ...

Vater: Mir sin scheints doch eine ausgesproche denkende Familie. Awwer was ich mir denk, wann ich Hotel hör ... des könnt ihr euch denke.

Willi: Ich kann mir des net denke, Babba. Awwer ich hab ja natürlich auch net deine Hotelerfahrung ... ich meine, deine Lebenserfahrung, Babba.

Vater: Also, es is doch unglaublich, Willi, wie du ...

Anneliese: Ich finde es viel unglaublicher, daß die eigene Leut immer gleich so Gedanke hawwe müsse! Es wird doch noch möglich sein, daß ein berufstätiges junges Mädche, das sich nebebeibemerkt sein Lebe selber verdient, sich in seim Urlaub von seim eigene Geld e Hotelzimmer miet!

Mutter: Das ist sogar sehr häufig möglich. Un ebeso möglich is es, daß ein junger Mann zufällig das Nebezimmer mietet. Un daß die zwei Zimmer zufällig e Verbindungstür hawwe!

Anneliese: (entrüstet) Wer hat denn was von eme Nebezimmer un von einer Verbindungstür gesagt?! Du hast ja eine blühende Phantasie, Mamma!

Mutter: Meine Phantasie blüht net mehr als die von alle annere Mütter, die auf e erwachsene Tochter achtzupasse habe!

Anneliese: (heftig) Auf mich braucht mer net achtzupasse, Mamma! Ich paß auf mich selber acht!

Willi: Und wie wär des, Mamma, wenn der Hans in eme Zelt übernachte tät? Des käm auch billiger!

Mutter: Annelies, ich will dir meinswege zubillige, daß du dir nicht klar bist über die Tragweite von dere Geschicht. Awwer jedenfalls: fahrn kannst du net!

Anneliese: Ihr wollt mir allen Ernstes verbiete ...!!? Och, also des is ja ... *(sie heult)*

Vater: Komm, komm, komm, net heule, Annelies. Muß dann des immer sein, die Heulerei? Ich kann des net vertrage. Du mußt selber einsehn, daß sowas absolut net geht. Es ist ewe ein Unterschied, ob ich als Prokurist ein Hotelzimmer nehme, net ... dann ist so etwas natürlich völlig unbedenklich ... awwer wenn ...

Willi: Des wär auch net so ganz unbedenklich, Babba, wann in dem Nebenzimmer mit dere Verbindungstür eine von deine Kontoristinne wohne tät.

Mutter: Willi, sage emal, was fällt dir dann ein!

Vater: Noch eine solche Bemerkung, Willi, und meine Geduld mit dir is zuend! Du unverschämter Lümmel ... No, ich will mich net aufrege ... also, wo warn mir stehgebliebe?

Willi: Im Hotelzimmer.

Vater: (hastig) Ich sage also, Annelies: Es ist ein Unterschied, ob du als junges Mädchen in einer Verbindungstür wohnst .. ich mein, ob du in einem Hotel mit einem Nebenzimmer wohnst ... oder ob ich als junges Mädchen mit einem

Hotel ... ach, jetz habt ihr mich ganz durcheinander gebracht ...

Mutter: Wenn ihr verheiratet seid, dann könnt ihr soviel im Hotel wohne wie ihr wollt! Aber vorher nicht.

Vater: Und in diesem Fall wärs wiederum äußerst bedenklich, wenn ihr nicht zusamme wohne tätet.

Willi: Das Hotellebe scheint ja e ganze Wissenschaft für sich zu sein.

Mutter: Die du hoffentlich möglichst wenig studierst.

Willi: Ich bin sowieso Spezialist auf Zelt, Mamma! Und gege de Fritz bestehn ja wohl auch keine moralische Bedenke. Un weil mer grad davon rede: also ich möcht nämlich dem Fritz heut noch endgültig zusage!

Mutter: Wenn die Annelies net allein fortfährt, da brauchst du auch net allein fortzufahrn.

Anneliese: *(mit einem letzten verzweifelten Versuch)* Awwer es kann doch gar kei Red davon sein, daß der Hans im selbe Hotel wohnt wie ich. Dadevon hab ich doch kein Wort gesagt! Mir hawwe doch selbstverständlich ausgemacht, daß er mir in einem andere Hotel ein Zimmer besorgt. Un er wohnt in dem Hotel, das seiner Tante gehört.

Mutter: Is das wahr? *(es klingelt. Willi geht öffnen)*

Anneliese: Natürlich is des wahr. Du kannst ja de Hans frage.

Willi: *(auf dem Korridor)* Ach, der Hans! Wenn mer vom Wolf spricht! Tritt ein, tritt ein, bring Krach herein. *(vertraulich)* Vorsicht, dicke Luft, wege Urlaub!

Hans: *(unbekümmert)* Na, wir werden das Kind schon schaukeln.

Willi: Des sag nur der Mamma! Was die sich freut, wenn die hört, deß ihr jetz sogar schon e Kind zu schaukele gedenkt.

Hans: *(eintretend)* Guten Tag, Schwiegermamma! Tag, Schwiegervater! Grüß dich, Annelie! *(allgemeine, etwas verlegene Begrüßung)* Na, wie geht's uns denn? Sind alle Klarheiten beseitigt?

Mutter: *(honigsüß)* Hans, ... e ... der Babba möchte dich etwas frage.

Vater: Ich? Wieso? Was?

Mutter: Natürlich willste ihn was frage. In dere bewußte Angelegenheit. Die wir ewe besproche hawwe.

Vater: Welche Angelegenheit?

Mutter: Die Hotelgeschicht?

Vater: (feige) Was für e Hotelgeschicht?

Mutter: Also Kall, es hat kein Sinn, sich davor zu drücke: Des muß besproche wern.

Hans: Um Himmelswillen, Schwiegermutter. Sag mir's nur gleich. Hab ich irgendwas ausgefressen?

Mutter: (vorsichtig) Lieber Hans, wenn wir die Annelies richtig verstande hawwe, dann wollt ihr doch wohl euern Urlaub in Oberstdorf verbringe?

Hans: Offengesagt: ja. Ich bin gerade deswegen gekommen, um euch um eure Zustimmung zu bitten.

Mutter: Und du glaubst wohl, daß ich meine Zustimmung erteile?

Hans: Ich wüßte eigentlich offengesagt keinen Grund, warum nicht, liebe Schwiegermamma.

Mutter: (detektivistisch) Wie mir die Annelies sagt, haste ja auch schon die Zimmer bestellt, netwahr?

Hans: J ... jawohl, Schwiegermamma. Hab ich. Im Hotel meiner Tante. Zwei ganz reizende Zimmer. Mit Blick auf's Nebelhorn. Im dritten Stock. Ja.

Anneliese: (hustet warnend)

Mutter: (trumphierend) Soso. Im dritte Stock. Die hawwe ja wohl dann auch sicherlich e Verbindungstür. Die zwei reizende Zimmer, gell?

Hans: Aber die kann man doch sicherlich zuschließen.

Mutter: Zuschließe. Ja, des kann mer bestimmt. Un auf auch. Von zwei nebeneinanderliegende Zimmer mit Verbindungstür hat mir die Annelies allerdings nichts erzählt.

Anneliese: (bedeutungsvoll) Awwer Hasi! Mir wollte doch in zwei verschiedene Hotels, Hasi ... mir hawwe des doch besproche ...

Hans: (begreift) In zwei verschie ... ach so natürlich! Na klar! Das sag ich doch die ganze Zeit ... Die zwei Zimmer im Hotel meiner Tante habe ich, wie gesagt, bestellt ... das heißt nicht bestellt, sondern reservieren lassen. Ja! Damit sich Annelie das aussuchen kann, das ihr am besten gefällt. Das andere beziehe natürlich nicht ich. Das ist doch klar. Das ... e ... vermietet eben meine Tante an andere Hotelgäste.

Anneliese: Eben.

Hans: Ich wohne selbstverständlich in einem anderen Hotel.

Anneliese: Selbstverständlich.

Hans: Das ist doch wohl ganz klar.

Mutter: (undurchdringlich höflich) Ja natürlich, natürlich. Das is mir vollkomme klar.

Hans: Bitte, Schwiegermamma, du wirst doch nicht etwa nein sagen! Schließlich sind wir doch alle moderne Menschen, und ...

Mutter: Mein lieber Hans, was soll ich da sage? Ich sag net ja un sag net nein! Mir sind, wie du ganz richtig bemerkt hast, alle moderne Mensche, natürlich. Und wenn auch die Ansichte oft sehr dadrüber auseinander gehn, was das eigentlich ist, ein moderner Mensch ... so sind mein Mann und ich doch der Auffassung, daß die ganze Frage ausschließlich eine Angelegenheit von unserer Annelies ist.

Vater: Wieso dann des auf einmal, ich denk, du ...

Mutter: Wir Eltern wolle uns da in keiner Weise eneimische!

Vater: No horch emal, Mamma, du hast doch vorhin grad gesagt ...

Mutter: Ich hab vorhin genau das gleiche gesagt, nur mit e bissi andere Worte. Mir Eltern wolle unsere Kinder niemals im Weg stehn.

Hans: Bravo, Schwiegermamma! Also, das find ich wirklich großartig!

Mutter: (mild) Mei Annelies'che is alt genug, denk ich, und sie is meine Tochter. Sie wird schon selbst wisse, was sie zu tun hat. Und was im Sinn von ihrem Elternhaus ist. *(etwas brüchig)* Du mußt mich jetzt allerdings entschuldige, Hans. Ich möcht jetzt doch lieber enüber gehn un mich e bißche umlege. Williche, komm, sei so gut un räum mer emal drübe die Wäsch vom Sofa. Un du, Kall, sei so lieb, un hol mer emal mei Herztropfe. *(sie macht Anstalten zu einem Herzanfall)*

Anneliese: (ängstlich) Mammache, ums Himmelswille. Is dir wieder net gut? Soll ich dich ins Bett bringe?

Mutter: Nein, nein, danke, mein Kind. Bleib du nur hier. Dein Hans is da. Bleib du nur hier!

Anneliese: Awwer Mammache, soll ich net doch? ...

Mutter: Du sollst garnix als hierbleiwe bei deim Hans. *(ener-gischer)* Ich wünsche, daß du bleibst *(wieder mild verzeihend, sehr schwach)* Mit meim Herz muß ich mich grad in dieser heiße Zeit ewe leider sehr in acht nemme, weißte Hans. E bißche zu viel Aufregung, un's kann leicht aus sein. No, das wolle mer net hoffe. Awwer laßt euch garnet störn, Kinder. Komm, Babba! Sei so gut.

Vater: *(für sich)* Deß ich da net vor ihr draufkomme bin, daß ich zu jeder bassende Gelegenheit en Herzanfall krieg.

Willi: Ich räum der des Sofa ab, Mamma. Awwer könnt mer net bei dere Gelegenheit wenigstens die Sach mit meiner Faltboots-Tour festmache, damit ich em Fritz heut fest zusage kann?

Vater: *(ärgerlich)* Also von mir aus, fahr Faltboot soviel wie de willst, wann's nix kost. Also fort jetz, kommt!

Hans: *(unpassend vergnügt)* Und recht gute Besserung, Schwie-germamma, wird schon wieder werden!

Mutter: *(schwach)* No, soo sicher bin ich da leider net. Hoffe mer's jedenfalls ... *(als Anneliese sie doch begleiten will)* Nein, nein, Annelies, du bleibst hier! Es geht schon so. Es muß ja gehn. *(sie wankt, bei Vater und Willi sich aufstützend, hinaus)*

Hans: Na siehste, Annelie! Dann ist ja alles klar!

Anneliese: *(niedergeschlagen)* Ach garnix is klar, Hasi.

Hans: Wieso denn nicht, Schnupselchen? Deine Mutter hat doch ausdrücklich gesagt, die Entscheidung liegt bei dir!

Anneliese: Ach, Hasi, du kennst unser Familie net!

Hans: Was heißt kennen. Schließlich habt ihr auch alle nur unten Beine und oben Köppe.

Anneliese: Ja, awwer was für Köpp. Wenn sich da emal was drin festgesetzt hat, des is netmehr herauszukriege. Net im Gute und net im Böse. Ach, es könnt net schlechter stehn um unsern Urlaub, Hasi. Ich hab's ja von Anfang an gewußt, daß es gar kein Sinn hat, mit de Eltern dadrüber zu spreche. Und nur weil du mich so gedrängt hast ...

Hans: Nun sei aber mal nicht komisch, Schnupselchen! Deine Mutter hat dir doch eben vor versammelter Mannschaft klipp und klar gesagt, du kannst machen, was du willst! Und du willst natürlich fahren! Also wo fehlt jetzt noch was?

Anneliese: Ach, ich weiß doch genau, wann ich jetzt fahrn tät, des wär furchtbar für die Mamma. Die tät kei Aug zu, die ganze Zeit, wo ich fort bin. Un ... des kann ich ihr einfach net antun.

Hans: Aber du hast doch selber eingesehn, daß es so nicht mit uns weitergehn kann, Schnupselchen! Wir müssen doch irgendwann mal n' bißchen länger zusammensein! Wir sehn uns augenblicklich alle acht Tage mal für'n paar Stunden. Das ist doch kein Zustand!

Anneliese: Ach, wenn mer erst verheirat sin, dann sin mer ja immer zusamme.

Hans: Aber Menschenskind, Schnupselchen, wenn man alle Stunden zusammenrechnet, wo wir beieinander waren, da kennst du mich doch höchstens ein paar Tage. Du mußt mich doch mal kennenlernen. Du kannst doch nicht einen Mann heiraten, von dem du nicht mal weißt, wie er sich benimmt, wenn du ihn zum Einkaufen mitnimmst ... wenn er einen Knopf angenäht haben will ... wenn er so ist, wie er in seinem Alltag herumläuft! Du mußt doch selbst erst mal herausfinden, ob ich auch wirklich zu dir passe!

Anneliese: (tief erstaunt) Hasi! Ich habe immer geglaubt, wir lieben uns!

Hans: Tun wir ja auch! Aber was hilft die größte Liebe, wenn man nicht zueinander paßt? Wieviele Ehen sind trotz großer Liebe schief gegangen, weil die guten Leutchen zu wenig voneinander wußten! Hätten sie sich näher gekannt, dann hätten sie sich vielleicht nie geheiratet. Es ist einfach eine Sache der Vernunft und der Verantwortung gegenüber dem anderen und sich selbst, daß man sich erst mal überzeugt, ob bei aller Liebe, die Voraussetzungen für ein glückliches Eheleben da sind.

Anneliese: No, also sowas! Des wege willst du nach Oberstdorf? Ich fall ja aus alle Wolke! Ich denk, mir sin verlobt!

Hans: Ja, ja, Schnupselchen. Aber was ist denn die Verlobungszeit? Das ist die Zeit, in der man sich prüfen soll. „Drum prüfe, wer sich ewig bindet" und so weiter und so weiter!

Anneliese: Mit andere Worte: ich soll so e Art Versuchskarnickel wern!

Hans: Aber so sei doch nicht komisch, Schnupselchen!

Anneliese: Ich bin durchaus nicht komisch, Hans! Wenn das deine ganze Liebe is, un wenn du so wenig Vertraue zu mir hast, dann möcht ich nur emal wisse, was du überhaupt an mir findst!

Hans: Annelie, mach mich doch nicht wahnsinnig! Das ist doch keine Sache des blinden Vertrauens! Das ist eine Frage der Vernunft, der Zweckmäßigkeit! Es liegt doch in unser beider Interesse, wenn wir in diesen drei Wochen ...

Anneliese: Ich machs net! Ich machs net! Und ich machs net!!!

Hans: Annelie! Ich hab alles vorbereitet! Ich habe brieflich förmliche Ringkämpfe mit meiner Tante geführt! Ich hab sie überreden können, ihre eigene Tochter erst drei Wochen später in Urlaub kommen zu lassen, damit wir überhaupt das Zimmer kriegen! Alles ist endlich, endlich in Butter. Deine Eltern haben zugestimmt! Und jetzt kommst auf einmal du mit lächerlichen Einwänden!

Anneliese: Ich mach nix gegen de Wille von der Mamma!

Hans: (scharf) Aber sie hat doch eben ausdrücklich dir selbst die Entscheidung überlassen! ...

Anneliese: Also bitte, schreie brauchst du nicht mit mir, gell! Wenn du in unserer Ehe so mit mir schreie willst, dann kann des ja nett werde! Ich wills net und ich tu's net! So!

Hans: So?? Na, wenn die Dinge so stehn, da gibt's nur eins: entweder du heiratest deine Mutter oder mich! Sie hat dir gesagt: Entscheide dich! Und ich sage das jetzt auch!

Anneliese: Also Vorschrifte laß ich mir schon gar kei mache! Wenn dir so wenig an mir liegt, dann is es dir vielleicht nur angenehm, wenn ich nein sag!

Hans: Annelie, du Dickkopf! Wir wollen uns doch nicht auseinander reden ... wegen der dummen Reise!

Anneliese: (kalt) Es tut mir leid, daß ich keine Zeit mehr hab. Awwer ich muß jetz mich um die Mamma kümmern. Wenn du fortgehn willst inzwische ... ich halt dich nicht! *(eilt hinaus. Wirft die Tür hinter sich zu. Schluchzt)* Ach, daß mir immer sowas passieren muß. *(schluchzend)* Ach ... is ja .. alles ... egal ... ich bin ewe en Pechvogel ... *(tritt bei Mutter ein und nimmt sich tapfer zusammen)* Mammache! Wie geht dir's denn?

Mutter: (bemerkt sofort Gefahr in Verzug) Annelies? Ich denk, du bist beim Hans?

Anneliese: *(leise, schluckend)* Ich wollt dir nur sage, Mammache, du brauchst dich net aufzurege ... ich ... ich fahr net nach Oberstdorf.

Mutter: Ja? Und ... e ... wieso?

Anneliese: Ich werd überhaupt net in Urlaub fahrn, diesjahr. Ich werd mein Urlaub einer Kollegin abtrete, die ... Arbeit.. weißte is doch des einzige ... was ein net ... enttäuscht ...

Mutter: *(sofort kerngesund und auf der Hut)* Annelies! Kind! Um Gotteswille! Was is passiert?

Anneliese: Ach, Mamma! *(heult los)*

Mutter: Komm, komm, kei Zeit verliern, sag schnell, was is?

Anneliese: *(gepreßt)* Aus isses.

Mutter: Aus!? Allmächtiger! Liebes'che! Haste ihm die Sach so ungeschickt beigebracht, deß er wütend geworde is?

Anneliese: Ach woher? Ich hab Schluß gemacht!

Mutter: *(unter Verzicht auf weitere Zärtlichkeit, jedoch mit gedämpfter Stimme)* Du?! Ja bist de dann von alle gute Geister verlasse?! So en Mann aufgebe?! Wege nix!? Wege eme kleine Streit! Ach geh fort, des wird sich doch wieder einrenke lasse. Des muß eingerenkt wern!

Anneliese: Ich wills ja garnet einrenke!

Mutter: *(heftig)* Ach? Du willst net!? Haste dir eigentlich schon klar gemacht, was des is heutzutag ... en Mann. Ein ganz knapper Artikel, mein Kind, des laß dir gesagt sein! Weißt doch selber, wieviel hübsche und gescheite un sogar reiche Mädcher erumlaufe heut und kriege un kriege kein Mann! Da macht mer net so mirnix, dirnix Schluß! Zumal net bei einem so feinen Mensche wie beim Hans!

Anneliese: Mir hawwe ewe Krach gekriegt, und daraufhin ...

Mutter: Ihr werdet noch viel Krach kriege im Lebe. Awwer wann mer wege jedem Krach ausenannerlaufe wollt, da gäb's ja nur noch geschiedene Leut auf de Welt. Ist der Hans fort?

Anneliese: Kei Ahnung. Intressiert mich auch net.

Mutter: Ach, was mer Sorje hat mit seine Kinder! Wann die Mamma net alles in die Reih macht ... Komm emal gleich mit!

Anneliese: Awwer Mammache, du mußt doch liege bleiwe, mit deim Herz!

Mutter: Ach was, Herz. Komm! *(sie eilt auf den Korridor)* Sein Hut hängt noch da. No, Gottseidank. Wisch der die

Träne ab un mach sofort e freundliches Gesicht. Loslos!
Freundlicher. Noch freundlicher zum Donnerwetter!
Lächele! Also Annelies, wann du jetz net auf der Stell
lächelst ... also ich bin im Stand un geb dir Ohrfeige,
solang bis du lächelst! Das is doch so wichtig für e Versöhnung, daß die Männer net so e Mopsgesicht sehn! No,
so geht's grad noch. Komm! *(sie befördert sie resolut ins
Nebenzimmer. Honigsüß)* Ach, der Hans mit em Babba!

Vater: Ja, Mamma. Der Hans hat mir grad ewe eine sehr
schwerwiegende Mitteilung gemacht.

Mutter: (entsetzt) Ach du lieber ... no, so schwerwiegend
wird's auch wieder net sein, denn ...

Vater: Wenn ich sag „schwerwiegend", dann is es auch
schwerwiegend ...

Mutter: (aufgeregt) No, des letzte Wort wird ja noch net gesproche sein ... es wird alles net so heiß gegesse, wie's
gekocht wird.

Vater: Die Angelegenheit is awwer bereits in einem so vor-
geschrittene Stadium, deß nix mehr zu mache sein wird.
Netwahr, Hans?

Hans: Ich fürchte, ja.

Mutter: (butterweich) Och, hört mir auf! Das is doch net
euern Ernst. Wenn mer sowas überschläft, da sieht das am
andere Tag gleich ganz anders aus!

Vater: Du weißt ja garnet, wodrum sich's überhaupt hier
handelt.

Mutter: Um e Mißverständnis handelt es sich! Die Annelies
hat mich mißverstande un hat in einer kindliche Anhänglichkeit un Rücksichtnahme ... übrigens ein sehr glücklicher
Charakterzug bei einer Frau, ein Charakterzug, den ihr
künftiger Mann garnet hoch genug einschätze kann ...

Vater: (ärgerlich) Ach, was willste dann als mit de Annelies
ihre Charakterzüg, wen interessiert dann des?

Mutter: Auf der Annelies ihrn Charakter lasse ich nix komme!
Sie mag wohl e bißche übereifrig un voreilig in ihre Entscheidunge sein — das hat se von dir, Babba ... awwer
wenn mer dann vernünftig mit ihr redet ... dann setzt sich
doch immer mein gesunder Menschenverstand bei ihr durch,
un ...

Anneliese: Ach, Mamma, laß doch, is doch zwecklos.

Mutter: Ruhig. Ich mein, du bist ja schließlich doch auch ein vernünftiger Mensch, Hans. Viel vernünftiger als mei Annelies'che. Ei ja no, dadefür biste ja auch der Mann.

Vater: Des freut mich awwer, Mamma, daß du endlich emal anerkennst, daß der Mann der vernünftigere Teil is. Von alle Behauptunge, die du heut so besonders wolkebruchartig auf eim losgelasse hast, is das die einzig, die wirklich was für sich hat. Ich versteh bloß net, was du als mit der Annelies willst. Der Hans hat mir soewe die schwerwiegende Mitteilung gemacht, daß da verschiedene sogenannte Herrn gege meinen Gesangverein „Sangeslust" sozusage einen Gegeverein aufmache wolle, und daß angeblich auch ein Teil von unsere alte Mitglieder zu dene andere übertrete will! Also, was sagste dadezu?

Mutter: (erleichtert) Weiter is nix?

Vater: No, ich muß wirklich sage ...

Mutter: Kall, es gibt Gottseidank Wichtigeres als dein Gesangverein.

Vater: Wenn diese Mensche tatsächlich meinem Verein ...

Mutter: Komm Kall, jetz stör uns emal net mit deim Verein. Wenn du net anders kannst, dann geh doch ins Schlafzimmer un denk in Ruhe über dein Verein nach. Hier machst du mir doch nur Konfusion. Ja, also was ich sage wollt, mein lieber Hans, was mache mer jetz eigentlich mit dere Oberstdorfer Geschicht? Hachja. Auf der eine Seit müßt ihr doch euern Urlaub hawwe, is ja klar. Auf der andere Seit ...

Anneliese: (verstockt) Ich brauch kein Urlaub.

Mutter: Du bist ganz ruhig. Diese Quertreiberei immer! Die mußte der Annelies awwer gründlich abgewöhne, lieber Hans. Und energisch. Da hast du meine volle Unterstützung. Eine Frau soll net immer das Wort führn wolle.

Vater: Allerdings. Wahrhaftig. Und in diesem Zusammenhang, Mamma ...

Mutter: Komm, Babba, unterbrech mich net als. *(wieder süß)* No, du wirst sie dir schon ziehe, mein lieber Hans! Und du weißt ja ... wenns auch in dene Witzblätter immer anders steht ... die Schwiegermütter halte immer zum Schwiegersohn, gell. *(lacht süß)* Jaaaa ... un was mache mer dann jetz bloß mit dere Hotelgeschicht? Also einerseits bin ich ja durchaus ... awwer anderseits wiederum, netwahr ... das wirste ja selbst verstehn ...

Hans: Offengesagt: Ich verstehe eigentlich nicht, denn ...

Mutter: Also wenn wir zum Beispiel so sage tät: Also gut! Die Annelies tät in so einem Hotelzimmer wohne ... *(Willi tritt ein)* Was is denn, Willi? Stör uns doch net grad jetz!

Willi: Bloß en Brief für die Annelies is grad komme. Da. Jesses, was machst du e Gesicht.

Anneliese: (liest) Absender Frau Zähringer. Kenn ich net. Aus Oberstdorf.

Hans: Das ist doch meine Tante.

Anneliese: (uninteressiert) So.

Mutter: Ei no, so mach doch schon auf. Ach, was is des Mädche so langweilig. Geb emal her.

Willi: Höi, Mamma, awwer das Postgeheimnis besteht immer noch.

Mutter: (entschuldigend) Ich les zwar sonst die Post von meine Kinder net, awwer da se mir den Brief ja sowieso gezeigt hätt ... *(liest)* „Liebes Fräulein Hesselbach! Mein Neffe schrieb mir von Ihrem Plan, bei uns zu wohnen. Aber Ihren Eltern wird es vielleicht nicht recht sein, wenn Sie als alleinstehende junge Dame so als Hotelgast irgendwo sind. Und weil sowieso meine Tochter mit ihrem Bräutigam zu uns kommt, wäre es mir ganz lieb, und ich würde Sie herzlich einladen, mit meiner Tochter zusammen in unseren Privatzimmern zu wohnen. Die beiden Bräutigämer werden wir dann schon unterbringen. Mit herzlichen Gruß unbekannterweise Ihre Ilse Zähringer" ... Ei ja no ... bitte! Da hammer ja die Lösung! Eine sehr vernünftige Frau, deine Tante, Hans! Netwahr, Kall? Also, was sagst du dadezu, Hans?

Hans: Ja, was soll man da sagen?

Mutter: Was mer sage soll? Ja!! Und dankeschön für die liebe Einladung, soll mer sage. Gleich schreibste ihr zu, Annelies. Ach, Kinder, ich freu mich ja so, daß ihr so en schöne Urlaub kriegst! Soooo un jetz habt ihr beide genug von eure Alte, gell? Kommt, setzt euch doch e bißche enaus auf de Balkon ihr zwei, da is es so schön schattig, gell ...

Willi: Un in moralischer Beziehung is der Balkong auch auf Gefahrlosigkeit überprüft.

Mutter: Und du Hans, du hast von mir den Auftrag un die Vollmacht, der Annelies ihr Dickköppche wieder zurechtzusetze, des harte ... aach ja, das hat se vom Babba.

Vater: Mamma, ich mein, deß du jetz eigentlich emal e bißche aufhörn könntst als zu schwätze un ...

Mutter: Ruhig! Gell, Kinderchen, un jetz gebt euch e Küßche zur Versöhnung. Was sich liebt, des verkracht sich alsemal. Des hat nix zu sage. Aaaach, wann ich denk, was ich früher als mit em Babba für Kämpf ... hab ich net recht, Hans?

Hans: *(von ihrer Beredsamkeit stark beeindruckt)* Schwiegermamma, du bist unwiderstehlich!

Mutter: Alle Ovatione bitte an meine Tochter zu richte! *(leise)* sofort versöhnste dich! *(laut)* Ja, mei Annelies'che ... haha ... geht nur, Kinderchen, geht nur auf de Balkon ... jaaa, sooooo, no eeeendlich! *(sie drängt die beiden auf den Balkon und schließt die Tür hinter ihnen und atmet erleichtert auf)* Uff!

Vater: Jetz sag mir bloß emal, Mamma, was is eigentlich heut mit dir los? Du schwätzt un schwätzt und schwätzt. Wie e Grammophon. Nur daß mer dich leider net abstelle kann.

Mutter: Ach, was so e Mutter net all ausbügele muß. Überall Gefahrn, überall Hindernisse ... un du ahnst nix un merkst nix un denkst an dein Gesangverein ...

(Überblendung)

Hans: *(mit Anneliese auf dem Balkon)* Na, Schnupselchen? Alle Klarheiten beseitigt?

Anneliese: *(noch schmollend)* Ach, du bist eklig gewese. Das mußt du zugebe.

Hans: *(streng)* Antreten zum Kußempfang.

Anneliese: *(weich)* Ach du Lump, du *(langer Kuß)*

Willi: *(kommt dazu)* Horcht emal, ihr zwei ... oh Verzeihung, beim Küsse soll mer die Leut ja net störn. Ihr probt für Oberstdorf, gell?

Hans: So ist es, Herr Schwager.

Willi: Awwer hundsdämlich angestellt habt ihr euch, das muß mer euch lasse. Warum is dann bloß die Annelies net einfach zusamme mit ere Kollegin in Urlaub gefahrn? So wie ich mit'm Fritz im Faltboot. Da kann eim von de Alte net an de Wage gefahrn wern. Un ich kann ja schließlich nix dafür, wann die Erika mit ere Freundin zufällig auch e Faltboottour macht ...

Mutter: (öffnet einen Türspalt und ruft) Willi? Wo biste dann? Was machst dann du auf'm Balkon? Geh emal sofort in deine Stub, Aufgabe mache.

Willi: (angeödet) Jaa, jaa, jaa.

Mutter: (schließt die Tür wieder)

Vater: (allein mit Mutter) Was biste dann jetz wieder hinter'm Willi her, Mamma. Laß en doch auf'm Balkong sein, wenn's ihm Spaß macht. Du mußt immer de Leut so vor- schreibe, was sie mache solle!

Mutter: Ach Kall, du verstehst wieder emal garnix. Der Willi soll die auf'm Balkong doch net störn, die zwei. Ach, ich glaub, wann die altmodische Mütter net alles aus em Hintergrund dirigiern un überwache täte, da täte die moderne Töchter heutzutag überhaupt netmehr zum Heirate komme. Puuuuhhhhhhhhhh ...hab ich mich angestrengt. Jetz bin ich awwer auch bald urlaubsreif.

Vater: No ja, Mamma. Un was mache wir zwei Alte jetz in unserm Urlaub?

Mutter: (gutmütig, etwas spitz) Du kannst ja mit dem Willi im Zelt übernachte, wo du immer so gut drin geschlafe hast ... ich muß jedenfalls nach Oberstdorf.

Die Erbschaft

(Vater, Mutter, Anneliese, Willi und ihre Verwandten Franz Hesselbach, dessen Frau Martha Hesselbach, Irene Hesselbach Erich Hesselbach und Ernst Hesselbach treten in einer etwas auseinandergezogenen Gruppe aus dem Friedhofstor heraus)

Martha: (schluchzt unaufhörlich laut und konventionell) Ach Gott, ach Gott, ach Gott.

Franz: Ja, ja.

Vater: Ja, ja, gell.

Irene: (tief seufzend, tragisch) Der Arme.

Erich: Tja, nu ... einmal muß jeder mal ... da hilft nischt.

Ernst: Awwer zu früh. Viel zu früh.

Martha: (bricht in lautes Weinen aus)

Mutter: (leise) Wie die sich anstellt, die Martha, geschmacklos, so was.

Anneliese: (leise) Hat die em Onkel so nah gestande?

Willi: *(ebenso)* Ach wo dann her, net näher wie mir auch. Alles Krokodilsträne.

Martha: *(laut heulend)* Ach Gott, ach Gott, ach Gott, ach Gott.. nein, deß des hat sei müsse!

Franz: *(indigniert, halblaut)* Jetz hör doch mit dere Heulerei auf, Martha, bist doch net dehaam aff'm Urt. Hier in de Stadt brauchste nach de Beerdigung nemmehr zu flenne ...

Martha: *(sachlich)* Geht de Parrer noch hinner uns?

Franz: Der is schon längst abgeboge. Die Marieche Hesselbach heult aach schon längst nemmehr. Un die Irene schon garnet. Un die Junge, die hawwe net emal am Grab geheult. Zumindest bei der Marieche ihre Annelies hätt sich des gehört. Sitte sein des hier. Da sieht mersch wieder emal, die Jugend verroht immer mehr. Ja, ja.

Irene: *(künstlich gequält)* Wenn man so an ihm gehängt hat wie ich ...

Erich: Wer weiß, was ihm alles erspart geblieben is. Hat alles sein Gutes, Kinder.

Mutter: Wenigstens hat er net viel zu leide brauche. Nei, des hat er net.

Anneliese: *(resigniert leise)* Also da wärn mer emal neun Hesselbachs auf ein Haufe beisamme.

Willi: *(leise)* En schöner Haufe! Mir reichts dick. Der Onkel Franz, der alte Geizkrage, dem des noch net langt, was er sich bisher schon alles zusamme gerafft hat. Und der will auch noch allein erbe. Die Tante Martha, die aal Scheckel, diese hinterhältige ...

Anneliese: Da find ich die Irene mit ihrer Gescheittuerei awwer noch schlimmer ...

Willi: Net zu vergesse de Ernst, den Simbel, den Blödian, den, den könnt ich schon unter die Wurscht hacke, wann der bloß sei dumm Maul aufmacht ...

Anneliese: Ach, der Ernst is wenigstens net bösartig, glaub ich wenigstens. Awwer dieser Erich! Was der für e dumm Gewäsch zusammebabbelt. Der macht gar kein Hehl draus, daß er bloß ans Erbe denkt!

Mutter: *(leise)* Net so laut, Kinder! Wie könnt er dann so Sache sage über euer Verwandte!?

Willi: Mit dene Verwandte könne mer kein Staat mache, Mamma. Widerlich!

Mutter: Ach komm, is doch all halb so wild. Verwandte sin eim ewe oft e bissi widerlich. Die Gefühle muß mer ewe unterdrücke. Vielleicht sind wir dene auch in mancher Beziehung widerlich.

Willi: Hoffentlich.

Mutter: Jedenfalls wird nicht über irgendjemand aus der Verwandtschaft hergezoge. Das dulde ich nicht. Noch keine zwanzig Schritt hinnerm Friedhofstor! Schämt euch was! Der Onkel Eduard is noch kei zehn Minute unner de Erd, un ihr meckert schon wieder erum, wie wann nix wär.

Willi: Wenn mir net meckern ... dadevon wird er auch nemmehr lebendig, Mamma.

Mutter: Willi!

Anneliese: Also, ich muß em Willi recht gebe, Mamma! Also so Verwandte! Nein! Dieser Erich, der hat doch während der Feier mit mir flirte wolle, direkt flirte!

Willi: Psch. Da kommt er schon wieder an.

Erich: Na, schöne Cousine? Traurige Sache, was, son Todesfall. Der bringt einen immer ganz aus der Stimmung, was? Also wenn ick mal abkratze, denn werd ick aber vorher testamentarisch festlegen, det um mich nicht jeheult wern darf. Ick will keene traurigen Gesichter sehn, bei meiner Beerdjung. Ohne Spaß, du! Trinkt 'n paar Runden Schnaps auf mein Wohl, werd ich meinen Verwandten ausrichten lassen, seid fröhlich, fröhlich, fröhlich! Testamentarisch wer' ick det vorschreiben!

Willi: Des brauchste garnet testamentarisch vorzuschreiwe. Des sin mir dann sowieso.

Mutter: Willi, also wirklich, ich bin empört, wie ihr hier sprecht.

Erich: Ach, laß man, Tante Mariechen. Det scheinheilige Jetue von diesem Onkel Franz und seiner olle Glucke ... also sowat liegt mir nu jarnich. Die denken man ooch bloß ant Erben, wie wir alle. Übrigens is die Heulerei ooch bestimmt nich im Sinne von Onkel Eduard. Der war ne Frohnatur, der Mann. Der war ne prima Marke. Wenn ich denke, det er mir 5000 Märker jepumpt hat im Lauf der letzten Jahre! Und hats nich erleben dürfen, det ick se'm wiedergegeben habe ... Nee, also det macht mir ganz fertig. *(fröhlich)* Schöne Cousine Anneliese, ick muß mir direkt ma 'n bisken einhängen bei dir, so hat mir die Sache da mitgenommen. Du gestattest doch ...

Anneliese: (empört) Auch noch, Pfote weg! Häng dich ein, bei wem du lustig bist, awwer bei mir net.

101

Erich: (unschuldig) Na wat denn, wat denn? Mer wird doch wohl nochmal ergriffen sein dürfen!

Vater: (weiter vorne) Jedenfalls hab ich mir dem gute Eduard gegenüber keine Vorwürf zu mache.

Franz: Daß Ihr euch net um en gekümmert habt, des is in der ganze Familie genau bekannt.

Martha: Wenn mer ihn so hat links liege lasse, wie ihr, Kall, dann sollte mer besser solche Rede nicht führn, Kall. Es gibt Verwandte, die sich mehr um en gekümmert hawwe als ihr.

Vater: Also, erlaube mal!

Irene: Das kann man wohl sagen. Also ich wohne ja nun leider nicht hier. Aber soweit es meine finanziellen Verhältnisse gestattet haben, bin ich doch regelmäßig zu ihm gekommen, um mich um ihn zu kümmern. Obwohl die Verwandten, die hier am Platze wohnen, das doch viel einfacher gekonnt hätten. Aber ich war bei jedem Besuch immer wieder entsetzt, wie wenig sich die hiesigen Verwandten um den Guten gekümmert haben.

Vater: Wolle mer emal statt „kümmern" sage: „angebumbt"... da komme mir der Sach schon näher! Un dadrin habt ihr allerdings ganz recht. Des hawwe m i r allerdings nicht gemacht! Des hawwe mir andere Familienmitglieder überlasse.

Franz und Martha: Also, des is doch allerhand, uns in dieser Weise ...

Vater: Wieso denn euch? Ei, wieso dann euch? Hab ich Name genannt? Wer sich getroffe fühlt, weiß schon, wen ich mein.

Ernst: (in seiner langsamen, weiberlichen Art) Also, ich hab de Onkel Eduard jedenfalls nie angebumbt. Was ich kriegt hab, des warn Schenkunge. Mir hat er nix gebumbt, sonnern geschenkt. Des sag ich glei von vornerein, damit's kein Ärger gibt. Deß net vielleicht einer denkt von den Verwandte, es wär bloß gebumbt un müßt auf's Erbteil angerechnet wern. Ich hab alles, was ich von em kriegt hab, geschenkt kriegt. Mir hat er alles geschenkt.

Vater: Ach? Un warum hat er dir dann angeblich so viel geschenkt?

Ernst: Ei, weil ich em ewe sympathisch gewese bin!

Vater: Also, vo de Tote soll mer ja nix Schlechtes sage, besonners so kurz nach der Beerdigung, awwer dieser Ge-

102

schmack von dem gute Eduard in bezug auf dich ... is mir, gelinde gesagt, unverständlich.

Ernst: Ei ja, ich bin ewe gut zu ihm gewese. Soo gut bin ich zu em gewese. Weil ich ewe halt ein guter Mensch bin. Was mer net von alle Mensche sage kann. Und deswege hab ich ihm ja auch des Häus'che verwaltet, das er mir geschenkt hat.

Franz: Des tät mich interessiern, ob du des schriftlich hast, deß dir des Häus'che geschenkt worn is.

Martha: Ja, des tät mich aach interessiern!

Ernst: Also, schriftlich hab ich's zwar net ...

Vater: Aha. Des hab ich mer glei gedacht. Ich hab de Eduard lang genug gekannt. Der hätt sowas schriftlich gemacht!

Ernst: Der Onkel Eduard hat mir gesagt, des Häus'che is geschenkt. Des steht in meim Testament, hat er gesagt. Da bin ich ganz ruhig.

Franz: Da sieht mer'sch, wo die Erbschleicher sitze.

Martha: Wenn sich der Eduard wirklich von dir hat beschwätze lasse ...

Irene: Also ich muß ja nun wirklich sagen, ich stehe über solchen Dingen. Ich halte es für unter meiner Würde, mich überhaupt in Debatten über solche Vorgänge einzulassen. Aber wenn ihr wissen wollt, wie ich das finde ...

Willi: Wolle mer awwer net wisse, Tante Irene, wolle mer gar net ...

Vater: Willi, du hältst dein Schnawwel! Was vom Standpunkt unserer Familie zu sage is, sage ich. Und ich sage nix. Vorläufig sage ich garnix.

Erich: Na, wat wolln wa uns nu groß streiten, Kinder. Erben woll'n wir eben alle. Das is der Punkt. Und 'n kleenen Vorschuß auf die Erbschaft haben wir ooch alle schon genommen ...

Mutter: Wir nicht, lieber Erich!

Vater: Jawoll, wir nicht! Ich bin Prokurist einer bekannten Firma und habe es nicht nötig, auf derartige Erbschafte zu spekuliern.

Martha: (kreischend) So? Un wer hat euerer Annelies damals die Ferienreis an die Nordsee bezahlt? Wo sie mit der Kinderlandverschickung war, damals?

Hesselbachs: (sind entrüstet)

Martha: De Eduard hat des bezahlt! Mir wisse Bescheid! Es is alles notiert!

Vater: Also, des is ja empörend! Eine Sache, die zehn un mehr Jahre zurückliegt, eine Einladung an unsere Annelies, weil er sie ewe gern gehabt hat ...

Anneliese: Eim so was als Erbschleicherei vorzuschmeiße!

Willi: Also ich halt hiermit mein Schnawwel, wie das Gesetz es befahl. Awwer wann ich jetz mein Schnawwel aufmache tät, tät' ihr euch wunnern ...

Irene: Scheinheilig und aggressiv! Das scheint wohl hier der Stil der Leute zu sein. Na, ich danke! Zu mir hat Onkel Eduard mal gesagt, „Irene, du bist der einzig wirklich wertvolle Mensch in der Familie".

Martha: Ach, auf die Tour haste'n wohl einwickele wolle, gelle? Awwer de Eduard war gottseidank ein viel zu klar-sehender Mensch, um dir zu glaube, daß du aus andere Gründe als bloß wege seim Geld ...

Irene: Also das verbitt ich mir! *(Tumult)*

Vater: Ruhe, zum Donnerwetter, so benemmt euch doch. *(gedämpft)* Da kommt doch diese Frau da hinter uns her.

Irene: Die Frau da, ja wer ist denn die?

Erich: Die hab ich doch bei der Beerdigung auch schon gesehn.

Martha: Ei ja, die hat ja sogar geflennt! Ei, wie kemmt dann so e fremd Person dezu, da zu flenne?

Mutter: Des ist doch sei Haushälterin, wo in de letzte Jahre bei em war. Wie sieht dann des aus, wenn mer vor dere ...

Franz: *(ostentativ in Trauer machend)* Ja, ja, der arme Eduard, so ein prachtvoller Mensch.

Irene: *(ebenso)* Und so plötzlich, ich kann's immer noch nicht fassen.

Erich: *(vibrierend)* Jaa, immer die besten trifft et, immer die besten! Also daß ausjerechnet der ...! Nee, ick bin keen weichlicher Mensch, aba wie ick det Telegramm jekriegt habe, da sind mer direktemang de Tränen rausjeschossen.

Ernst: *(salbadernd)* Ja, un ewe zu früh, viel zu früh ...

Martha: *(heult los)* Ich kann's alleweil noch net glauwe ...

Frau Bauer: *(vorbeigehend)* Guten Tag.

Die andern: Guten Tag.

Frau Bauer: Sie wern entschuldige, ich möcht net störn. Ich wollt nur frage, ob ich net was richte soll in de Wohnung. Ich bin nämlich die Haushälterin von Herrn Kommerzienrat Hesselbach. Frau Marie Bauer ist mein Name.

Erich: (*sich als erster fassend*) Wär gar keene schlechte Idee, erst noch mal 'n bißchen in die Wohnung zu gehn vor der Testamentseröffnung. Da könnt man doch mal 'n bißchen sehn wie und wo und … e …

Willi: Und was! Netwahr?

Irene: Ich möchte eigentlich auch glauben, daß eine stille Stunde gemeinsamen Gedenkens an der Stätte seiner Vollendung …

Ernst: Ja, also ich tät ja lieber erst emal e Glas Bier trinke, offe gesproche, nach all dene Aufregunge.

Martha: Gell, dir hat er ja schon alles geschenkt! Du hast's nemmehr nötig.

Vater: Also, was mich betrifft, so halte ich es nicht für korrekt, sich in dieser Wohnung aufzuhalte, bevor sie nicht den Erben vom Notar offiziell übergeben ist.

Franz: Willste dademit sage, einer von uns tät womöglich was stehle?

Vater: Ich will überhaupt nix sage als was ich gesagt hab. Ich finde es nicht korrekt und werde für meine Person erst zu der für die Testamentseröffnung angesetzten Stunde erscheine. Ebenso wie meine Familie selbstverständlicherweise. Ihr könnt ja mache, was ihr für richtig haltet.

Frau Bauer: Soll ich dann net wenigstens e paar Flasche Wein kaltstelle aus em Herr Kommerzienrat seim Keller?

Vater: Frau Bauer, so lange nicht feststeht, wem dieser Wein zusteht, netwahr … solange kann auch niemand von uns darüber verfüge.

Erich: (*halblaut*) Der scheint ja verdammt sicher zu sein mit dem Erben, daß er den andern nich mal mehr ne Pulle Wein gönnt.

Irene: (*ebenso*) Unerhört finde ich das. Sehr bezeichnend.

Willi: (*empört*) Also horch emal, Erich. Ich soll ja nix sage, gelle, awwer …

Vater: … awwer du sagst auch nix! Ich habe alles sehr gut verstande. Derartige Bemerkunge lasse mich kalt. Die Tatsache wern für sich selber spreche. Ich möchte mich verabschiede. Mir sehn uns wieder, wie vom Notar festgesetzt, um sechs, Mutter, Kinder, auf! Wiedersehn allerseits.

Die andern: (*feindselig*) Auf Wiedersehn. (*Hesselbachs lassen ihre Verwandten hinter sich und gehen allein nachhause*)

Willi: Gewitternochemal. Sowas von Verwandtschaft!

Vater: Halt emal mein Zylinder, Willi. Also der schwarze Rock, der drückt mich in einer Art un Weise ... Ich muß doch dicker geworn sein.

Mutter: Kall, also jetzt wird es doch wohl erlaubt sein, emal zu frage, wieso du die Verwandte so vor de Kopp gestoße hast?

Anneliese: Ganz recht hat de Babba gehabt! Also des war ja eine Atmosphäre! Bäh!

Willi: Ich hätt dene noch ebbes ganz anderes gesagt!

Vater: Wie die Aasgeier sin die! Wie die Aasgeier! Nicht eine Minute bleib ich länger mit dene zusamme als wie ich muß.

Mutter: Ach Kall, so hab ich des awwer garnet empfunde. Des is halt emal so. Wenn so en alter reicher Junggesell stirbt, da hawwe die Verwandte halt bei aller Anhänglichkeit auch die Erbschaft im Aug. Des is menschlich.

Vater: Auch? Nur! Nix wie die Erbschaft! Von wege Anhänglichkeit. Ich müßt lüge, wann ich jetz behaupte wollt, daß ich den Eduard jemals besonders gut hätt leide könne, awwer die andern warn auch net „anhänglicher" ...

Mutter: (konventionell) Aawer Kall!

Vater: Komm, komm, Mamma. Mer wolle kei Theater spiele. Heut is schon genug Theater gespielt worn. Es gibt für mich nix Widerwärtigeres als solche lobhudlerische Grabrede und gerührte Heucheleie, ausgerechnet von Leut, die gege den Betreffende zu seine Lebzeite Gift un Gall gespuckt habe. Für jeden, der Bescheid weiß, da klingt des doch wie en Hohn. Was muß dann überhaupt soviel geschwätzt wern bei so ere Beerdigung? Ich trag dem Eduard nix nach. Ich hätt ihm noch e paar friedliche Jahre gewünscht, awwer ich sag auch net, daß er der beste von alle war. Und ich wünsche auch nicht, daß des bei meiner Beerdigung einer von mir sagt. Denn des war ich net.

Willi: Ja, du vielleicht net. Awwer de Onkel Eduard ... was haste dann bloß gehabt gege den, Babba? Also ich hab en kaum gekennt. Weil wir ja nie hingange sin. Awwer zu mir war er nett. Wie ich em emal auf de Straß begegnet bin, war er sehr freundlich un hat sich erkundigt nach uns. Un wie ich em gesagt hab, ich tät mer jetz en Radio baue un ich hätt bloß noch net des Geld für die Röhrn zusamme, da hat er mer gleich zwanzig Mark geschenkt.

Vater: (indigniert) So, da weiß ich ja garnix devon.

Willi: Dadevon hab ich auch nix gesagt damals, awwer jetzt kann ich's ja sage.

Vater: Des ist mer awwer garnet lieb.

Mutter: Ei no, Kall, warum dann net? Warum soll denn so en reicher Mann seim Neffe net emal was schenke? Die andern Verwandte die scheine ja immer zu em hingelaufe zu sein.

Vater: Ewe drum. Auch die Sach mit de Annelies damals. Die is auch über meinen Kopp eweg gemacht worn.

Mutter: Also, des war doch wirklich ein schöner Zug von ihm. Ich bin em damals begegnet mit unserm Annelies'che, un die war damals so e schmal Kind, so en richtiger kleiner Spirwes. Und da hat er sich sehr freundlich mit uns unterhalte un gesagt, die müßt emal e Luftveränderung habe. Warum mer se net emal mit der Kinderlandverschickung an die See gebe täte.

Anneliese: Un da hat die Mamma gesagt, dadezu muß mer erst des Geld hawwe. Un da hat er gesagt, ach, dann dürft er mich vielleicht einlade. Un vier Tag drauf kam der Gutschein von der Kinderlandverschickung. Also, des war doch wirklich nett.

Vater: Wenn ich damals nicht vor vollendete Tatsache gestellt worn wär, da hätt ich meine Zustimmung net gewwe dazu.

Mutter: Awwer warum dann net, ums Himmelswille, Kall? Dem reiche Junggesell hat des doch garnix ausgemacht. Un du hast damals ewe noch net genug verdient.

Vater: (*hitzig*) Es hat auch Zeite gewwe, wo ich mehr verdient hab und mehr war als wie der Eduard. Vor e paarundzwanzig Jahr, da hat der gute Eduard vor m e i n e r Tür gestande und hat gebete. Ich habe nie vor seiner Tür gestande un hab um was gebete. Gottseidank!

Mutter: Dadevon weiß ich ja garnix, da haste mer ja nie was devo ...

Vater: Weil ich über solche Sache nicht spreche. Awwer wenn mir sozusage vorgeworfe wird, daß ich sozusage untüchtiger wär als der Eduard ... da kann ich nur sage: ha! Der war so am End damals, daß er mich um einen Anzug bitte mußt, weil er sein versetzt hatt. Un ich hab em ein geliehe. Einen tadellose Anzug. Un nie wiedergekriegt.

Mutter: Awwer ... awwer der Eduard war doch Kommerzienrat.

Vater: Ja, später. Aber mein Anzug hab ich trotzdem net wiedergekriegt.

Mutter: Ja haste'n dann net emal dran erinnert? Vielleicht hat er's bloß vergesse!

Vater: Erinnert? Ich hab auch mein Stolz. Eher hätt ich mer die Zung abgebisse. Der Herr Kommerzienrat! Ich bin zwar net Kommerzienrat geworn. Awwer ich hab auch kei Anzüg geliehe un net wieder zurückgegebe. Der Eduard hat es weiter gebracht wie ich, des stimmt. Viel weiter sogar. E Haus. Grundbesitz. Papiere, Barvermöge. Was weiß ich. Awwer mit welche Mittel? Ich weiß es net und will's auch net wisse.

Die andern: Wieso?

Vater: Er hat mir vor der Währungsreform emal e Geschäft angetrage. Ganz überraschend is er zu mir komme. No, und erst hab ich auch mitmache wolle. Awwer wie ich dann langsam gesehn hab, um was sich's da gehandelt hat, da hab ich zu em gesagt, mein lieber Eduard, des ist nicht meine Branche, ich versteh nix von so Sache ... laß mich dadrauße.

Willi: Hat er Falschgeld gemacht, Babba?

Vater: Ach wo dann her.

Willi: Mädchenhandel?

Vater: Verrückt. Nein ... e ... Geschäfte, die mir ewe nicht liege. Ich kann net mit Sicherheit behaupte, daß es Schwarzmarktgeschäfte gewese wärn. Awwer ich hab mich jedenfalls net darauf eingelasse. Seitdem hawwe mer uns alle Jubeljahr emal gesehn und warn dann auch immer sehr höflich zuenanner. Awwer das war auch alles. Und wenn ihr mich fragt ... dann tät ich am liebste überhaupt net hingehn zu dieser Testamentseröffnung. Ich hab von dem zu seine Lebzeite nix hawwe wolle. Und ich will auch jetz nix vom em.

Mutter: Och no also Kall, bei s o eme Vermöge! De Gekränkte spiele wege eme verliehene Anzug! Awwer wo der Mann doch so nett zur Annelies und em Willi war ... vielleicht erbe die was, wann du vielleicht auch nix erbst ...

Willi: Ich könnts brauche.

Vater: Charakterlos sowas. Ich geh net hin.

Mutter: Selbstverständlich wird gange, Kall. Un wenn mer auch nix kriege, was ich ja bald annemme muß, nachdem du dich so benomme hast zu deim Vetter Eduard ... awwer mer wolle doch wenigstens wisse, was die andern kriege.

Vater: Marieche, es ist in diesem Fall doch völlig ...

Mutter: Nix, Kall, mir sind um sechs bestellt vom Notar ...
un da gehn mer auch hin. Das wär ja nochemal schönner.

(Überblendung)

*Notar: (den Namensaufruf beendend, mit einer sachlichen, aber dem
Trauerfall angemessenen Stimme)* Irene Hesselbach.

Irene: Ja.

Notar: Erich Hesselbach.

Erich: Da isser.

Notar: Ernst Hesselbach.

Ernst: (stramm) Hier.

Notar: Willi Hesselbach.

Willi: Hier.

Notar: Frau Marie Bauer.

Frau Bauer: Ja, des bin ich.

Notar: (etwas leiernd) Ich stelle fest, daß alle zur Testamentseröffnung gemäß Bestimmung des Verstorbenen zu ladenden
10 Personen vollständig erschienen sind. Ebenfalls gemäß
Bestimmung des Verstorbenen habe ich Ihnen vor Eröffnung ein Verzeichnis der vorhandenen Erbmasse zugänglich
gemacht: Diese umfaßt

1. Ein Grundstück bebaut, 47 ar laut Anlage,
2. Ein Grundstück bebaut 12 ar laut Anlage,
3. Waldgrundstück 10 Hektar,
4. Ackerland 24 Hektar,
5. Eine Wohnungseinrichtung, bestehend aus Möbeln,
   Teppichen, Lampen, Bildern, Beleuchtungskörpern und
   sonstigem Hausrat laut Verzeichnis,
6. Diverse Anzüge, Wäsche, Schuhe usw. laut Verzeichnis,
7. Bankkonto bei der Deutschen Bank mit einem Haben-
   Saldo von 4 Mark und 45 Pfennige,
8. Postscheckkonto mit einem Haben-Saldo von 1 Mark,
   und 16 Pfennige.

Sonstige Wertgegenstände keine. Schmucksachen, Pre-
tiosen, Edelmetalle keine, gemäß Protokoll über die Fest-
stellung des Safe-Inhalts. Sonstige Guthaben keine. For-
derungen: keine feststellbar, keine geltend gemacht. Inhalt
der Brieftasche: 378 Deutschmark, auch 65 Pfennig. Rest-
liches Haushaltungsgeld des laufenden Monats in Ver-
wahrung der Haushälterin Frau Bauer, in Höhe von 67 Mark
und 82 Pfennig. Sonstige Vermögenswerte keine ...

Haben alle Anwesenden von diesem Verzeichnis Kenntnis genommen? *(Gemurmel)* Dann schreite ich nunmehr zur ...

Erich: Ja, Moment mal, Herr Notar. Kenntnis genommen schon. Det schon. Aba ich frage mich, wo ist der Schmuck?

Irene: Onkel Eduard hat mir selbst gesagt, daß er in den letzten Jahren sein Vermögen vorwiegend in Schmuck angelegt hat.

Franz: Mir auch genauestens bekannt!

Martha: Mir hat er noch im vorigen Jahr seine Brillante gezeigt. Un en Brillantring war debei ... so e Ding! Wo ist der? Un andern Sache hat er auch noch gehabt, wo er mir net gezeigt hat.

Ernst: Also, jedenfalls, des Häus'che, wo's geheiße hat „Grundstück bebaut, 12 ar" also des gehört awwer net zur Erbmasse. Weil nämlich, des Häus'che, wo da drauf steht ... also des hat mir nämlich de Onkel Eduard geschenkt. Des Häus'che is mei Häus'che.

Die anderen: (außer Hesselbach's, über ihn herfallend) Ach hör doch endlich mit diesem blöde „Häus'che" auf!

Erich: Ach, det sind ja kleene Fische. Aber wovon ich weiß, det warn mindestens 500 Mille in Brillanten, die der Olle ... ick meine, der teure Verblichene in seinem Safe gehabt hat. Und zwar nach der Währungsreform! Unmittelbar danach!

Notar: Das Safe wurde von mir in Gegenwart von zwei Gerichtspersonen geöffnet. Es enthielt lediglich das Ihnen jetzt in Abschrift vorliegende Inventarverzeichnis, sowie zweitens in einem versiegelten Umschlag das nunmehr zu eröffnende Testament.

Irene: Ja, wo ist denn der Schmuck? Irgendwo muß er doch sein. Ich bin völlig sicher, daß er Schmuck gehabt hat.

Franz, Martha, Erich: Ich auch!

Notar: Ist den anderen Herrschaften auch etwas von Schmuck bekannt?

Ernst: Also nämlich des Häus'che jedenfalls ... des hat er mir jedenfalls geschenkt, und des Häus'che kann nicht in die Erbmasse ...

Die anderen: So hör doch mit dem Häus'che auf!

Notar: Herr Karl Hesselbach, ist Ihnen etwas von Schmuck bekannt?

Vater: (mit Würde) Mir ist nicht bekannt, daß mein Vetter Eigentümer von Schmuck war. Und meiner Familie selbstverständlich auch nicht.

Mutter und Kinder: Selbstverständlich net.

Erich: (*scharf*) Ach, sieh mal an! Sehr interessant! Unser Onkel Karl Hesselbach behauptet also nicht zu wissen, daß unser Onkel Eduard Schmuck besaß. Alle wissens, nur er nicht.

Vater: Behauptet? Was heißt behauptet? Ich weiß nix davon!

Erich: Sehr interessant!

Mutter: Erlaube mal, Erich! Was soll dann des heiße?

Erich: Det soll janz einfach heißen, det hier offenbar irgend jemand 'n Ding gedreht hat!

Willi: Also, horche mal, wenn du noch eine solche unverschämte Anspielung gege mein Vater machst, du lächerlicher Zwerg du, da kannste awwer dei Knoche unnummeriert auf de Gaß zusammelese!

Mutter: Ei, Willi!

Anneliese: Recht hat de Willi, das hat ja direkt so geklunge, als hätt unsern Babba Brillante gestohle! (*Tumult*)

Notar: Ruhe bitte, meine Herrschaften, Ruhe! Sie sind doch gebildete Menschen.

Erich: Was heeßt hier jebildet? Ick will ihn ma wat sagen, Herr Notar. Wenn's um die Kohlen geht ... da spielt de Bildung iebahaupt keene Rolle. Und hier geht et um die Kohlen.

Notar: Welche Kohlen? Das Brennmaterial im Keller steht doch unter Sonstiges.

Erich: Die Kohlen, Herr! Den Zaster, die Pinkepinke! Wie ich det Inventarverzeichnis jesehn habe, da ha'ck mer gleich jedacht, Mensch Meier, hier stimmt doch wat nich. Mir könnt ihr doch nich für dumm vakoofn. Von wejen „Schmucksachen keine". Ick laß mir doch nich ieber de Rolle ziehen. Hier hat schon eener abjesahnt. Uns wir solln Neese sind. Nee, Herrschaften, ohne mir! Wat ein Erich Hesselbach is, der läßt sich nich ieba de Rolle ziehen!

Notar: Sie können hier natürlich keine haltlosen Beschuldigungen äußern!

Vater: Des will ich awwer auch gemeint hawwe! Es ist unter meiner Würde, mich gege derartige unerhörte Verdächtigunge zu verteidige un mich an dieser allgemeine Kreischerei zu beteilige. Denn eine Verdächtigung soll dem Erich seine Anspielung ja wohl darstelle.

Erich: Hat ja keen Zweck, um die Sache lang rum zu reden. Gestatten Sie mir, Herr Notar, det ick da an meinen Onkel Karl mal'n paar Fragen stelle?

Vater: Von dir laß ich mich überhaupt nix frage, du Lümmel, du!

Die anderen: (protestieren) Fragen! Fragen!

Vater: Bitte! Bitte! ... von mir aus. Ich werde dann auch Frage stelle!

Erich: Frau Bauer!

Frau Bauer: Ja, bitte?

Erich: Was haben Sie gemacht, als Ihnen der Arzt gesagt hatte, daß der Kommerzienrat tot ist?

Frau Bauer: Ich ... ich hab den Herr Prokurist Hesselbach angerufe ... weil doch, weil er doch de einzige Verwandte is, der hier in der Stadt wohnt. Ich hab ja net gewußt, daß ich des net dürf ... Ich hab ja net geahnt, daß de Herr Hesselbach *(heult los)*

Mutter: Also, das ist ja ungeheuerlich, meinem Mann zu unterstelle ...

Erich: Nu, weenen Se man nich, Frau Bauer. Natierlich durften Se'n anrufen. Warum denn nich? Also dann ist der Herr Karl Hesselbach also gekommen, nichwahr? Sie haben ihn erst ins Schlafzimmer geführt und dann hierher ins Arbeitszimmer?

Frau Bauer: Ja, des hab ich.

Erich: Sehr gut. Und dann ham Sie ihn hier im Arbeitszimmer alleine gelassen.

Frau Bauer: Ja, ich mußt ja fort auf's Amt. Wege der Todesmeldung.

Erich: Und wie lange war er hier allein drin?

Vater: (empört) Des kann ich dir genau sage. Dreiviertel Stunde. Und in dieser Zeit habe ich nach dem Herr Notar telephoniert und im Schreibtisch vorsichtig nach irgendwelche Verfügunge gesucht ... Verfügunge über ... über Maßnahme, die in seim Todesfall eventuell zu treffe wärn. Jawoll. Das und nix anderes. Un nach Ankunft vom Herrn Notar ... und das wern Sie bestätige, Herr Notar ... hab ich Ihnen sofort alle Schlüssel übergebe und mich dann zurückgezoge.

Erich: Aha, „alle Schlüssel"! Natürlich den Safeschlüssel ooch! Und das nachdem du vorher ne dreiviertel Stunde Zeit hattest, des Safe in aller Gemütsruhe leerzumachen. *(Tumult)*

Franz: Ich hab gleich gesagt, daß mit dem Kall was net stimmt!

112

Vater: Des nimmste zurück, du Hund, du ... *(Durcheinander. Schreie)*

Erich: Herrschaften ... ick bin ja ooch nich doof, nichwahr! Wenn ich so'ne Behauptung aufstelle, denn kann ick se ooch beweisen. *(Bewegung)* Onkel Karl! Du hast doch vorhin erklärt, es sei dir nicht bekannt, daß der olle Eduard, also der teure Verblichene, Schmuck besessen hat. Hältst du diese Behauptung aufrecht?

Vater: Selbstverständlich! Ich ...

Erich: Momang! Wenn ick dir jetzt beweise, daß du det doch jewußt hast ... was dann?

Vater: Ei, bin ich dann hier ein Angeklagter! Beweise! Was heißt beweise? Das kannste net beweise.

Erich: Kann ich d o c h. Denke mal an! Ick hab nämlich hier 'n bisken rumgestöbert. Und habe hier ne Notiz gefunden vom Onkel Eduard. Vom 9. September 1947. „Brillantring an Karl H." und daneben steht ne Telephonnummer. Und zufällig steht vor der selben Telephonnummer im hiesigen Telephonbuch der Name „Karl Hesselbach, Prokurist". Det is aba'n Zufall, wa? *(Bewegung)* Würdest du mir jetzt sagen, teurer Onkel, hast du damals von Eduard diesen Brillantring bekommen? Ja oder nein?

Alle: (schweigen)

Vater: (nach einer Pause) Darüber gebe ich keine Auskunft.

Mutter: (leise) Babba, ums Himmelswille ... dadevon weiß ich ja kein Wort.

Franz: Jetz komme diese Sache eraus! Ich hab ja gleich gesagt, ich weiß, wo die Erbschleicher sitze!

Martha: Erbschleicher! Des is doch kriminell, was die mache!

Anneliese: (leise) Willi, was kann denn de Babba da bloß gemacht hawwe?

Willi: Der un Brillante klaue, lächerlich.

Vater: (mit Ruhe) Ich habe nicht in de Notize vom Eduard erumgeschnüffelt. Und ich weiß auch net, was da sonst drin steht ...

Irene: Aber möchtest du wohl gerne wissen, was! Nein, wie ich das finde! Und mit sowas ist man verwandt!

Vater: (gelassen) Ja, leider. Aber wenn der Eduard seine Notize gewissenhaft geführt hat, dann müßte eigentlich auch drin stehn, daß ich ihm diesen Brillantring zurückgegebe hab. Und zwar einen Tag später.

Erich: Steht aber nischt von da! Steht aber nischt von da!

Franz und Martha: Er hat zugewwe, daß er den Brillantring kriegt hat!

Irene: Und eben noch behauptet, er hätte nie gewußt, daß dem Onkel Eduard Schmuck gehört hat!

Vater: Allerdings! Und diese Behauptung erhalte ich aufrecht! Ich habe nie gewußt, daß ihm dieser Ring gehört hat.

Die andern: (höhnisches Gelächter)

Mutter: (leise) Allmächtiger, was macht dann de Babba für Sache ...

Vater: Euer Gelächter ist vollkomme überflüssig. Ich habe damals nämlich angenomme, daß dieser Ring ihm nicht gehört hat. Er hat mir vorgeschlage, den für ihn zu verkaufe. Ich habe das nach reiflicher Überlegung abgelehnt und ihm den Ring wiedergegebe.

Die andern: Ausrede! Faule Ausrede!

Irene: (giftig) Und warum willste denn abgelehnt haben, ihn zu verkaufen? Damals hat sich doch jeder alle zehn Finger danach geleckt, Geschäfte mit Schmuck zu machen?!

Vater: Ewe drum. Ich hab se mer net danach geleckt. Ich gebe allerdings zu ...

Franz und Martha: Aha! Er gibt zu!

Vater: ... daß ich von der Voraussetzung ausgange bin, daß der Eduard nicht der Eigentümer dieses Schmuckstückes war, sondern eine Art Mittelsmann. Jedenfalls hat er diesen Eindruck bei mir erweckt.

Erich: Ach, Quatsch mit Soße! Der hat doch Grundstücke gehabt noch und noch, und die hat er alle verschärbelt und in Schmuck angelegt.

Vater: Davon habe ich heut tatsächlich zum erste Mal gehört.

Die andern: (Hohngelächter)

Franz: Herr Notar, nemme Se den Angeklagte wege erwiesenem Diebstahl fest!

(Tumult)

Notar: Meine Herrschaften! Einen Moment. Erstens gibt es hier keinen Angeklagten. Zweitens gibt es hier keinen erwiesenen Diebstahl und drittens kann ich niemanden festnehmen. Es handelt sich um eine Testamentseröffnung. Wenn irgendwelche Unklarheiten und Fragen auftauchen, so ist es doch wohl das Richtigste, zuerst das Testament zu kennen. Vielleicht werden dadurch alle Fragen beantwortet. Ich bitte also um Ruhe.

Erich: Bitte, bitte! Eröffnen Sie! Wir wern den Mann schon noch kriegen!

Franz: Für mich is der Fall klar!

Notar: Meine Herrschaften, bevor ich ermächtigt bin, diesen versiegelten Aktendeckel zu öffnen, der laut Aufschrift das Testament enthält, habe ich den hier anwesenden Erbberechtigten ein Dokument zur Unterschrift vorzulegen, in dem sie v o r Kenntnis des Testaments erklären, die Erbschaft anzunehmen.

(Allgemeines Staunen)

Erich: Wat denn? Man muß doch erst mal wissen, wat man erbt?

Notar: Eben das sollen Sie nach dem Willen des Erblassers nicht vorher wissen. Es steht Ihnen frei, vorher die Erbschaft abzulehnen.

Ernst: Ja, also, i ch muß ja das Häus'che sowieso krieche ...

Franz: Ja, un wenn mer ablehnt, wer erbt dann?

Notar: Das wird sich dann aus dem Testament ergeben.

Irene: Nein, also wie ich sowas finde!

Mutter: Ja, was dann, wie dann, und wenn mer ablehnt, dann ...

Vater: Ruhig, Mamma, mir halte uns zurück. In dieser Gesellschaft hawwe mir nix zu suche.

Mutter: Ja, Kall, ich werd ja aus dir überhaupt net mehr klug ...

Notar: Meine Herrschaften! Bitte diejenigen Herrschaften, die mit der Bedingung einverstanden sind, hier zu unterschreiben.

Irene: Ja, wie denn, wenn einem womöglich etwas zugemutet wird ... was, wie soll ich mich ausdrücken ... in sittlicher Hinsicht ...

Notar: Wenn Bedingungen gestellt werden, die gegen die guten Sitten verstoßen, können Sie jederzeit das Testament anfechten.

Franz: Also, eine Gemeinheit is des schon von diesem Eduard, uns in eine solche Lage zu bringe. Mir sin doch die eigentliche Erbberechtigte. Mir sin in direkter Linie mit em verwandt. Nur mir! Des heißt, ich.

Die andern: Ach woher denn, wir sind genauso ...

Martha: Eine Hinterhältigkeit is des, nach allem, was mir für ihn getan hawwe. Warum macht er dann sowas?

Notar: Möglicherweise, um Auseinandersetzungen über sein Testament zu vermeiden.

Erich: Ick unterschreibe. Anfechten kann ma nachher immer noch. *(unterschreibt)*

Notar: Die Möglichkeiten der Anfechtung sind vom Gesetz genau festgelegt. So, ich brauche noch Ihren Personalausweis für meine Beurkundung. Unterschreibt sonst niemand?

Ernst: Ja, also des Häus'che, des gehört mir! Des mach ich zur Bedingung, wann ich unterschreib ... *(Proteste)*

Erich: Det Häusche jehört jedenfalls janz bestimmt nicht dir, wenn du nich unterschreibst. Aba laß man sein. Drängen tut dich keener.

Irene: Ich unterschreibe. Ich weiß, daß mich Onkel Eduard geschätzt hat, wenn auch unser Verhältnis in den letzten Jahren etwas getrübt war. Aber ich vertraue seinem Gerechtigkeitssinn und unterschreibe ... *(unterschreibt)*

Franz: Er hat ewe die Wahrheit net vertrage könne, der Eduard. Ich hab se'm emal gesagt, un jetz will er sich räche, der Lump, der. Ich kaaf kei Katz im Sack.

Martha: Awwer, wann mer net unterschreibe, da kriege mer doch garnix, Franz!

Franz: (bewegt, mit Zorn) Ha! Des is de Eduard! Wie er leibt un lebt. Übers Grab enaus seine Verwandte Ärger mache un Schawernack, womöglich. Wann ich sage tät, was ich all weiß von dem Lump, dem! Wo der sich all erumgetriebe hat! Un in seim Alter noch dazu. In einer Bar in Hamburg hab ich en getroffe, wie ich auf erer Geschäftsreis dort war. Ich trau meine Aaage net, hab ich mer gedacht, wie der ankomme is in dere Bar ...

Martha: Du? Ja, sag emal, ei wie bist dann du in e Bar komme?

Willi: Wahrscheinlich hat er Glas Milch trinke wolle, dort.

Notar: Meine Herrschaften, das interessiert alles nicht. Die Klausel des Erblassers scheint mir doch vor allem darauf hinaus zu laufen, daß das Testament so durchgeführt wird, wie es abgefaßt ist. Also wollen Sie sich bitte entschließen!

Franz: Ich muß unterschreiwe! Sonst is ja alles im Eimer. Un dadebei bin ich doch der einzige wirkliche Erbberechtigte. Och, der Lump, der ... dem tät ich's awwer sage ... wann der noch am Lewe wär ... der Hinterhältige, der, der ... also geb her den Federhalter, ich unnerschreib aach ...

Ernst: Ich unterschreib auch, ich muß ja unterschreiwe. Awwer des Häus'che muß ich kriege ... also wann ich des Häus'che net krieg, ooch ... *(unterschreibt verzweifelt)*

Notar: Und Sie, Herr Prokurist?

Vater: Ich lege keinen Wert auf die Erbschaft. Ich habe nie Wert drauf gelegt, newebei, und ich unterschreibe auch nicht.

Die andern: Sehr bezeichnend!

Mutter: Ei Kall, wenn da wirklich solche Werte ... du kannst uns doch net mutwillig um eine große Erbschaft bringe ...

Vater: Ich wiederhole, ich hab vo seine Lebzeite nix vom Eduard gewollt, ich will auch nix nach seim Tod vom em. Und unterschreiwe tu ich grundsätzlich nur, wann ich weiß, was ich unterschreiwe. Die Kinder könne mache, was se wolle.

Willi: Also zu mir war er nett, de Onkel Eduard, er hat mer die zwanzig Mark geschenkt damals ... ei no, da kann ich em auch emal en Gefalle tun. Ich unterschreib.

Anneliese: Ja, was soll ich dann mache, Mamma?

Mutter: Du unterschreibst selbstredend! Auf jeden Fall!

Anneliese: Un du, Mamma?

Mutter: Ei, ich gehör ja net zu de Erbe. Babba, willste dann net doch?

Vater: Nix! Ich lehne es ab, mit solche Leut zusamme was zu erwe. Ich will nix erwe. Schluß! Keine Unterschrift von mir, Herr Notar.
(Mutter jammert leise)

Notar: Ich stelle somit fest, daß sämtliche Erbberechtigten außer Herrn Prokurist Karl Hesselbach sich verpflichten, das Testament im voraus anzuerkennen, alle seine Bestimmungen gewissenhaft durchzuführen und auf jedwede Anfechtung zu verzichten. Herr Karl Hesselbach verzichtet im voraus auf die ihm durch das Testament möglicherweise zufallende Erbschaft.

Erich: Hat's nich mehr nötig! Sowas! Na, den kriegen wa noch.

Notar: Ich schreite nun zur Öffnung des versiegelten Aktendeckels. Er enthält ...

Alle: Waaaaaas?

Notar: (halblaut lesend) Meine letztwillige Verfügung, vor deren Verlesung die beigefügte Grammophonplatte ... *(laut)* Frau Bauer ... befindet sich ein Grammophon hier?

Frau Bauer: Ja, grad nebe Ihne, Herr Notar.

Notar: ... beigefügte Grammophonplatte den versammelten Erben auf meinem Grammophon vorzuspielen ist" Hm. Naja. Ich lege also bestimmungsgemäß diese Platte auf und bitte um vollkommene Ruhe.

(Staunen. Psch. Grammophongeräusch, mehrere leere Umdrehungen, atemlose Spannung. Dann:)

Die Stimme Eduards: *(tief, jovial, mit überlegener Ironie, sehr intim und doch ein wenig geisterhaft)* Naaaa, meine lieben Erben? Gell, das is eine freudige Überraschung?! Den lieben Verblichenen noch einmal, wenigstens auf dem Grammophon zu hören. Dieses Vergnüge wollt ich mer net nemme lasse, noch einmal unter euch zu weile ... in dieser Stunde, wo ihr schmerzerfüllt meiner gedenkt! Wo ihr nur mit innerstem Widerstrewe bereit seid, eine Erbschaft anzutrete, auf die ihr mit tausend Freuden verzichten würdet, wenn ihr mich noch einmal ins Lewe zurückrufe könntet.

Martha: *(schluchzt)* Nei, der gute Eduard.

Stimme: *(freundlich)* Heult da wohl gar jemand? Dankeschön in dem Fall. Des wär awwer wirklich net nötig gewese. Ja, ich seh euch direkt dasitze, alle miteinander, ihr Bagasch!

Alle: Waas? Psch!

Stimme: Keine Angst, es geht euch nix verlorn. Von meiner Rede, mein ich. Ich hab schon e klei Päus'che hinter „Bagasch" gemacht. E Überraschungspäus'che. Es is an alles gedacht. Ja, ich seh euch direkt dasitze, meine Lieben. Keins traut em andere, jeder voller Mißtraue un Angst, daß der andere mehr kriege tät ... ei no, das is immer dieselb Geschicht bei so Erbereie. Der Franz un die Martha, ganz bleich vor Angst, se täte net alles allein kriege ...

Franz und Martha: Also, des is doch ...

Stimme: Ei no, was dann? Wann mer sich so e Müh gewwe hat, die andern Verwandte so anzuschwärze wie ihr bei mir, da will mer auch endlich wisse, ob sich's auch gelohnt hat, gell? *(jovial)* Nemm ich euch net übel, die andere hawwe's genauso gemacht. Wenn die Irene angefange hat, ihr Gift zu verspritze ...

Irene: Unglaublich!

Stimme: ... da is der Erich kaum mitkomme mit seim saudumme Gebabbel.

Erich: *(leise)* Blöder Hund.

Stimme: Awwer am meiste auf de Nerve gefalle is mer doch immer der Ernst, dieses größte Rindvieh von euch all ... *(Tumult)*

Notar: Ruhe, meine Herrschaften, die Platte läuft doch weiter.

Stimme: Awwer wenn ihr schon erbt, da muß ich euch doch wenigstens e paar freundliche Worte mit auf de Weg gewwe. Ihr sollt ja erwe. Der Franz un die Martha, die kriege am meiste, weil se schon so viel hawwe. Die kriege das große Grundstück mit dem Mietshaus. No, das is schon sei 120000 wert. *(Rufe: Ahh!)* Auf des kleine Grundstück mit dem Häus'che is der Ernst scharf. Gut, soll er's hawwe.

Ernst: Seht er, ich hab's doch gesagt, des Häus'che is mei!

Stimme: Ich weiß, Ernst, die 10 Hektar Wald hättste mer auch noch gar zu gern zu meine Lebzeite abgeschwätzt. Un die Äcker auch. Aber den Wald kriegt die Irene, un die Äcker soll der Erich hawwe. So is es doch eigentlich sehr gerecht verteilt. Wann ich denk, wie ihr mich all schon zu meine Lebzeit geschröppt habt! Dem Franz un de Martha hab ich zwei große Hypotheke auf ihr Sach gewwe, awwer Zinse hab ich nie gesehn. Die Irene hat mer eine Beteiligung aufgeschwätzt an irgend eme sagenhafte Unternehme von eim, der se damals hat heirate wolle. Ich weiß net, ob des jemals überhaupt bestande hat. Wunderschöne Anteilscheine hab ich kriegt, awwer auf die erst Mark Dividende, da wart ich heut noch drauf. *(Bewegung)* No, un der Erich is jed Jahr emal ganz schlicht bumbe komme, un der Ernst hat sich net erst mit em Bumbe aufgehalte, der hat's gleich geschenkt hawwe wolle. So habt ihr mir alle in meinem Leben dergestalt viel, viel Freude bereitet. Der einzige, der niemals was von mer hawwe wollt, das war der Karl und seine Familie. Un wenn ich mich frag, wem der Rest von meim Vermöge zufalle soll ...

Erich: Daß der womöglich die Brillante kriegt!

Irene: Er hat die Erbschaft ausgeschlagen!

Martha: De Kall dürf garnichts kriege! Er hat selwer verzicht!

Franz: Herr Notar, deß hawwe mir schriftlich, daß der Kall Hesselbach nicht erbe dürf ... er is zurückgetrete von der Erbschaft!

Mutter: (jammernd) Kall, ums Himmelswille, was haste dann da wieder gemacht.

Notar: Regen Sie sich doch nicht auf! Lassen wir doch die Platte erst mal ablaufen. Wir gehen noch einmal zurück auf der Platte.

Stimme: ... einzige der niemals was von mer hawwe wollt, das war der Karl und seine Familie. Und wenn ich mich frag, wem der Rest von meinem Vermöge zufalle soll ... zufalle soll ... zufalle soll ... zufalle soll... zufalle soll ... *(Kratzer auf der Platte)* ... dann jedenfalls n i c h t dem Kall! *(Triumphgeschrei der anderen).* Denn der Kall is ein anständiger Mensch und der einzige Mensch, dem ich was schulde. Nämlich einen Anzug, den er mir geliehe hat, lange bevor ich durch meine Patente so unheimlich viel Geld verdient hab, un zwar lang bevor ich des viele Geld in eme ganz respektable Häufche Diamante und Brillante un allem mögliche Schmuck angelegt hab, weil des so praktisch und wertbeständig is. Der Kall hat sein Anzug nie wiedergekriegt. Den hab ich kompensiert mit ere Ferienreis für sei Mädche, die Annelies. Un der Bub, der Willi, hat auch emal zwanzig Mark von mer kriegt. Mehr war der Anzug net wert. Mit dem Kall un seiner Familie bin ich also quitt, die erwe nix! *(Hohnlachen der anderen)*

Vater: Ein unfeiner Charakter, des muß mer sage. No bitte! Hundertprozentig recht hab ich gehabt, no, ich hab nie was von dem wisse wolle!

Stimme: Alles, was noch net verteilt is, fällt zu gleiche Teile an de Franz, die Martha, die Irene, de Erich und de Ernst.

Diese: Bravo!

Erich: Also auch die Diamanten wohlgemerkt!

Stimme: Und nachdem ihr, meine lieben Erben, zusammen rund hunderttausend Mark Schulde bei mir gemacht habt, ohne jemals einen Pfennig zurückzubezahle, so hab ich mer erlaubt, mein gesamtes Vermöge für diesen Betrag bei der Commerzbank zu verpfände. Die Grundstücke hab ich außerdem schon lang vorher mit Hypotheke belastet. Da müßt ihr ganz schön Zinse bezahle, wenn die euch net zwangsversteigert wern solle. Un was die Brillante un den Schmuck angeht ... tja, dieses ganze Zeug is leider, leider eweg! *(Sensation)* Halt! Moment! Für meine Haushälterin, die Frau Bauer, hab ich noch e kleine Rente sichergestellt. Dadevon kann se lebe. Sehr fleißig is se zwar net gewese, awwer dadefür hat se schlecht gekocht. Ja, meine Lieben.

Ihr habt also im wesentliche die Schulde geerbt, die ihr bei mir gemacht habt. *(Empörung)*

Erich: Ja, wieso, wieso sind die Brillanten weg?

Stimme: Ihr werdet vielleicht noch wisse wolle, was ich eigentlich gemacht hab mit dem viele Geld und dem Häufche Brillante, die ich nach und nach ebenfalls zu Geld gemacht hab. *(kichernd)* Ha, de Kall hat mich damals noch für en Schwarzhändler gehalte oder en Schieber oder Schmuggler oder was weiß ich, der Trottel. Ich will euch sage, was ich mit dem Geld gemacht hab, anstatt es euch zu vererbe: Ich hab's ganz einfach verbraucht! Ich hab mer e paar gute Jahre gemacht. Ich habs verlebt und's is mer gut bekomme. *(ironisch)* Ich weiß, ihr gönnt es mir. Un jetzt, nachdem ihr die Erbschaft angenomme habt, an die Arbeit, meine Lieben, wenn's auch Schweiß kost!... Aber die Commerzbank wartet net mit de Zinse und die viele Hypothekegläubiger auch net ... macht euch schee ans Zinsebezahle, un seht zu, daß ihr auch was abbezahlt von meine Schulde ... oder vielmehr von eure Schulde! Hahahahahaha

(er lacht unbändig, die Platte läuft ab, und die Familie sitzt erstarrt, unfähig sich zu rühren. Nur Vater zündet sich mit einem triumphierenden Lächeln behaglich eine Zigarre an.)

Täter gesucht!

Mutter: (ärgerlich) Ach die Büglerei bei dere Hitz, die macht ein ganz fertig.

Anneliese: (patzig) Meinste vielleicht, mir is es net heiß?

Mutter: Ei, wie redst dann du mit mir, Annelies? Was biste dann so batzig? Was is dann des für e Art?

Anneliese: (ebenso) Ich? Wieso bin ich batzig? Ich bin doch net batzig.

Mutter: Du hast mich direkt angefahrn!

Anneliese: Du hast mich ja auch angefahrn.

Mutter: No, also ich muß ja sage ... Ei was is denn des? Willi!! Komm emal her! Was haste dann bloß wieder mit dere Unterhos gemacht? Kannste net e bissi besser auf dein Sache achtpasse?

Willi: Ei, ich kann doch kein Glasschrank um mei Unnerhose erummache, wenn ich se anhab, net wahr! Des is ewe altes Zeug. Wann mer kei neue Sache gekauft kriegt, da is es ja klar, daß mer ...

Mutter: (erregt) Also, jetzt fährt mich der Lümmel auch noch an! Du, wenn ich das em Babba sag, wie du mich ewe angefahrn hast ...

Vater: (kommt sehr ärgerlich) Mamma! Ja, Deiwel nochemal, was is dann des wieder für e Schlamperei? Wo haste jetzt wieder mei Zeitung hingelegt?

Mutter: (ebenso) Ei, Kall, was fährste mich dann so an? Jetzt fährt der mich auch noch an. Ei, was weiß dann ich, wo dei Zeitung is? Die Annelies wird se hawwe.

Anneliese: *(gereizt)* Ja, die Annelies! Immer die Annelies! Wann en Sündebock gesucht wird, dann is die Annelies immer grad gut dezu. Ach, laßt mer doch mei Ruh! Also sowas! *(geht weg und wirft die Tür hinter sich zu)*

Vater: *(böse)* No, des wird ja immer besser. So ebbes muß mer sich in seinem eigene Haus biete lasse. Awwer, des ist dein Vorbild, Mamma! Wenn du mir ewe net so eine herausfordernde Antwort gewwe hättst, dann hätt sie sich das ewe net erlaubt.

Mutter: Jetzt soll ich auch noch schuld sein. Ich stell mich hin in die Hitz und bügel dei Hemden und dadefür krieg ich Vorwürf! Ei, da bügel dir doch dei Hemden selber! *(geht hinaus und wirft die Tür hinter sich zu)*

Vater: Hat man denn da noch Worte! Muß mer sich in seinem eigene Haus ...

Willi: *(unschuldig)* Das muß am Wetter liege, Babba, daß alles verrückt spielt.

Vater: *(wild)* Du hälst dein Schnabel! Wetter! Blödsinn! Möcht wisse, was das mit dem Wetter zu tun hawwe soll. Ei, laßt mer doch mei Ruh! *(ab, mit noch festerem Türen-knall)*

Willi: *(ungerührt, für sich)* Natürlich is es das Wetter. Es is auch furchtbar schwül. Muß emal e bißche es Fenster auf-mache ... Ich glaub, ... mir kriege e Gewitter ... *(in der Ferne dumpfer, langsam anschwellender Donner)* No, was hab ich gesagt? Jetzt wird gleich en Mordsschlag komme. *(Donner schwillt weiter an. In dem Augenblick, in dem man den Schlag erwartet, statt dessen:)*

Mutter: *(in höchster Empörung wiederkommend)* Willi!!

Willi: *(melancholisch)* No bitte, was hab ich gesagt!

Mutter: Willi, komm emal sofort hierher!

Willi: *(ergeben)* Ja, was is dann?

Mutter: Also, jetzt schlägt's aber wirklich dreizehn! Bist du das gewese, Willi?!

Willi: *(verwundert)* Was?

Mutter: Da!! Was is das?

Willi: Des? Des is e Fenstergardin!

Mutter: Jawohl, Fenstergardin!! Des is mein bester Store. Frisch gewasche und gebügelt, un heut morgen aufgehängt! Un jetzt soo e Loch eneigerisse! Warst du das?

Willi: Ich? Was soll ich dann an dem Fenstervorhang zu tun hawwe? Ich hab kei Ahnung von dem Loch!

Mutter: Willi, sag die Wahrheit!

Willi: Also, Mamma, jetzt muß ich awwer doch sehr bitte, net wahr. Ich bin ja schließlich kein kleiner Bub mehr, der ebbes angestellt hat un sich nachher nix zu sage traut! Ich muß mir jede ... diesbezügliche ... net wahr ... Verdächtigung, net wahr ... die muß ich mir verbitte ...

Mutter: Verbitte? So. Des is ja heut ein reizender Ton, heut in unserer Familie.

Willi: (wieder verbindlich) Ja, des muß am Wetter liege, Mamma.

Mutter: Du hältst dein Schnabel! Wetter! *(ruft scharf)* Annelies!!

Willi: (brummt) Noch net emal übers Wetter darf mer schwätze. Un des is dann Demokratie.

Anneliese: (kommt mürrisch) Was is dann?

Mutter: Hier!!

Anneliese: (erschrocken) Ach, du liebes bißche, was e Loch! In dem schöne Fenstervorhang!

Mutter: Hast du das eneigemacht?

Anneliese: Ich? Ei, Mamma, sag emal! Wie soll ich denn des Loch da eneigemacht hawwe? Un wenn mir das wirklich passiert wär, da hätt ich dir doch längst was davon gesagt. Das is doch wohl das mindeste!

Mutter: Ewe! Das is das mindeste, was ich von demjenige, der das Loch da eneigemacht hat, erwartet hätte! Derjenige hat es awwer offenbar nicht für nötig befunde, etwas zu sage.

Willi: Also, bitte mich net so vorwurfsvoll anzugucke! Ich weiß nix von dem Loch. Ich bin nebebei bemerkt, überhaupt nicht in dem Zimmer gewese.

Anneliese: Du bist net in dem Zimmer gewese?

Willi: Da bin ich auch net gewese! Und selbst wenn ich drin gewesen wär ... warum soll ich's dann grad gemacht hawwe? Es gibt ja noch mehr Leut in unsrer Familie, die wo dieses Loch ...

Mutter: Ihr erklärt also beide, deß ihr des Loch nicht gemacht habt? Könnt ihr des beschwörn?

Anneliese: No, des find ich jetzt awwer doch allerhand, Mamma. Wege eme Loch in einer x-beliebige Gardin von seine eigene Kinder einen Schwur zu verlange ...!

Mutter: Kei x-beliebige Gardin, sondern mein bester Store!

Anneliese: Jedenfalls ... schwörn, Mamma, wege sowas! Da kann ich net mehr mit.

Willi: Verdächtig, verdächtig! Ich kann durchaus schwörn.

Anneliese: (erregt) Ich kann auch schwörn. Ich sag nur, ich finde des lächerlich. Derjenige, der das gemacht hat, hat ja scheint 's eine furchtbare Angst, wenn er sich so sträubt, die Sach zuzugebe.

Willi: Ei, wieso dann? Er hat sich doch noch garnet gesträubt. Fragt ihn doch erst emal! Er hat 's ja noch garnet geleugnet bisher. Vielleicht hat er 's bloß vergesse.

Mutter und Anneliese: (erstaunt) Wer?

Willi: (ironisch) Weeer? Als ob in dere Wohnung e zwanzig-köpfig Familie hause tät. Der Babba natürlich!

(Aufregung)

Vater: (tritt ein) Muß eigentlich heut in meiner Wohnung als fort gekrische un gestänkert wern? In meiner Wohnung hat nicht herumgebrüllt zu wern. *(brüllt selbst)* Diese Brüllerei ist eine Unanständigkeit, die ich mir verbitte!

Mutter: (kalt) Karl, hast du mir dadezu etwas zu sage?

Vater: Wozu?

Mutter: Siehste net, was des is?

Vater: Soll ich hier eine Reifeprüfung für die Wiederaufnahme in die erst Volksschulklass' ablege oder is des e neu Gesell-schaftsspiel? Oder warum hältste mir sonst als en kaputte Fenstervorhang unter die Nas?

Mutter: Dieser Fenstervorhang hat e Loch.

Vater: Das seh ich. Bin ich blind? Was soll ich mit dem Loch? Soll ich vielleicht jetz auch noch die Löcher in de Fenster-vorhäng stoppe?

Mutter: Du erklärst also, daß du von dem Loch nix weißt?

Vater: So laß mich doch mit dem Loch zufriede! Ich kann mich doch net um alle Löcher kümmern, die in der Welt erumlaufe.

Mutter: Dieses Loch ...

Vater: Dieses Loch interessiert mich einen Dreck, wann du's genau wisse willst. Ich hoffe, daß ich mich jetz klar genug ausgedrückt hab. Ich habe den Eindruck, daß in dieser Familie die Empfindung dafür verlorn gangè is, wer hier eigentlich der Hausherr ist. Der bin ich!!

Willi: Mußt entschuldige, Babba, aber des kommt all nur vom Wetter. Wir sin heut all so gereizt.

Vater: Ach, hör mer doch auf als mit deim Wetter. Das Wetter hat gar nix zu sage. In meinem Haus hat des Wetter nichts zu sage. Da hab nur ich was zu sage.

Mutter: (drohend) Willi, w e r   h a t   d i e s e s   L o c h ...?

Willi: Ei ja no, Mamma, wenns de Babba auch net war, da kanns ewe nur e Gespenst gemacht hawwe oder der Herr Niemand, der die Dibbe verbricht.

Mutter: (kalt) Wie ich heut morgen die Vorhäng angemacht hab, da war dieses Loch noch nicht in dem Vorhang. Des kann ich vor jedem Schwurgericht beeide, un weiter kann ich beeide, daß ich dieses Loch auch nachher nicht enei-gemacht hab. Es muß also jemand von euch drei gewese sein.

Vater: Also, horch emal, is das hier eine gerichtliche Unter-suchung oder was?

Anneliese: Das find ich aber wirklich auch. Daß mer hier auf eine Stufe gestellt wird mit ...

Willi: (diskret) Also, die Annelies und ich, wir komme ja demnach nicht in Frage, und deswege täte wir euch jetzt besser allein lasse, liewe Eltern, un dann kann ja die Sach intern geregelt wern. Komm, Annelies.

Vater: Halt! Ihr bleibt da! *(Pause. Dann sehr leise, drohend. Stille vor dem Sturm)* Willi, willst du mit dem, was du da ewe gesagt hast, vielleicht andeute, daß ich dieses Loch doch gemacht hätte?

Willi: (sich windend) Ich will nur sage, net wahr, daß mir beide, net wahr, die Annelies un ich, net wahr, daß also mir zwei dieses Loch also nicht gemacht hawwe. Un daß mir zwei auch bereit sin, net wahr, das zu beschwörn. Un ich mein, unter diese Umstände, da hawwe mir ja wohl bei de weitere Auseinandersetzunge wohl nix mehr zu suche, net wahr, un lasse euch lieber allein ...

Vater: (unheimlich ruhig) So. Und du, Mamma? Was sagst du dadezu?

Mutter: Nix. Aber ich bin ebenfalls der Meinung, daß eine Unterredung zwische uns beide unter diese Umstände nix schade könnte.

Vater: (langsam massiv werdend) So! Des is ja reizend, muß ich sage. ... Das is ja ... Ha! Demnach besteht also zwische de Mitglieder meiner Familie eine Art schweigender Über-einkunft, daß ich das Loch in den Vorhang gemacht hätt. Jetzt hört aber doch der Gemüshannel auf! Jetzt is es aber aus mit meiner Nachsicht, mit meiner Toleranz! Ei, ich bin doch kein Kasper! Ei, ich bin doch kein Hannebambel! Ei, ich laß mich doch net von meiner eigene Familie unner die Wurscht hacke!

Anneliese: Aber, Babbache. Wege so eme dumme Loch ...!

Vater: Mir ist dieses Loch vollkomme wurschtegal.

Willi: Mir ja auch.

Anneliese: Ei, mir ja auch, Babbache.

Mutter: Mir is es nicht egal. Das is mei bester Store. Awwer
das wär noch net das schlimmste. Vielleicht geht's zu
kunststopfe. Awwer was mich an dieser Sache empört, das
is nicht das Loch als solches, sondern daß sich der Betreffende
nicht zu dem Loch bekennt.

Vater: Aha!! Un ausgerechnet ich soll zu feig sein, mich zu
dem Loch zu bekenne. Das is mir unterstellt worn. Mir!
Eine Infamie is das! Ich bin sofort bereit, noch ein weiteres
Loch in diesen Vorhang zu mache, um zu beweise, daß
ich in einer solche Angelegenheit jede Heimlichkeit für
unter meiner Würde halte. Ich kann mache, was ich will.
Zehn Löcher kann ich enei mache, hundert, wann ich Lust
hab. Da hat mir garniemand was zu sage.

Mutter: Da irrst du dich awwer, Babba.

Vater: Da irr ich mich net! Ich kann den Vorhang in kleine
Fetze verroppe, wann ich Lust hab. Ich kann mir überhaupt nur noch Löcher an die Wand hänge, wann ich will.

Mutter: Das kannst du nicht, Karl, denn diese Stores sind
mein persönliches Eigentum. Die sind mein eingebrachtes
Gut. Das hat mir emal en Rechtsanwalt ausdrücklich be-
stätigt. Die Sach, wo die Frau mit in die Eh' gebracht
hat, sind eingebrachtes Gut! Ich bin genau im Bild!

Vater: So. Also soweit sin mer schon. Beim Rechtsanwalt
sin mer schon angelangt. Ei, behalt doch dei eingebrachte
Stores. Wickel se dir um de Bauch, meinswege. Fahr
Schlitte drauf. Bitte, ich werd also keine Löcher eneimache.
Aaaaber, Konsequenze werd ich ziehe! Ich bin von meiner
eigene Familie der Feigheit un Verlogenheit bezichtigt
worn. Das laß ich nicht auf sich beruhe. Hier! Setzt euch
emal all um den Tisch da erum!

Anneliese: Aber laß doch, Babbache. Am beste, wir spreche
gar net mehr über die dumm Geschicht. Des Loch wird
kunstgestopft, um damit is der Fall erledigt.

Willi: Ja. Richtig. Und mer sage halt: Das Wetter war dran
schuld.

Vater: Willi! Wann du noch einmal den Ausdruck Wetter
gebrauchst, dann bumst's.

(Es donnert draußen)

Anneliese: Ach, du lieber Himmel, es gibt e Gewitter.

Vater: Ihr setzt euch hier hin. Da ... die Mamma! Da ... die Annelies! Da ... der Willi! Los, los, los ...

Mutter: Was soll dann des schon wieder, Kall?

Vater: (offiziell) Ich berufe hiermit einen Familienrat ein.

Willi: Ach, du dicker Hund ... Warum sage mir dann net einfach gleich, daß jetzt alles auf de Willi geschobe wern soll, un daß der Babba kraft väterlicher Gewalt, keinen Widerspruch duldet, wenn sich der Willi verteidigt ...

Vater: (überraschend verbindlich) Da kennst du mich aber schlecht, mein Sohn. Ihr kennt mich überhaupt alle sehr schlecht. Da ich in dieser Angelegenheit selbst Partei bin und somit befangen, net wahr, verzichte ich selbstverständlich vollkommen darauf, irgendwelche väterliche Gewalt geltend zu mache, oder väterliche Vorzugsrechte zu beanspruche. Ich nehme an, daß auch die Mamma ihrerseits bereit ist, auf ihre natürliche Vorrechte im Rahmen dieses Familienrates zu verzichten.

Mutter: Familienrat! Wann ich sowas hör. Nemm mers net übel, Kall, awwer das is doch wirklich Blödsinn! Ich habe durchaus nix dagege einzuwende, wenn die Sach jetzt hier am Tisch besproche wern soll, denn einmal müsse wir sie ja doch klärn, un da geschieht das am beste gleich. Denn nach dem, was jetzt alles schon gesagt worde is, da is es ja unmöglich, daß mir jetzt wochelang mit dem bedrückende Gefühl herumlaufe, daß einer von uns lieber alle andere im Verdacht läßt als selber zuzugebe ...

Vater: (sachlich) Ewe dadrum hab ich ja den Familienrat einberufe. Die jüngere Mitglieder der Familie solle awwer net das Gefühl hawwe, daß nicht alle Familienmitglieder vollkomme gleichberechtigt behandelt wern. Ich lege auch durchaus keinen Wert auf den Vorsitz. Von mir aus kann die Mamma den Vorsitz übernehme oder der Willi oder die Annelies ...

Willi: Ich? Lieber Himmel, das muß doch de Babba mache.

Anneliese: Natürlich der Babba.

Vater: Ich stelle demnach fest, daß mir durch Zuruf der Vorsitz angetragen worden ist. Erhebt jemand Einspruch? *(Pause)* Niemand. Der Antrag is angenomme. Ich übernehme demnach den Vorsitz und eröffne den Familienrat. Wünscht jemand das Wort? Willi? Bitte.

Willi: Meinst du net, Babba ... Also „du" un „Babba"
darf mer doch noch sage im Familienrat, oder net? ...
Also meinst du nicht, Babba, es wär gut, wenn mir auch
protokolliern däte.

Anneliese: Du bist ja plemplem.

Vater: Den Ausdruck „plemplem" weise ich zurück, Annelies.
Der Willi hat durchaus das Recht, zur Geschäftsordnung zu
spreche und einen Antrag auf Protokollierung zu stelle.
Mir wolle peinlich korrekt verfahrn. Ich lasse über den
Antrag Willi abstimmen.

Willi: Ach no, ich hab ja bloß so gemeint.

Vater: Wer stimmt für den Antrag Willi? Bitte, die Hand zu
heben. Keiner. Der Antrag ist einstimmig abgelehnt.

Anneliese: (lachend) Du bist der richtige Antragsteller, Willi.
Lehnt sein eigene Antrag ab!

Mutter: Hach, was en Blödsinn, des alles!

Vater: Den Ausdruck „Blödsinn" weise ich zurück. Wünscht
noch jemand das Wort? Außer mir niemand? Dann erteile
ich mir selbst das Wort zur Tagesordnung.

Mutter: Also Kall, ich versteh awwer wirklich net, was diese
ganze Spuzze ...

Vater: Ich muß dich bitte, Mamma, mich nicht zu unterbreche.

Mutter: Ei, ich werd doch auch noch emal was sage dürfe.

Vater: Jetzt darfst du nichts sage! Ich hab dir ja das Wort
erteile wolle, du hast's ja net gewollt. Jetzt hab ich des
Wort. Ich ...

Mutter: No, des find ich ja allerhand. Wenn de Willi so en
Blödsinn schwätzt, da „hat er durchaus das Recht dazu"
aber wenn ich ...

Vater: (schreit) Weil der Willi einen Antrag zur Geschäftsordnung gestellt hat. Aber jetzt sin mer schon zur Tagesordnung übergegange, un da hast du net neizuquassele ...
Also bitte, wann man mich meine Funktion als Vorsitzender
nicht ausführn lasse will, dann bin ich ja bereit zurück-
zutrete. Ich stelle fest, das Wort ist mir erteilt. Kann ich's
jetzt ergreife oder net? *(Pause)* Also ergreife ich es. *(räuspert
sich)* Familienangehörige! Die Angelegenheit, die auf unserer
Tagesordnung steht, ist schwerwiegend. Ein Loch ...
oder genauer gesagt, ein Familienangehöriger hat in eine
Gardine ein Loch hineingemacht. Dieser Tatbestand steht
außer jedem Zweifel. Das Loch an sich wäre völlig unbe-
deutend ...

Mutter: Das Loch an sich wäre durchaus net ...

Vater: Ich weiß, Marieche, für dich nicht. Aber gemessen an den sonstigen Begleitumständen schrumpft dieses Loch als solches zu einem Nichts zusammen.

Willi: (halblaut) Ich hab als gedacht, e Loch, des wär schon nix. Wann jetzt das Nix noch weiter zusammeschrumpft, was bleibt dann da noch?

Vater: Das Wort habe ich! Die Begleitumstände dieses Loches sind, daß das betreffende Familienmitglied dieses betreffende Loch vermutlich aus Unachtsamkeit verursacht hat ... daß dieses Loch ... ich ... ich meine, daß dieses Familienmitglied es verabsäumt hat, der Mamma hiervon Mitteilung zu mache, wie dies seine selbstverständliche Pflicht gewesen wäre. Zweitens. Daß dieses Familienmitglied in einem Augenblick, in dem die restlichen Familienmitglieder mit einem ungerechtfertigten Verdacht belastet sind, sich nach wie vor nicht zu seinem Loch-Gemacht-Haben bekennt. Es ist unmöglich, eine solche Lage auf die Dauer hinzunehmen. Wir können nicht ständig in gegenseitigem Verdacht nebeneinander herleben und wissen, daß einer unter uns ist, der kneift und die anderen Familienmitglieder in falschen Verdacht bringt.

Willi: Bravo! Eh ... pfui!

Anneliese: Ruhig, Willi!

Vater: Spontane Zwischenrufe sind gestattet. Dieser Zustand, meine Herrn ... eh ... meine Familienmitglieder, ist einer Familie Hesselbach unwürdig. Unsere Familie hat immer den Grundsatz gehabt, ihre Pflicht zu tun, rechtschaffen zu leben und zu arbeiten. Das soll auch in alle Zukunft so sein. Nach diesem Grundsatz soll unsere Familie handeln und leben. Möge ihr die Vorsehung noch viele Jahre fruchtbaren Wirkens für die Allgemeinheit, viele Jahre der Aufbauarbeit für Volk und Vaterland bescheren, möge ...

Willi: (diskret) Augenblick emal, Babba, ich glaub, jetzt biste in deine Jubiläumsredd für euern Chef eneigerate.

Anneliese: Also Willi, sei doch ruhig.

Willi: (sich verteidigend) Ei ja no, jetzt kommt doch gleich „und so erhebe ich mein Glas", und dreimal „Hoch"! Wen wolle mer denn hochlebe lasse? Das Loch vielleicht?

Mutter: (muß gegen ihren Willen lachen) Also, Kinder, jetzt laßt mich endlich auch emal ebbes sage.

Vater: *(mit letzter Fassung)* Bitte, bitte ... Wenn es mir nicht mehr möglich ist, mich in meiner eigene Familie durchzusetze, von mir aus ... Ich erteile das Wort der Mamma.

Mutter: Danke, Herr Präsident! Oder wie sagt mer da? Also, jetz horcht emal zu: jetz mach ich einen Vorschlag zur Güte. Das Loch werde ich heut abend mit der Annelies stopfe, so gut's halt geht, und dann is die Unachtsamkeit von mir aus erledigt und verziehe. Un daß der Betreffende es mir net gleich gesagt hat, also des soll hiermit auch verziehe sein. Ich kann ja das verstehn, wie das so ist ... es is einem unangenehm und so weiter, und so weiter ... also, es wär verziehe! Es bleibt jetzt nur noch des, daß der Betreffende die Sach net zugibt.

Vater: Die Hauptsach, wohlgemerkt!

Mutter: Jawohl, die Hauptsach ... im übrige hab ich das Wort, Herr Präsident!

Willi: Wieso, das war doch ein spontaner Zwischeruf.

Vater: Ruhe!

Mutter: Jetzt wolle wir uns emal auf den Standpunkt von dem Betreffende stelle. Un wolle probiern, ihn zu verstehn. Erst hat er nix gesagt, weil er kein Krach mit mir kriege wollt. Ich geb auch offe zu, daß er den gekriegt hätt, weil ich heut e bissi schlecht gelaunt bin.

Willi: Kommt vom Wetter.

Vater: Willi, ich kann auch einen Beschluß herbeiführn, daß bei böswillige Störunge ein Mitglied von der Sitzung ausgeschlosse wird. Wetter! Ich verwarne dich zum zweiten Mal.

Mutter: Komm, Babba, laß emal ... un dann hat sich der Betreffende vielleicht geschämt, sozusage als armer Sünder dazustehe, un hat einfach geleugnet. Un immer noch mehr geleugnet. Un hat jetzt einfach nicht mehr die Kurasch zu sage: also, ich war's. Un deswege wolle mer jetzt beschließe, daß dem Betreffende im voraus verziehe wird. Un daß mir dem Betreffende keine Vorwürf mache, un daß mer ihn weder ausschimpfe noch verspotte wern, wenn er sich jetzt sofort meldet. Wir wolle deshalb so großzügig sein, damit die dumm Geschicht endlich begrabe wern kann.

Anneliese: Also, da hat die Mamma aber ganz recht. Da bin ich auch dafür.

Vater: Demnach kommen wir zur Abstimmung über den Antrag Mamma. Der Antrag Mamma lautet auf sofortige Am-
nestierung im Falle einer sofortigen freiwilligen Meldung
des gesuchten Täters. Bevor ich zur Abstimmung schreiten
lasse, will ich für meine Person noch bemerke, des ich gege
den Antrag starke grundsätzliche Bedenken habe. Denn
die Milde, die darin zum Ausdruck kommt, scheint mir zu
weitgehend zu sein. *(Protest der Frauen.)*
Willi: *(halblaut)* Unruhe links.
Vater: Im Interesse des Familienfriedens habe ich mich jedoch soeben entschlossen, für den Antrag zu stimmen.
Willi: Hört, hört!
Vater: Wir treten jetz in die Abstimmung ein. Wer für den
Antrag Mamma stimmt, erhebe sich von seinem Platz. *(alle
stehen auf.)* Danke! *(alle setzen sich.)* Ich stelle durch Augen-
schein fest, daß der Antrag Mamma damit einstimmig an-
genommen ist.
Willi: Kerle, wann des in Bonn auch als so wie geschmiert
gehen tät wie in unserer Viererkonferenz ...
Vater: Ruhe! Ich bitte, die Sache nicht ins Lächerliche zu
ziehen! Es handelt sich ja bei uns schließlich um eine ernste
Angelegenheit. Wir kommen nunmehr zur Hauptsache:
ich bitte jetzt den Betreffenden, sich freiwillig zu melden.
(Tiefe Pause. Lang. Immer länger.)
Willi: *(unsicher)* Was guckst du mich denn als so komisch an,
Mamma?
Anneliese: Was guckst du mi ch denn als so komisch an, Willi?
Vater: Was guckst du mi ch denn als so komisch an, Annelies?
Alle: *(setzen gleichzeitig zum Reden an und verstummen verlegen.)*
Ja, also ich hab ...
(Pause. Dasselbe wiederholt sich.)
Vater: Ich fordere nochmals den Betreffenden respektive die
Betreffende auf, sich zu melden. *(unparlamentarisch)* Ei, in
Dreideiwelsname, seid doch vernünftig! Mir wärn doch all
froh, wann die Geschicht endlich erledigt wär. *(Pause.)*
Himmelsakrakreuzgewidderdunner ... *(besinnt sich).* Ich
stelle fest, daß sich der Betreffende trotz einstimmiger An-
nahme des Antrages nicht gemeldet hat. Das heißt: er hat
für den Antrag gestimmt, obwohl er insgeheim bereits die
Absicht hatte, sich net zu melde. Also ich muß doch sage,
das ist ja eine bodenlose ... eine ... eine ...
Willi: Ich hätt einen Antrag zu stelle, Babba!

Vater: (wütend) Ach, Anträge stelle! Ich werd dir was Anträg stelle ... ich werd dir gleich was ganz anneres stelle! Mir ist die Lust vergange an dem Quatsch. Also, des is ja geradezu ungeheuerlich, sich vorzustelle, daß einer unter uns is, der genau sieht, wie die annern drunter leide, daß in unser Familienlebe ein Keil hineingetriewe is, un der trotzdem einer solchen Verstellung un Heuchelei fähig is! Ein Hesselbach!

Willi: Ei ja no, was dann? Ham mir jetz en Familienrat oder net? Oder gilt die angebliche Gleichberechtigung der jüngere Familiemitglieder nur, solange des dem Herr Präsident in de Kram paßt?

Vater: (kocht innerlich) Bitte! Bitte! Es soll niemand behaupte könne, er wär ungerecht behandelt worn. Also, von mir aus, mach in Gottesname dein Antrag. Wollst du was sage, Mamma?

Mutter: (unergründlich) Vorläufig nicht.

Vater: (unwirsch) Also bitte!

Willi: (aufstehend) Herr Präsident! Verehrte Anwesende! Mitglieder der Familie Hesselbach! Mir sin ja jetz wohl auf einem Punkt angelangt, wo man sage kann, deß mer nix mehr sage kann. Der Täter versucht, sein Inkognito zu wahren un gibt sich nach außen hin den Anschein des empörten, harmlosen Familienmitgliedes. Das macht die Ungewißheit und die Spannung noch größer. Keiner traut dem anderen mehr, un jeder könnt's gewese sein. Da sich der Täter nicht meldet, muß er entlarvt wern. Zwecks Ermittlung des Täters begebe ich mich daher zunächst zum Tatort, der Gardine, um festzustellen, ob irgendwelche Spuren oder Anzeichen auf den Täter hinweisen.

Anneliese: (geringschätzig) Ach, jetzt will der auch noch de Sherlock Holmes spiele!

Willi: Ich hab das Wort, net wahr, Annelies!

Anneliese: Vielleicht müsse mir uns von dir noch Fingerabdrück abnehme lasse, was?

Willi: An der unmittelbaren Tatstelle, dem Loch, ist festzustellen, daß die Fäden unregelmäßig gerissen sind. Wäre als Tatinstrument ein Messer benutzt worden, so müßten die Fasern einen regelmäßigen Schnitt aufweisen. Folgerung: ein Messer kann als Tatinstrument nicht benutzt worden sein.

Anneliese: Hört, hört! Die Fäden weise auch keinerlei Spuren von Radioaktivität auf. Folgerung: Eine Atombombe kann ebenfalls als Tatinstrument nicht benutzt worde sein.

Willi: Babba, ich beantrage, daß der Annelies des Wort entzoge wird.

Vater: (sehr verärgert) Ach, ich hab des jetz satt, auch noch diese Affereie mitzumache. Goldne Brücke hat mer gebaut, goldene Brücke! Es hätt alles so schö in Ordnung gebracht wern können, aber wann das immer noch nix genutzt hat ...

Willi: (ungeduldig) So horcht doch emal zu! Als Tatinstrument kommt infolgedessen nur ein kantiger Gegenstand in Betracht, der in etwa 2 m Höhe zur Anwendung gebracht wurde und des Loch gemacht hat. Zum Beispiel käme ein Brett in Betracht. Ein Gegenstand, der unbemerkt vielleicht der Gardine genähert wurde, und der unbemerkt das Loch verursacht hat.

Anneliese: Ja, hier fliege die Bretter selbständig in der Wohnung herum. Das Wunder des fliegenden Bretts! Neue Erfindung von Willi Hesselbach. Da sag doch lieber gleich, es wär e fliegende Untertaß gewese.

Willi: Weißte, was de bist? Blöd biste! Un außerdem ... no, ich will nix sage. Aber es kann doch zum Beispiel e Brett gewese sein, das vollkommen unbemerkt ... zum Beispiel das Brett owe auf unserer kleine Stehleiter, die die Mamma vorhin zum Vorhanganmache benutzt hat ...

Mutter: Also, wenn durch deine Schwätzereie der sogenannte Beweis erbracht wern soll, Willi, daß ich selber des Loch in die Gardine gerisse hätt, ohne was zu merke, da muß ich dich enttäusche. Erstens hab ich die groß Leiter und net die klei benutzt. Und zweitens hab ich die Leiter erst herausgetrage, und dann den Vorhang mehrmals auf und zu gezoge, um zu sehen, ob er auch wieder ging. Und da war bestimmt noch kein Loch drin.

Willi: Aber vielleicht hast du des Loch bloß net gesehn.

Mutter: Das Loch hätt ich sehe müssen, denn ich hab die Stores noch unne am Fußboden mit Reißnägel festgemacht und straff gespannt, damit se sich ziehe. Das Loch mußt mer sofort sehn. Und wie ich vorhin hereinkomme bin, hab ich's auch auf de erste Blick gesehn.

Willi: Dann würde immer noch die Möglichkeit bestehn, daß der Täter möglicherweise ein Fremder oder ein Tier ...

134

Mutter: (*massiv*) Also, auch da muß ich sage, deß so ebbes ausgeschlosse ist. In die Wohnung sind kei Fremde hereinkomme, un Viecher hammer auch kei im Haus. Außerdem
hab ich de ganze Tag die Zimmertür im Aug gehabt. Also,
es tut mir leid, Willi ... Gott verzeih mir, wenn ich dir unrecht tu ... aber ich hab des Versteckspiele satt, un ich sag,
was ich denk. Un ich denk, du bist's gewese.

Vater: Also, ich kann nicht umhin, mich der Auffassung der
Mamma anzuschließen.

Anneliese: No, mir ist des schon lang klar.

Willi: (*nach einer Schrecksekunde in ehrlichem Entsetzen aufschreiend*) Des is net wahr!! (*er bricht zu aller Überraschung
in Tränen aus und sucht vergeblich, sein unmännliches Schluchzen zu
unterdrücken, das ihn schüttelt*) Des is net wahr!! Des is net
wahr!!!

Mutter: (*nach einer Pause mütterlich-traurig, aber doch mit einem
versöhnlichen Unterton*) Willi! Williche! Bist doch ein Phan-
tast! Wie haste dann bloß so dumm sein könne?

Willi: (*springt hoch und wirft den Stuhl dabei um. Brüllt*) Ich bin's
net gewese! Zum Deiwel nochemal, ich bin's net gewese!
Warum muß denn immer ich an allem schuld sein? Immer
ich, immer ich! Ich bin's net gewese!! (*sich mühsam mäßi-
gend*) Un wenn ich ewe geheult hab, dann net deswege,
weil ich mich ertappt gefühlt hab, sondern nur aus einer
hundsmäßige Wut, deß mir immer wieder so Sache in die
Schuh geschobe wern. Un überhaupt wege dere Hitz, dere
elende, nur wege dem Sauwetter is des alles ... Ach,
laßt mer doch mei Ruh' (*stürzt hinaus und knallt die Tür zu*).

Anneliese: (*nach einer Pause bestürzter Verblüffung*) Also, was
is'n jetz des! Erst hat mer geglaubt, er hat's gemacht.
Un jetz bin ich wahrhaftig wieder so weit, daß ich glaub, er
hat's net gemacht. Ich ... e ... (*sie verstummt verlegen*).

Vater: Jetzt hat mir die Mamma genau denselbe Blick zu-
geschmisse, mit dem mich die Annelies vorhin so angestarrt
hat un jetz schon wieder anstarrt. Ja, was guckt Ihr mich
denn alle beid so komisch an!? Ihr habt doch nicht im
Ernst die Unverfrorenheit ... Ihr glaubt doch net im
Ernst, daß ich etwa ...? (*schreit*) Ei, da soll aber doch
jetz gleich e dreifaches Dunnerwetter eneinschlage . . . . .
(*draußen ertönen drei gewaltige Donnerschläge, Blitze, dann
Platzregen*).

Anneliese: (*ängstlich*) Ui, was für Blitz!

Mutter: Gottseidank, e Gewidder. Endlich. Des war ja unerträglich diese Schwüle. Schnell, Annelies, guck emal nach, ob alle Fenster zu sind.
(Donner.)
Vorsicht! Keine Türen auflasse, es is 'n furchtbarer Zug!
(sie eilen durch die Wohnung. Irgendwo schlägt ein Fenster stark an.)
Anneliese: Da schlägt doch irgendwo e Fenster an. Un was es zieht! Ach, hier! Das is das Fenster, das nie richtig schließt. *(plötzlich laut)* Mamma, Babba, Willi, kommt emal schnell her, ganz schnell!!!
Die andern: (durcheinander) Was is dann los?
Anneliese: Des is los! Hier! Des Fenster! *(das Fenster schlägt an.)* Ihr habt als de Täter gesucht. Ich hab'n gefunde. Das Fenster da is der Täter. Das schließt doch net richtig, un bei starkem Wind schlägt's auf und wieder zu, un der Fensterflügel hat so scharfe Kante und hat des Loch dademit eneingerisse, weil doch die Gardin von unte gespannt is und net viel nachgibt.
Mutter: Allmächtiger! Meinst du? *(Fenster schlägt stark an)* Jesses, jetzt hab ich's gesehn! Ewe hat der Fenstergriff noch e Loch in die Gardin gerisse! Guckt euch des emal an!
Willi: (schon halb getröstet. Bitter) Ja, aber des erste Loch in der Gardin, des hat natürlich de Willi gemacht, gelle!
Mutter: (überströmend) Williche, mein Bub. Was bin ich so froh, *(schluchzend)* daß des zweite Loch in dere Gardin is. So is wenigstens der furchtbare Verdacht eweg ...
Vater: Da, und deswege muß natürlich jetzt schon wieder geheult wern! Das is was furchtbares in dere Familie.
Mutter: Williche, ich hab dir ja so viel abzubitte, un die andern übrigens auch. Biste mir jetzt arg bös?
Willi: (bereits seelisch restauriert) Noja, was heißt bös! Ihr hättet mich ewe ruhig den Tatbestand weiter systematisch untersuche lasse solle. Da wär ich schon drauf komme, deß es nur des Fenster gewesen sein kann, netwahr!
Vater: Also, Kinder, jetz macht emal die Fenster weit auf un laßt die frisch Luft erein ... Ahhhhhhhh! Tief atmen! Tut der Rege gut! *(alle atmen tief)* Die Atmosphäre is wieder gereinigt. Habt ihr auch so Kopfschmerze gehabt?
Die andern: Ja! du auch? Furchtbar, gell?
Willi: Ich hab ja immer gesagt: das kommt alles nur vom Wetter!

Die
Weihnachts-
bescherung

(Anneliese übt mit einigen Fehlern und falschen Harmonien „Stille Nacht, heilige Nacht" auf dem Klavier)

Mutter: Annelies! Hör emal auf zu klimpern und helf mer trage!

Anneliese: (hört auf und kommt) Ich hab bloß emal probiert, ob ich „Stille Nacht" noch spiele kann. Sonst blamier ich mich noch bei der Bescherung nachher.

Mutter: Hättst du damals deine Klavierstunde weitergenomme, da könntste jetzt schön Klavier spiele. Awwer so is des. Die Eltern gewwe des viele Geld aus für Klavierstunde, damit die Kinner e bissi Bildung kriege, awwer die schwänze un hawwe tausend Vorwänd, um sich zu drücke ... und dann hat mer e teuer Klavier in der Wohnung stehn, und es kann noch net emal eins e Weihnachtslied richtig spiele. Trag emal den Packe Tischtücher ins Schlafzimmer.

Anneliese: Du räumst ja die ganze Kommod aus? Warum?

Mutter: (bitter) Weil unser Wäsch sonst vielleicht Bei kriege tät.

Anneliese: Ach, du meinst wege ... dene ... ?

Mutter: (gedämpft) Ja, wege dene! E Schand is des, daß mer sich in der eigene Wohnung netmehr sicher fühle soll. Einem ausgerechnet am heilige Abend noch Zwangsmieter in die Wohnung zu setze! Un ausgerechnet Flüchtling! Un ausgerechnet e vierköpfig Familie!

Anneliese: Das ist bestimmt e Schikane vom Wohnungsamt. Mer sieht ja ein, daß die Leut e Dach über'm Kopf hawwe müsse, aber ...

Mutter: Freilich sieht mer's ein. Aber warum muß dann das ausgerechnet unser Dach sein? Wo wir sowieso schon so beschränkt sind. Der Willi hat e Wut, daß er aus seim Zimmerche eraus muß! No, ich kann's ihm nachfühle. Der arme Bub muß jetz in de Küch schlafe.

Anneliese: Ich bin nur froh, daß se wenigstens mein Zimmer net beschlagnahmt hawwe. Aber so en Blödsinn, e Ehepaar mit zwei Kinder in so e Zimmerche eneizustoppe!

Mutter: Hier, die Hemden leg einfach auf de Fußboden. Ich weiß ja net, wohin mit dem all dem Zeug.

Anneliese: Ja meinst du dann, die täte stehle?

Mutter: Ei ja no, was weiß dann ich? Ich bin ja so aufgeregt durch die ganz Geschicht un durch die Auseinandersetzung mit dem Beamte. Mer hat ja kei Ahnung, was des für Leut sin. Nach dene zwei Köfferchen zu urteile, die se hawwe, da hawwe se garnix. Da muß mer vorsichtig sein.

Anneliese: Du, sin des Ausländer?

Mutter: Nein, Deutsche sin se schon. Aber se sin ewe net von hier.

Anneliese: Soll ich die Schachtel mit dem Buttergebackene auch ewegtun?

Mutter: Natürlich. Das tät noch fehle, daß die womöglich ... ach, es is ja einerseits auch hart für die Leut ... das seh ich ja ein. Wer weiß, wann die zum letzte mal Buttergebackenes gegesse hawwe. Aber des is ja net unser Schuld. Und des is noch lang kein Grund, deß mir uns unser Weihnachtsgebäck womöglich von dene ...

Willi: (kommt erregt dazu) Also, des is doch die Höh! Wißt ihr, was die Bagasch jetzt schon wieder gemacht hat?

Mutter: Willi, was sin dann des für Ausdrück?

Willi: Natürlich, Bagasch! Soll ich per Exzellenz von dene babbele, weil se mich aus meim Zimmer enausgeschmisse hawwe?

Mutter: Die Leut könne ja auch nix dafür.

Willi: (giftig) Kann ich ebbes dafür? Jedenfalls is des noch lang kein Grund, auf meine Kupferplatte, die ich für meine Experimentierzwecke brauch, ihr Zeug draufzustelle.

Anneliese: Huch. Experimentierzwecke. Der Herr Maschinenbauschüler!

Willi: Jawohl. Wenn ich Maschinenbautechniker wern soll, da muß ich auch experimentiern! Netwahr. Bäh!

Mutter: Ja, haste denn dei Sache noch net enausgeräumt aus deim Zimmer?

Willi: Ei, ich weiß ja net, wohin damit! Ich räum nix eraus. Die solle gefälligst sehn, wo se ihrn Klumbatsch hinstelle.

Anneliese: Also, Willi, du mußt awwer vernünftig sein. Irgendwo müsse doch die Leut ihr Sache hintun könne.

Willi: (schreit) Ja, du hast gut klugschwätze! Dir hawwe se ja kei Zimmer beschlagnahmt!

Mutter: Willi, sei doch net so laut! Was hawwe se dann draufgestellt auf deine Kupferplatt?

Willi: En elektrische Kocher. Kaffee koche se drauf. Ich hab's durch de Türspalt gesehn.

Mutter: En elektrische Kocher!? Die koche elektrisch Kaffee! Auf unser Stromrechnung! Des gibts aber auf kein Fall! Mir hawwe so schon zuviel Strom verbraucht. Un was des kostet! Un die hawwe doch kei Geld! Dene ihrn Kaffee müsse mir bezahle un kriege womöglich noch des Elektrische gesperrt ... also, des muß abgestellt wern, da muß ich aber gleich ... ewe hör ich de Babba komme. *(Vater tritt ein)* Kall, komm emal gleich erein! Un mach die Tür hinnerm Babba zu, Willi. Jetz kann mer ja in der eigene Wohnung net emal mehr rede wie mer will.

Vater: (gutgelaunt) Ei was is dann los? Bist ja so aufgeregt, Mamma? Is des alles wege'm Christkindche heut? Macht euch bloß net zu große Hoffnunge, Kinner. Mein Geldbeutel is arg mager. Ich glaub, des Christkindche legt dies Jahr net viel ...

Mutter: Also Kall, jetz hör doch emal zu!

Vater: Ei ja, ja, ich hör ja. Was biste dann so zappelig? Alles wege der Bescherung?

Mutter: Ja, wege der Bescherung! E schön Bescherung, die Flüchtling, die se uns in die Wohnung gesetzt hawwe.

Vater: Ach so ... noja ... wie oft soll ich's euch dann noch sage: wir müsse uns abfinde damit. Es is ja net für dauernd. Es soll ja bloß für e paar Woche sein.

Mutter: Des kenne mer! Daß die ausziehm, des erlewe mir netmehr. Un weißt du, was die mache? Die koche Kaffee!

Vater: Und?

Mutter: Kaffee koche die!

Vater: Und? Ungekocht wird ihne der Kaffee vielleicht net schmecke.

Mutter Elektrisch! Mit ihrm elektrische Kocher!

Vater: Warum dann net auf'm Herd?

Mutter: Auf'm Herd? In meiner Küch? No, des tät noch fehle! Von Küchebenutzung hat das Wohnungsamt nix gesagt, und da komme se mir auch net in die Küch! Awwer elektrisch gekocht wird auch nicht!

Vater: Ja, was solle se dann mache? Solle se e Lagerfeuer unnerm Bett anstecke?

Mutter: (nervös) Des weiß ich auch net. Un das is ja auch net mei Sach. Das is dene ihr Sach un em Wohnungsamt sei Sach. Jedenfalls, in meine Küch kommt mir kein Fremdes enei! Da müßt ich ja aus der Küch a u c h noch alles ewegräume. Nix, des is uuunmöglich.

Vater: Hm. Dann müsse die Leut halt auf dem Kanoneöfche koche.

Mutter: Mit unserm Brand? Der uns soviel Geld gekost hat? Die hawwe ja nix mitgebracht. Mir könne dene doch net auch noch de Brand stelle. Die könne von Glück sage, daß des Oferohr vom Wohnzimmer bei ihne durchläuft. Da brauche se net zu heize. Der Willi hat auch kaum heize brauche.

Vater: Ja, no dann müsse die halt doch elektrisch koche.

Mutter: Wo der Strom so teuer is? Un daß mir des bezahle? Kommt nicht in Frage. Der Stecker wird abmontiert!

Vater: No also koche müsse se ja irgendwo.

Willi: Die solle auswärts esse!

Vater: (böse) Ja, im Grand-Hotel, gelle!? Jeden Tag vier Portione Gänsbrate à zehn Mark! Flüchtling! Dumm Gebabbel!

Mutter: Kall, diese Leut müsse wieder enaus, und zwar sofort.

Vater: Dadrauf brauchste dir gar kei Hoffnunge mache. Ich hab vorhin nochemal mit em Wohnungsamt gesproche. Im Interesse von dene Leut selbst. Ich hab des soziale Moment in de Vordergrund gerückt un geltend gemacht, daß es ja sozial nicht zu verantworte is, eine vierköpfige Familie in so e kleines Zimmer zu sperrn!

Mutter: No un? Was hawwe die gesagt?

Vater: Des wär noch garnix. Sie hätte schon Flüchtlingsfamilie von sechs Köpp in so Zimmer gesteckt.

Mutter: Un hast du nix erreicht mit dem soziale ... Dings ...?

Vater: Doch. Sie hawwe gesagt, wenn mir glaube, daß so ebbes sozial nicht zu verantworte wär ...

Anneliese: Des is auch nicht zu verantworte!

Vater: *(trocken)* Dann könnte mir diese Leut ja in des größere Zimmer von der Annelies einziehe lasse.

Anneliese: *(aufgeregt)* Des tät awwer noch fehle.

Willi: Das wär sehr zu überlege! Die Annelies hat nix zu experimentiern. Die braucht kein eigenes Zimmer.

Anneliese: Das is ja unverschämt, Willi! Du bildst dir doch net ein, daß ich ... selbst wenn ich mein Zimmer räume müßt ... was natürlich überhaupt nicht in Frage kommt ... daß du dann in deim Zimmer bleibst! Ich bin die Ältere!

Willi: Mein Zimmer is mein Zimmer. Da hast du garnix zu suche!

Vater: Ruhe, Herrgott nochemal! Mir solle ja das Zimmer wiederkriege. Aber vorläufig müsse die Flüchtling erst emal untergebracht wern, un dadegege könne mir uns net wehrn. Da hilft uns kein Weihnachtsengel.

Mutter: E schönes Weihnachte! Ausgerechnet! Daß eim die Feiertag soo verdorbe wern!

Vater: Meinste, die Leut da wärn über die Feiertag gern auf'm Güterbahnhof sitze gebliebe? Also die Sach muß so geregelt wern, daß die zu bestimmte Zeite in die Küch gelasse wern. Un dann kann ja die Mamma dabei sein.

Mutter: Ja, zugucke, wie fremde Leut in meiner Küch erummache!

Vater: Also, es geht jetz eins enüwwer un sagt dene, sie sollte aufhörn elektrisch zu koche. Das geht nicht. Aber ... sie könne hier in der Küch ihrn Kaffee aufbrühe.

Mutter: Ich geh net hin! Das sag nur du, Babba!

Vater: Ich? Wieso dann ich? Das sind doch rein technische Frage der Haushaltsorganisation, netwahr. Dademit hab ich doch nix zu tun. Außerdem, wenn ich da geh, das sieht viel zu offiziell aus. Das kann doch ganz beiläufig gemacht wern ... das macht am beste die Annelies.

Anneliese: Ich? Wieso dann ich? Ich will mit dere ganze Geschicht nix zu tun hawwe.

Willi: No, wann keins von euch gehn will, da geh halt ich. Ich werd's dene schon sage. Ich muß sowieso noch mein selbstgebaute Radio eraushole. Des tät noch fehle, daß die womöglich mein Radio spiele lasse täte. Lieber schmeiß ich des Ding kabutt.

Vater: Aber du sprichst zu diese Leut in anständigem Ton, Willi! Du mußt immer bedenke, die könne ja auch net, wie se wolle, un hawwe alles verlorn. Höflich un korrekt! Das bitt ich mir aus.

Willi: Ja, ich werd noch sage „bitte eintreten zu dürfen" un der gnädige Frau werd ich en Handkuß gewwee *(geht knurrend ab)*

Mutter: Deß der Bub immer das letzte Wort hawwe muß.

Vater: Von mir hat er des net.

Mutter: Vielleicht von mir?

Vater: Hoffentlich benimmt er sich anständig. Unser junge Leut sin in punkto Höflichkeit heutzutag sehr schwach auf der Brust.

Mutter: No, ob diese Leut da drüwwe höflicher sind, möcht ich noch sehr bezweifle. Direkt feindselig hawwe se ein angeguckt, wie se komme sin. Und die Kinder so verschlosse und so mißtrauisch.

Anneliese: Ja, des is wahr. Gesichter hawwe die gemacht!

Vater: No, des is awwer erstaunlich, wo ihr se doch all mit strahlendem Lache un herzgewinnender Freundlichkeit empfange habt! So was Dummes. Dir wär's auch net zum Lache un zum Schwätze zumut, Mamma, wenn du als Zwangseinquartierung in e fremd Wohnung gestoppt wern tätst un die Besitzer gucke dich an, als ob se dich am liebste gleich kalt frühstücke täte.

Mutter: Also, ich muß mich ja wunnern, Kall! Du verteidigst diese Leut in einer Weise ...

Vater: Verteidige! Ich red nur vernünftig. Es hat doch schließlich alles seine zwei Seite. Dene ihr Seit und unser Seit. Dademit, daß mir auf enander schimpfe, is uns all net geholfe. Mir sin halt emal zusamme gesperrt, ohne daß mir ebbes dagege mache könne. Da müsse mer halt auskomme. Anders kost's eim bloß Nerve un nutzt nix. So is des emal im Lebe. In der Politik wie im Privatlebe: mer muß sich arrangschiern mitenanner. Alles läuft letzten Endes dadrauf enaus, daß mer sich mitenander arrangschiert. Die Leut, die mit em Kopp durch die Wand wolle, die renne sich den über kurz oder lang nur ein.

Mutter: Ich seh schon, am Babba hammer kei Stütze gege unser Einquatierung. Du hast bloß Angst vor de „Behörde", Kall. Ich net! Ich werd den Kampf schon führn, un bis auf's Messer!

Vater: Ja, ja, bis auf's Kneipche.

Mutter: Ei, ich seh ja, wodrums geht! Um mein Familielebe! Um mein Hausfriede! Um mei Küch! ... Jetz sitzt net so da erum, Annelies, du mußt noch das Tannebäumche für die Frau Müller zurecht mache.

Anneliese: Ei, hab ich doch schon.

Vater: Was is mit de Frau Müller?

Mutter: Ach, die Frau Müller hat uns wieder e ganz Schüssel Spritzgebackenes zum Versuche geschickt. No, da müsse mer uns doch erkenntlich zeige. Deswege hab ich e klei Tannebäumche im Topf gekauft, un den bringt die Anneliese nachher hin. Sie hat nur noch Kerzcher draufgemacht un e bissi Lametta.

Anneliese: Sieht goldig aus. Wie e richtig klein Christbäumche.

Vater: No, von mir aus. Un wie is es dann mit uns? Könne mer net bald anfange mit der Bescherung. Durch die blöd Geschicht mit dene Flüchtling is eim der ganze Appetit verdorwe an der Feierei.

Mutter: Es is alles soweit fertig zur Bescherung. Ich zieh mer bloß noch e frisch Schürz an un kämm mich. Dann steck ich de Baum an.

Anneliese: Au, ich muß mir ja erst noch e ander Kleid anziehe. Es soll doch auch e schön Bescherung wern.

Vater: Die schönst Bescherung hammer schon heut morgen kriegt. No macht nur fort, daß mer die Sach bald hinner uns hawwe.

Mutter: (ruft) Willi, was machste dann da als auf em Korridor erum? Komm eil dich, mir wolle beschern!

Willi: (von weitem) Augeblick. Hab bloß was eingeräumt. *(er kommt)*

Mutter: Was haste dann gemacht?

Willi: (gleichgültig) Ach, ich hab bloß mein Werkzeugkram in die Truh auf'm Korridor getan. Da is ja noch Platz.

Anneliese: (spöttisch) Dein Kram, wo du erst groß gesagt hast, aus deim Schrank dürft nix erausgenomme wern?

Willi: (patzig) Ei, die Leut brauche halt Platz. No, un da hab ich en halt Platz gemacht.

Mutter: Was hawwe se dann gesagt?

Willi: Wer?

Mutter: Wer?! Die Flüchtling!

Willi: Ei, nix. Aus dene kriegt mer ja kaum e Wort eraus. Ich hab bloß mit'm Mann geredt. Awwer der hat auch net viel Milch gewwe.

Vater: No un? Sin se einverstande?

Willi: *(im folgenden stets etwas geistesabwesend. Er bemüht sich eine starke Beeindruckung durch Gleichgültigkeit zu tarnen)* Womit?

Mutter: Daß se net elektrisch koche dürfe!?

Willi: Achso. Ja. Des hab ich jetzt vergesse.

Anneliese: Also sowas!

Mutter: Willi! Wo hast du dann bloß dei Gedanke? Deswege biste doch enüwwergeschickt worn. Was haste dann mit en geredt?

Willi: Nix.

Mutter: Nix?

Willi: Ich hab se bloß gefragt, wo se eigentlich her sin.

Mutter: No un?

Willi: Un was?

Mutter: Herrgottnochemal! Sei doch net so maulfaul!

Willi: Achso, ja. Sudeten. Wern seit vier Woche hin und her- geschowe.

Vater: No, da wern se allerhand hinner sich hawwe.

Willi: Ha. Scheint mir auch so. *(von weitem hört man durch eine Tür gedämpft weihnachtliche Radiomusik)*

Mutter: Was is dann des?

Vater: Hat wieder eins unsern Radio net abgestellt?

Mutter: Ei nei! Des is doch net unsern große Radio ... des is doch em Willi sein selbstgebauter. Du, Willi, die sin an deim Radio! Also so e Frechheit! No, jetz geh ich awwer selber hin!

Willi: *(verlegen)* Nein ... laß emal ... Mamma. Des is ... e ... des geht schon in Ordnung. Ich hab dene gesagt, sie könne mein Radio benütze.

Mutter: Waas? Du??

Anneliese: Jetzt fall ich awwer aus alle Wolke. Gege uns haste immer die fürchterlichste Drohunge ausgestoße, wann mer wage täte, deinem Juwel von Apparat in die Näh zu komme un die läßte dran erummache?

Willi: *(patzig)* Der Mann versteht was von dem Zeug. Er hat mer sogar gesagt, wo das Kratze auf der Kurzwell her- kommt. Er sagt, er war früher Kurzwellenamateur. Er sagt, er hätt e ganz Zimmer in seim Haus mit Apparaturn vollstehn gehabt.

Mutter: Was? E Haus hatte die? So sehn die awwer net aus.

Vater: Ich möcht emal wisse, wie mir ausseh täte, wenn mir vier Woche lang net aus eme Güterwage erauskomme wärn.

Anneliese: Awwer, daß der Willi en Fremde an sein „Wunder-Apparat" läßt ...

Willi: (heftig) Des is ja schließlich mei Sach, netwahr! Mit meim Apparat kann ich mache, was ich will. Un wem's net baßt, der soll sich en Stecke dezu stelle. *(eilt hinaus und wirft die Tür hinter sich zu)*

Mutter: (verblüfft) Am Heilige Abend so en Benimm! No, da sin mer ja jetzt in der beste Stimmung für die Bescherung, das muß mer sage.

Vater: Komisch. Was hat dann der Bub?

Mutter: Annelies, dann gehst halt du enüwwer bei diese Leut un sagst, sie solle sofort mit der elektrische Kocherei aufhörn. Eigentlich müßt mer ja sogar drauf bestehn, daß die ihrn Kocher bei uns abliefern. Sonst hat mer ja doch kei Garantie, daß se wirklich net koche. Die Frau Müller hat des auch immer bei ihre Untermieter gemacht.

Anneliese: Also wann dene eins ihrn Kocher wegnemme soll, dann is des awwer doch wirklich em Babba sei Sach.

Vater: Ach, wer sagt dann was von „Wegnemme". Ich werd doch wohl noch die Autorität in meiner eigene Wohnung behalte, auch ohne solche Zwangsmaßnahme. Ich denk, dene Leut is in de letzte Zeit genug beschlagnahmt worde. Wolle mir jetzt auch noch dademit bei en anfange? Die kriege die Hausordnung mitgeteilt un dadrein hawwe se sich zu füge. Un wann net, dann solle se mich kenne lerne.

Mutter: Endlich wirst du in dere Sach auch emal energisch, Kall. So geh doch schon, Annelies!

Anneliese: No ja, ich sag's en. Ich werd e ordentlich bös Gesicht mache, daß es auch wirkt. *(sie geht hinüber)*

Mutter: Lebensart hawwe diese Leut jedenfalls gar keine. Vorhin hab ich emal durch die Türritz geguckt, ob dene ihr Kinder auch net an de Möbel erumschnitze, un da hat doch der Mann in Unterhose auf'm Bett gesesse. Vor seine Kinder! Is des Erziehung? Gehört sich sowas?

Vater: No, des muß ich awwe auch sage ... Das hab ich vor unsere Kinder nie getan. In so Sach bin ich eige. Jetz möcht ich nur emal wisse, wieso läuft so ein Mensch am helle Nachmittag vor seine Kinder in Unterhose erum?

Mutter: Sei Frau hat ihm scheint's grad die Hos gestoppt.

Vater: Achso. No, des is was annerers ...

Mutter: Awwer da hätt er doch weiß Gott solang e anner Hos anziehe könne.

Vater: Ja. Vielleicht hätt er's könne. Vielleicht auch net.

Mutter: Wieso vielleicht auch net? Des is einfach Nachlässigkeit un Faulheit, daß er sich net die Müh mache will, e anner Hos anzu ... *(sie stockt)* anzuziehe.

Vater: Ewe.

Mutter: (ärgerlich brummend) Vorausgesetzt, daß er noch ei hat.

Vater: (trocken) Ja. Des vorausgesetzt. *(Anneliese kommt zurück)*

Mutter: No was is? Haste die Sach mit dem Elektrische geregelt? ... Ei, Kind, was machste dann für e Leichebittergesicht? Haste dich schon wieder mit em Willi gestritte? Also daß ihr des noch net emal am Heilige Abend sein lasse könnt ... Was is jetz schon wieder los?

Anneliese: (mit etwas verschleierter Stimme, verschlossen) Ach nix. Was soll dann los sein?

Mutter: Babba, jetz guck dir emal das Mädche an. Steht mit Träne in de Auge da ... awwer los is nix.

Vater: Ach, Annelies'che, Kind, ich muß schon sage ... soweit mußt du doch de Willi kenne, daß du net gleich de Wasserhahne aufdrehst, wenn er dir emal dumm kommt.

Anneliese: (schluchzend) Es is doch garnix mit em Willi. Laßt mich doch gehn! Mer wird doch noch emal Stimmunge hawwe dürfe!

Mutter: (begütigend) Mer meints doch bloß gut mit dir.

Vater: Also erledigt, redde mer von was annerem.

Mutter: Ja. Was is jetzt mit dem Kocher?

Anneliese: Welchem Kocher?

Mutter: (ungeduldig) No, dem elektrische Kocher von dene Leut! Von de Flüchtling! Warste womöglich garnet drüwwe?

Anneliese: Doch.

Mutter: Un haste's gesagt mit dem Kocher?

Anneliese: Des hab ich ganz vergesse.

Mutter: Also sagt emal! Was is dann in euch all gefahrn? So mach doch emal dein Mund auf! Was war los? Was hawwe die Leut gemacht?

Anneliese: Nix. Sie hawwe am Radio gesesse un hawwe Weihnachtslieder gehört.

Mutter: So hab ich mer des vorgestellt. Und der Willi muß
dene auch noch sein Radio im Zimmer lasse. Wo mich des
zusammengestoppelte Ding mit seiner Quietscherei un
Pfeiferei sowieso schon immer um mei letzte Nerve bringt.
Die gehn jetz de ganze Tag net von dem Ding eweg. No,
warum auch net? Se hawwe ja nix zu tun! Des kann gut
wern! Die hörn jetzt des ganze nächste Jahr von morgens
bis abends Weihnachtslieder!

Vater: Jetzt flennt se ja schon wieder! Gewitterdunnerkeil!
Annelies, warum flennst de dann so dumm?

Anneliese: (leise) Die Kinder.

Vater: Was für Kinder?

Anneliese: Dene ihr Kinder.

Mutter: (verständnislos) Was is dann demit?

Anneliese: (leise) Sie hawwe so arg traurig geguckt. *(sie eilt
hinaus, um nicht die Fassung zu verlieren)*

Vater: (nach einer Pause) Ei ja no.

Mutter: (etwas beklommen) Ja, des Annelies'che! Des Kind hat
halt so e weich Herzche. No ja, es is ja auch … wann mer so
überlegt …

Vater: Ja, das is ewe die Weihnachtsstimmung. Is komisch,
deß die eim immer so unangenehm auf die Tränedrüse
drückt. Ich mein wirklich, Mamma, mir sollte jetz endlich
beschern, damit mer die übliche Rührung bloß bald hinner
uns hawwe!

Mutter: Jetzt, wo die Kinder alle beid so eige sind? Ich mein,
mir warte lieber noch e halb Stund, Kall. Bis dahin wird
schon wieder alles in Ordnung sein. Ich geh vorher schnell
selbst enüwwer zur Frau Müller un bring ihr des kleine
Bäumche im Topf. Derweil kannst du zu dene Leut gehn
und die Sach mit dem Elektrische endlich in Ordnung
bringe.

Vater: Ich?

Mutter: Natürlich, des war von Anfang an en Fehler, daß du
die Kinner hast gehn lasse. Das is deine Sach!

Vater: (seufzend) Ja, awwer … *(resigniert)* No ja *(er geht
hinüber)*

Mutter: Wo hat dann die Annelies jetzt des Bäumche hingetan?
(ruft) Annelies! *(eilt zu Annelieses Zimmer, will hinein gehn.*

Es ist abgeschlossen. Sie rüttelt energisch an der Klinke. Annelies!

Anneliese: (öffnet nach einer Weile verlegen) Ja, Mamma?

Mutter: Was soll dann des wieder heiße? Die Tür abschließe! Jesses ... was haste dann hier für en Durchenanner gemacht? Haste fünf Minute vor der Bescherung nix Besseres zu tun als dei ganze alte Kleider auf de Fußboden zu schmeiße?

Anneliese: (verlegen) Ach ich hab bloß nach was geguckt.

Mutter: Was is dann heut bloß in euch all gefahrn? Hopp, mach dich fertig und versöhn dich mit em Willi. Ich will kein Krach unnerm Weihnachtsbaum. *(Anneliese will Einwände machen)* Nix ... kei Widerred! Ich geh solang selber zur Frau Müller un bring ihr des Bäumche. Wo hast du's denn hingestellt?

Anneliese: Ach ... e ... des ... des Bäumche?

Mutter: Wo isses?

Anneliese: Ja, Mamma, du mußt schon entschuldige, awwer ...

Mutter: Was?

Anneliese: Ich hab mir gedacht, Mamma, die Frau Müller hat doch noch en große Christbaum un braucht das kleine Bäumche doch eigentlich net so ... und ... und da hab ich's halt dene Flüchtling ins Zimmer gebracht. Damit die Kinner wenigstens e klei Bäumche ...

Mutter: (entrüstet) Du hast dene des Bäumche ... *(sie sieht Vater außen vorbeigehen und ruft)* Ja, Kall, was schleichst du dann über de Korridor wie des leibhaftige schlechte Gewisse? Wo willst du dann mit deim alte graue Anzug hin?

Vater: (ärgerlich, ertappt zu sein) Ach, des Dreckding trag ich doch netmehr, des hab ich schon lang satt.

Mutter: Dreckding? Wieso? Des is doch dein zweitbester Anzug, den trägst du ja noch net emal sonntags!

Vater: (barsch) Ewe. Ja. Weil ich en satt hab. *(er verschwindet)*

Mutter: Also jetzt steht mir awwer der Verstand still! Was is dann eigentlich in euch gefahrn? Ich denk, der Babba is bei dene Leut un dabei läuft er auf Zehespitze mit seim Anzug in der Wohnung erum! Wo is überhaupt der Willi?

Anneliese: Der Willi ... der war ... der is ... ich weiß net. Ich glaub, der is bei's Grubers.

Mutter: Wer is „Grubers"?

Anneliese: Ei no, die Flüchtling, die heiße doch Gruber.

Mutter: So? Da hab ich noch garnet dran gedacht, daß die auch wie heiße.

Anneliese: Mammache ... gell, du bist net bös! Ich wollt nämlich für die zwei Kinnerchen was zum Anziehe eraussuche. *(Vater und Willi treten ein)*

Mutter: (ärgerlich) Babba und Willi ... ich hör ewe, ihr seid zwei Mann hoch zu dene Leut, ich mein zu dene Grubers gange. Un was is jetzt? Is des endlich geklärt mit dere Elektrisch-Kocherei?

Vater: Ach, als mit deiner Kocherei! Die Welt wird net einstürze, wann die sich e bissi Kaffee koche.

Mutter: So? Heißt des mit annern Worte: die hawwe sich geweigert, das Koche zu unterlasse?

Vater: Ach wo, mir hawwe ja dadevon garnet geredt.

Mutter: (heftig) Sehr gut! Jetzt möcht ich nur emal wisse, was es da eigentlich so Besonderes gibt, daß ich drei Leut von meiner Familie dahinschick ... un alle drei hawwe se vergesse, w a r u m se hin sin. Also jetz geh ich awwer selber. No wart' nur! *(sie geht energisch in das Grubersche Zimmer)*

Willi: Au backe. Jetzt knallt's.

Anneliese: Die Mamma hätt doch net grad heut abend ...

Willi: Überhaupt könnte die ruhig elektrisch koche. Soviel macht des garnet aus. Da brauche mir bloß Kochstromtarif zu beantrage, un stehn uns womöglich noch besser ...

Vater: Sag emal, Willi ... was hast du eigentlich bei dene Grubers mit deiner alte Kinnereisebahn gewollt?

Willi: (verlegen) Ich? Och ... ich ... e ... übrigens, Babba, was hast du eigentlich bei dene Grubers mit deim graue Anzug gewollt?

Vater: Noja.

Anneliese: Ihr habt en auch heimlich was gebracht, gell? Ach, ich find auch, mer kann se doch net so dasitze lasse am Heilige Abend. Sie sage ja kaum was un klage net. Awwer mer sieht doch, was los is.

Vater: Daß u n s des erspart gebliwwe is, was die Leut durchgemacht hawwe, des kann mer net mit eim graue Anzug, des kann mer net mit hunnert graue Anzüg ... ach was, da gibts überhaupt kei Wort drüwwer zu verliern.

Willi: Wenn bloß die Mamma jetz net enüwwer gange wär.

Anneliese: Wißt ihr was? Ich steck unsern Baum schon an. Un wenn se wiederkommt, mache mer gleich die Bescherung, damit garnet erst noch groß über die Sach diskutiert wird.

Vater: Ja, des is e gut Idee! Mir wolle vor alle Dinge jetz erst emal die Bescherung hinner uns hawwe. Ich fürcht mich da schon's ganze Jahr davor, weil immer geflennt wird. Im letzte Jahr war's ja net zum Aushalte. Des is furchtbar, deß ihr all mitenanner so leicht gerührt seid.

Willi: Ich hab bloß Angst, die Mamma fängt mit dene Grubers Krach an.

Vater: Ach wo, soo is doch die Mamma garnet.

Mutter: *(kommt laut schimpfend)* Also das is ja allerhand, muß ich sage! Also das is ja unglaublich so was! Also da soll doch gleich ...

Willi: Da, da ... bitte ...

Vater: *(resigniert)* Se kann's net lasse.

Mutter: *(empört)* Drei Mann hoch schickt mer euch zu's Grubers enüwwer. Un keins von euch merkt, daß die Kinder eiskalte Händ hawwe! Sowas! Willi, du bringst emal sofort e bissi Anmachholz un e paar Briketts enüwwer. Man kann die Leut doch net am Heilge Abend im Kalte sitze lasse!

Willi: *(erleichtert)* Ja, Mamma! *(eilt hinaus)*

Mutter: Was guckst mich mit so Kalbsauge an, Annelies? Nemm vier Suppeteller un tu auf jeden ordentlich Gebäck drauf. Un Äppel. No los, los!

Anneliese: Ei ja, Mammache! *(eilt weg)*

Mutter: Du, Kall, ich hab mir diese Grubers jetzt zum erste mal e bissi näher angeguckt. Des sin eigentlich soweit ganz nette Leut. Sogar sehr nette Leut. Un die Frau Gruber weiß es Rezept für e ganz bestimmt Sort Zimtstern. Des hab ich schon immer gesucht un keiner konnt mer's sage. Un die Kinder scheine sehr still un brav zu sein. Mit dene wern mer schon auskomme. Überhaupt jetzt, wo mer sich e bissi näher kennt ... *(Anneliese und Willi kommen zurück)* No, ihr Kinner, is alles gemacht?

Kinder: *(durcheinander)* Ja, ich hab's hingebracht ... Au die hawwe sich awwer mächtig gefreut!

Anneliese: Du Mamma, ich hab mer überlegt ... wenn's nur für vorübergehend is ... ich könnt dene vielleicht doch mein Zimmer abtrete ... dem Willi sein's is doch nix für vier Leut. Un mit'm Willi werd ich schon einig ...

Willi: No ja, wolle mal sehn ...

Mutter: Guck emal an! Sowas! No, des könne mir ja nachher alles in Ruhe mit Grubers berede.

Vater: Wann, nachher?

Mutter: No ja, ich hab se doch eingelade ... se solle nach der Bescherung e bissi zu uns enüwwerkomme.

Vater: (ironisch) Hm. Demnach scheine mir all mitenanner doch net so hartgesotte zu sei wie mer erst getan hawwe ...

Mutter: (entschuldigend) Och no, schließlich sieht mer doch, was die Leut durchgemacht hawwe ... gege uns. Und die so sitze sehn in ihrm Elend ... und von mir kann doch wirklich keins sage, daß ich kei Herz hätt ... ich glaub, mer kann keins leichter rührn als wie mich ...

Vater: Jaja, leider. Deswege wolle mer jetzt zum Donnerwetter endlich beschern! Der Baum brennt schon seit ere halbe Stund!

Mutter: So? Also, dann will ich nur e neu Schürz ...

(aus dem Gruberschen Zimmer klingen zwei dünne Kinderstimmchen herüber, die „O du fröhliche" singen)

Anneliese: (gerührt) Och Gottche, horcht bloß emal ... die Grubers beschern jetzt auch grad *(sie schluchzt)*

Mutter: (ebenso) Die Kinnercher... wie se singe... *(sie schluchzt)*

Vater: (ergeben, für sich) Ich hab's ja geahnt. Zu Weihnachte gibt's wieder Heulerei. Und das kann und kann ich net verbutze! Sogar der Willi schnüffelt ... Ach ja. No ja, es is vielleicht besser ... da, jetzt kommt's bei mir auch ... *(schneuzt sich)* widerwärtig ... es is vielleicht besser so ... als wie wenn mer kalt wie e Hundeschnauz wär. ...

(Stimmen und Geräusche verklingen und gehn in frohe Weihnachtsmusik über)

Der Gegenbesuch

Mutter: *(telefoniert, etwas geziert)* Ja, natürlich Frau Konsul ...
um halb vier ... selbstverstädlich paßt es uns, Frau Konsul ja, wir freuen uns alle sehr ... wir werden selbstverständlich pünktlich bei Ihnen sein ... ja vielen Dank, Frau Konsul ... auf Wiedersehen, Frau Konsul. *(hängt ab)* So, Kinder,
es ist alles in Ordnung.

Willi: Des hammer schon gemerkt, Mamma, du hast ja gegirrt mit deiner Frau Konsul ... *(sie imitierend)* Vülen
Dank, Frau Konsul, auf Wüdersehen, Frau Konsul ...

Mutter: *(während die andern lachen, ebenfalls lachend)* Ach wo,
so hab ich doch net geschwätzt ...

Vater: Jedenfalls „Frau Konsul" sagt man net, Mamma.
Sie is doch net Konsul. Er is Konsul. Die Leut sage ja
auch net Frau Prokurist zu dir, sondern „Frau Hesselbach".

Mutter: No, Prokurist, was is dann des auch schon? Bei einer
Frau Konsul is des natürlich etwas anderes.

Vater: Wieso? Is des villeicht nix ... Prokurist? Ich bin der
zweite Mann in einer sehr angesehene Firma, netwahr, und
ich ...

Mutter: Aber ein Konsul is ewe kein zweiter Mann in seinem
Geschäft, sondern der erste Mann.

Vater: (*hitzig*) So, also dademit willst du sage, daß ein Konsul natürlich in deine Auge ebbes viel besseres is als en Prokurist. Prokurist heiße in de größte Firme die geschäftsführende Direktoren und die stellvertretenden Chefs, netwahr ...

Mutter: (*sanft*) Ja, aber der Herr Konsul Plattenbeck is ewe kein stellvertretender Konsul, sondern en wirklicher, un außerdem is er übrigens auch Direktor und zwar ebenfalls kein stellvertretender. Es is doch wirklich lächerlich, Kall, als ob Prokurist gleich hinnerm liewe Gott käm. Ich kann ja wirklich nix dafür, daß du net auch Konsul bist un Direktor.

Vater: So, aber ich kann ebbes dafür, willst de sage. Ei, ich will ja garkein Konsul sein. Konsul, ei was is dann des schon? Des is ein Titel, den mer mit Geld kaufe kann. Sowas mediokres lehne ich ab für meine Person. Und Direktor! Was schimpft sich heut zu Tag net alles Direktor!

Willi: Ein Flohzirkusdirektor is auch en Direktor.

Vater: Ewe. Awwer die Mamma muß immer gleich auf 'em Bauch liege, wenn se's mit so Leut zu tun hat. Ich leg gar kein Wert auf diesen alberne Konsul. Von mir aus kann der sich sauer koche lasse.

Anneliese: Also horch emal, Babba, bloß weil du dich über die Mamma ärgerst, deshalb brauchst du noch lang net so über meine Verwandte zu spreche.

Vater: Deine Verwandte! Hä! Weil dieser Herr Plattenbeck ein Verwandter dritten Grades von deinem Bräutigam ist ...

Anneliese: Kein Onkel dritten Grades, sondern ein ganz richtiger Onkel, netwahr! Un em Hans seine Verwandte sin selbstverständlich auch meine Verwandte. Ich wünscht, ich hätt nur auch solche Verwandte aufzuweise wie mein Verlobter.

Vater: Liewer Himmel! Konsul! Die Welt stürzt ein, weil meine Tochter Anneliese in e Familie mit eme Konsul eneikommt! Es is noch sehr fraglich, ob, was dieser Herr Konsul leistet, nicht sehr kümmerlich is im Vergleich zu dem, was andere Mensche mit weniger hochtrabende Titel leiste ...

Willi: Zum Beispiel Prokuriste einer weltbekannte Firma.

Vater: Zum Beispiel. Also bitte: Ich habe diesen Vergleich nicht gezoge, aber mir persönlich imponiert ein Konsul überhaupt nicht. Mir imponiert überhaupt nix. Un vor einem Herrn womöglich noch zu katzbuckele, das hab ich schon deshalb garnet nötig, weil ich viel zu genau weiß, daß meine eigene Tätigkeit mindestens im gleichen Maße ...

Anneliese: Also Babba, ich mein: Hochmut von deiner Seit is ja hier wirklich net am Platz. Der Onkel Plattenbeck is ja auch net hochmütig. Wenn er hochmütig wäre oder sich irgendwie aufspiele wollt, dann hätt er net mit Frau und Tochter einen Antrittsbesuch bei uns ... oder genauer gesagt bei mir gemacht.

Vater: Antrittsbesuch! Wann ich so was hör. Die sin zufällig mit em Auto vorbeikomme un, weil se net anders konnte anstandshalber ... da sin sie auf en Sprung zu uns enei-komme um zu sage, daß se jetzt hier wohne usw., un wahrscheinlich warn se bloß neugierig, aus welche Verhältnisse die zukünftige Frau von ihre Neffe stammt. Weil se hawwe schnüffele wolle, deswege sin die herkomme.

Willi: Ewe. Un des nennt man ewe „Antrittsbesuch".

Anneliese: Ach sei du doch überhaupt ruhig, Willi. Jedenfalls is es das mindeste Gebot der Höflichkeit, daß mir einen Gegebesuch mache. Aber bitte, wann ihr net wollt! Weil ihr Minderwertigkeitskomplexe habt oder Hochwertigkeitskomplexe ... was weiß ich ... von mir aus braucht ihr net mit. Ich kann den Gegenbesuch auch allein mache.

Mutter: Aber Anneliesche, dadevon kann doch kei Red sei. Der Babba is ewe eifersüchtig auf dich. Seit dein Hans die Stell im Ausland angetrete hat, will der Babba dich in dem Jahr, bis der Hans wiederkommt, ganz für sich allein hawwe un gönnt dich niemand.

Vater: Ach, Blödsinn. Ich bin doch kein Liebhaber.

Mutter: Jeder Vater is der Liebhaber seiner erwachsene Tochter. Laß nur Anneliesche, de Babba meint des alles garnet so. Awwer du weißt doch wie er is! *(kichernd)* Er duldet keine andere Götter newe sich. Is ja alles geklärt. Mir gehn heut hin zu's Konsuls un mache unsern Gegebesuch.

Willi: Der ganze Sonntag wird eim versaut.

Anneliese: Du brauchst ja net mit. Denkste, die lege Wert auf dich?

Willi: Denkste, ich leg Wert auf die?

Mutter: Selbstverständlich legt der Willi Wert auf die. Beziehunge sin alles im Leben. Und dieser Herr Plattenbeck ist eine Beziehung. Sogar eine sehr gute. Und deswege geht der Willi selbstverständlicherweise mit.

Vater: Also, bitte ... der Annelies zulieb will ich mich net sträube, awwer ich brauch jedenfalls keine Beziehunge. Ich bin selbst eine Beziehung.

Willi: Ja, du bist de Mamma ihr Beziehung, gelle Babba. No, der Sonntag is hin.

Mutter: Wieso? Ein solcher Gegenbesuch is immer kurz. Sage mer, e halb Stündche. Länger wär unhöflich. Des wär gege jede gesellschaftliche Form. Außerdem hawwe Konsuls auch nachher gar keine Zeit. Er muß doch in de Industrie-Club, hat sie gesagt, und sie muß nachher leider gleich zu dere große Wohltätigkeitsveranstaltung. Sie kann sich dem nicht entziehe, sie ist ja im Vorstand, hat se gesagt, und die Hannelore darf mit ihrer Freundin ins Kino. Also könne mer garnet länger ...

Vater: Ach! guck emal an! Des is ja sehr gut! Auf diese Weise hat sie dir also sehr zartfühlend angedeutet, daß mir zwar komme dürfe, awwer dann auch bloß mache solle, deß mer wieder enaus komme.

Mutter: Och, Kall, also dadevon kann doch überhaupt kei Red sein. Awwer es is doch klar, wenn der Herr Konsul später noch in de Industrie-Club muß ...

Vater: (zornig) So?! Es hätte ja sei könne, deß ich auch in de Industrie-Club muß!

Mutter: Och, horch emal, was willst denn du im Industrie-Club? Da lasse die dich überhaupt garnet enei ...

Vater: Wieso lasse die mich net enei? Was soll denn das heiße? Ich kann überall enei, wo ich enei will ...

Willi: Un wann du wo net enei kannst, dann willst du einfach net enei, gelle Babba?

Vater: Mein Chef is auch da drin, un er hat mir angebote, daß ich selbstverständlich jederzeit als sein Vertreter in diesen lächerlichen Industrie-Club ...

Mutter: Och, also Kall, es is awwer heut wirklich schwer mit dir. Ich weiß garnet, was bist de dann so ... so ... eifersüchtig auf diesen Herr Konsul? Ich bin doch auch net eifersüchtig auf die Frau Konsul, daß sie im Vorstand von dere Wohltätigkeitsveranstaltung is, wo die ganze Gattinnen von Minister und hohe Beamte drin sind.

Vater: Och, wann ich so was hör ... Eifersucht! Weil mer sich sein gesunde Menschenverstand net verwirrn läßt von so eme Titel. Awwer du krawwelst natürlich auf'm Bauch un wann de könnst, tätste noch bäucher krawwele! Die ganze Gattinne von Minister un hohe Beamte! Wohltätigkeitsveranstaltunge! Alles nix wie Angeberei un Geltungsbedürfnis!

Mutter: Wieso dann, Kall, es ist doch ein guter Zweck. Ich behaupt gar net, daß ich für so eine Tätigkeit in so einem Vorstand geeignet wär ... da tät ich mich viel zu viel aufrege ..., awwer ich geb ohne weiteres zu, deß ich mir die Eröffnungsfeier gern emal angeguckt hätt. Heut um halb sechs glaub ich. Die ganze Prominenz is da. Die ganze feine Leut, un überhaupt alle große Persönlichkeite solle da sein.

Vater: Große Persönlichkeite! Ha! Mir hawwe in Deutschland seit hunnert Jahr überhaupt keine große Persönlichkeite mehr außer vielleicht Bismarck un ...

Willi: Un Kall Hesselbach. *(alle außer Vater lachen)*

Anneliese: Also jetz laßt mich awwer auch emal was sage! Ich muß mich ja direkt schäme, daß ich so e Familie hab, bei dere in dieser kleinbürgerliche Weise herumgezankt wird ...

Vater: Kleinbürgerlich? ... So? Jetzt komme mer zum Thema ...

Mutter: Nein, mir komme nicht zum Thema, sondern mir komme jetzt zu unserm Sonntagsmittags-Schläfche. Also des laß ich mer net nemme. Und du schläfst auch e bissi Kall, du bist nur deswege so mäksig, weil de Schlaf hast. Und dir kanns auch nix schade, Annelies. Wenn mer geschlafe hat, sieht mer besser aus un macht en bessere Eindruck. Geb emal den Wecker her, Willi. Wenn mer uns net hetze wolle, müsse mer um Punkt drei aus em Haus. Also müsse mer um halb drei aufwache und uns fertigmache. Jetz is es dreivierteleins, da hammer genau eindreiviertel Stunde. Des Schläfche wird uns alle gut tun. Da stell ich also auf halb drei. Ach, un Willi! Sei mir gefälligst e bissi freundlich zu der Hannelore, ... der Fräulein Plattenbeck, mein ich, und tu net so, als ob se e klei Kind wär.

Willi: Soll ich vielleicht dem Fräulein Konsul de Hof mache? Der Balg is glaub ich noch kei vierzehn.

Mutter: Erstens is se fuffzehn, zweitens verbitte ich mir den Ausdruck Balg und drittens sollst du ihr net de Hof mache sondern e bissi nett un sympathisch zu ihr sein. Du bist doch sonst net so.

Willi: Meine Erfahrunge mit dem weiblichen Geschlecht erstrecke sich nicht auf solches Kalbfleisch wie diese komische Hannelore.

Vater: Also wird jetzt geschlafe oder net? Schluß. Enaus mit euch!

(Überblendung)

(Man hört das Ticken des Weckers, dazwischen Vaters monotones Schnarchen, wieder Ticken. Der Wecker setzt an zum Bimmeln, das Bimmeln stirbt aber ab, weil das Werk nicht aufgezogen ist. Vaters Schnarchen geht über in Annelieses, dann Willi's, dann Mutters, dann alle vier durcheinander. Die ferne Turmuhr schlägt drei).

Mutter: (schreckt hoch) Was is dann? Ach so, ich hab geschlafe. Hat der Wecker dann noch net ... Mir is, als hätt ich irgendwo drei schlage gehört ... *(sie springt aus dem Bett und läuft auf den Strümpfen ins Wohnzimmer wo Vater schnarcht. Aufschreiend)* Allmächtiger, fünf nach drei! Hat denn der Wecker net funktioniert!? ... Babba, aufwache! ... Aaaach, ich glaub, ich hab vergesse, den Wecker aufzuziehe ... Kall!

Vater: Jaaaa ... was is'n los?

Mutter: Schnell aufstehn! Mir hawwe verschlafe, der Wecker hat net geweckt.

Vater: Welcher Wecker?

Mutter: Komm, Kall, frag net so lang, mer müsse doch zu Konsuls! Komm, die Bei enunner vom Sofa! Sonst stehst du mir ja doch net auf ...

Vater: (jammernd) Also sowas Brutales, so etwas ... dadevon kann mer en Knacks für's Lewe kriege, wenn mer so mitte aus em Schlaf gerisse ... *(gähnt)* ... brutal, einfach brutal ...

Mutter: (eilt hinaus auf den Korridor, klopft an beide Türen) Willi!!! Annelies!!! Aufstehn! Los! Mir hätte schon vor 10 Minute aus em Haus gehn müsse! Der Wecker hat net geweckt ...

Willi und Anneliese: (nacheinander, müde) Jaaa, ich komm schon ...

Mutter: Awwer Tempo, bitt ich mer aus! Gott, is des peinlich! No, vielleicht schaffe mer's noch ... gleich beim erste Besuch zu spät! Was solle die Leut von eim denke ... Jesses, ich muß mich ja selwer noch umziehe ... *(Schritte)* Ei, Kall! Ei, du hast dich wieder hingelegt!

Vater: (gähnend) Huahhhhh, ich bleib liege. Wenn der Konsul ebbes von mir will, dann soll er hier an mei Sofa komme. Ich bin bereit, ihn zu empfange *(gähnt).*

Mutter: (gedämpft, scharf) Also Kall, diesen Streich machst du mir net durch mei Rechnung! Das könne mer der Annelies net antun. Dieser Onkel ist s o wichtig für de Hans. Und für dich wär er auch e gut Verbindung. Un dene ihr Hannelore wär auch garnet so schlecht für unsern Willi.

Vater: (auffahrend) Waaas! Biste schon wieder am Ehestifte? Also ich weiß net, was des is ... wann die Weiber e gewisses Alter erreicht hawwe, dann müsse se alsfort annere Leut mitenanner verheirate. Ei, laß doch de Willi sich selber ei suche. Im übrige bist du doch immer so dagege, daß sich der Willi überhaupt mit Mädcher abgibt.

Mutter: Ja, weil er sich net mit de richtige abgibt. Natürlich is er viel zu jung zum heirate. Awwer in sechs, siebe Jahrn wird er net mer zu jung sein, und dann ist die Hannelore genau in dem richtige Alter! Ha, und das ist eine Partie! Komm, eil dich doch e bissi, Kall! *(ruft nach hinten)* Willi!! Annelies!! Seid ihr immer noch net fertig!? ... Allmächtiger ich muß mich auch noch ... wo hab ich dann jetz mei schwarz Täschche hin ... *(schreit)* Hat jemand mei schwarz Täschche gesehn? *(jammernd)* Wo is dann jetz bloß wieder mei schwarz Täschche ...

(Überblendung)

(Die vier Hesselbachs hasten durch die sonntäglich leeren Straßen zur Haltestelle)

Vater: (schnaufend) Eieieieieieiei, des hab ich gern, die Hetzerei. Alles für de Herr Konsul.

Mutter: (kann kaum noch atmen) Wenn mer uns e bissi eile, kriege mer wenigstens die Bahn um drei Uhr fünfundzwanzig noch...

Anneliese: (ebenfalls schnaufend) Mamma, du bist ja ganz außer Atem.

Mutter: Hauptsach, mer kriege die Bahn noch.

Willi: Wann mer e Taxi nehme täte, da käme mer vielleicht noch pünktlich hin zu dem Konsul.

Vater: Taxi. Aaaach noch! Ich bin ja kein Konsul. Auch noch mei Geld zum Taxi enausschmeiße.

Mutter: Zu blöd, daß des Eckhaus da vor dere Haltestell steht. Da kann mer garnet sehn, ob die Bahn schon kommt oder ob mer sich noch Zeit nemme kann.

Vater: Im Hinblick auf deine wichtige Beziehunge zu dem Konsul, tät ich an deiner Stell beantrage, Mamma, daß des Eckhaus abgerisse werd.

Mutter: Kall, du bist heut unerträglich mit deiner Aggressivität.

Vater: Ich bin nur froh, daß ich mit meiner Aggressivität den Wecker net gestellt hab. Beziehungsweise daß ich en net net gestellt hab. No, des wär jetz was! Dieses Majestätsverbreche! Da tät ich jetz schon in Fetze erumliege! Awwer diesmal bist du des Karnickel, Mamma, ganz eindeutig du! Also wie mich des freut.

Mutter: Ich möcht net untersuche, wer an dem Wecker alles erumgemacht hat, du hast en auch in de Hand gehabt, Kall ...

Vater: Ich? No, des is ja ... !

Anneliese: So streitet euch doch net andauernd auf offener Straß erum! Babba! Ihr seid doch net daheim! Also mer schämt sich ja direkt, sich mit euch zu zeige! Die Leut gucke sich ja schon um.

Vater: Was gehn mich die Leut an? Die Leut intressiern mich net.

Anneliese: (*giftig*) Awwer mich intressiern se, Babba! Wann dich des intressiert.

Willi: Ruhig, Annelies! Benemm dich doch net so auffällig! Also, mer kann sich wahrhaftig kaum noch mit euch zeige in der Öffentlichkeit.

Mutter: (*bleibt aufatmend stehen. Das allgemeine Schnaufen, das bis hierher anhielt, klingt ab.*) So, Gott sei Dank. Da wär die Haltestell. Die Bahn is noch net da.

Willi: Oder sie is schon durch.

Mutter: Ach wo, da hätt mer se doch sehn müsse.

Anneliese: Auf meiner Uhr is es drei Uhr vierundzwanzig!

Vater: Auf meiner is es drei Uhr siebenundzwanzig, un meine geht bekanntlich richtig.

Mutter: Ausgeschlosse, soviel kann's noch net sein, des wär ja entsetzlich.

Anneliese: Die Bahn wird schon noch komme; sonntags wird die net so pünktlich fahrn.

Willi: Im Gegenteil, holde Schwester, sonntags fahrn die sogar besonders pünktlich, weil da nämlich weniger Betrieb is. Vielleicht laufe mer besser zur nächste Haltestell. Da kommt doch noch die Sechs von der andere Seit, da könnt mer die eventuell auch nemme.

Mutter: Ja, des is am beste. Mir laufe. Awwer ... haltet emal! Also wann mer jetz loslaufe täte ... un in dem Moment käm grad die Bahn ...

Vater: No, da wärn mir ja schön gelackmeiert.

Anneliese: Ich glaub, es is besser, wir bleibe hier, Mamma.

Mutter: Ja, awwer wenn die Bahn net kommt ...

Vater: Da wärs natürlich besser, mer täte gehn.

Willi: Ja, awwer andererseits, wenn mer gehn, un wärn grad in de Mitt zwische dene zwei Haltestelle, und dann fährt die genau an uns vorbei ...

Mutter: Ewe deswege sag ich ja auch, mer bleibe hier.

Vater: Wieso, ewe hast du doch noch gesagt, es wär besser, mer täte gehn.

Mutter: Ich? Du hast des gesagt!

Anneliese: Ei, die Bahn muß ja auch gleich komme.

Willi: Ja, awwer sie kommt net. Bitte. Kommt net. Wo kommt se dann?

Mutter: (seufzt) Also da gehn mer halt doch lieber zur nächste Haltestell.

Anneliese: Ooooch, also sowas, mir schwätze un schwätze, un's wird immer später. Wenn mer gleich gange wärn, da hätte mer bestimmt die nächst Sechs noch kriegt.

Mutter: Ich hab ja geh wolle, awwer de Babba hat ja net gewollt.

Vater: Wieso hab ich net gewollt? Ich hab gewollt und da hast du gesagt, „awwer wann se kommt".

Mutter: Ach is ja garnet wahr, Kall, also gehn mer jetz oder net?

Anneliese: Jetzt willst du noch gehn, wo se jeden Moment komme kann ... ? *(Pause)*

Vater: Also ich geh jetz allein. Mir is die Warterei zu blöd.

Mutter: Kall, du gehst nicht. Das tät noch fehle. Die Bahn käm und dann könnte mir fahrn, aber dann könnte mer net fahrn, weil du grad in der Mitt bist und net mitkommst. Die wird schon gleich komme ... *(Pause)*

Vater: Se kommt ewe bloß net gleich.

Willi: Ich seh was!

Die anderen: (aufgeregt) Kommt se?!!!!

Willi: Des, was ich seh, des is, deß se net kommt. *(Entrüstung)*

Mutter: *(zögernd)* Haaach, also ich glaub jetz doch fast, es wär am beste, wenn mer doch gehn täte. Komm Kall, mer gehn, mer wolle net lang diskutiern, da komme mer noch hin.

Vater: Ja, sag emal, was soll ich dann jetz eigentlich? Ewe haste noch gesagt, Kall, du gehst net! Un jetz sagste, Kall, du gehst. Also was jetzt?

Mutter: Also es wird gange! Los!

Willi: Jedenfalls ich kann nur warne, Mamma! Jetz, wo mer so lang gestande hawwe, da könne mer auch noch en Augeblick länger stehn.

Anneliese: *(weinerlich)* Ooooch! Ihr seid mir awwer eine unmögliche Familie! Erst wird gestritte, ob mer überhaupt geht, dann wird verschlafe, dann wird sich unmöglich benomme auf offener Straß und dann weiß keiner, was er will. Also, Babba, so sprich du doch endlich emal e Machtwort, was jetzt geschehen soll.

Vater: Ich werd mich hüte. Damit ich's nachher gewese sein soll, wann ich e verkehrt Machtwort gesproche hab! Des sin so Sache mit de Machtwörter und de Machtergreifunge, des geht immer denewe. Also bitte ... von mir aus auch das. Ich spreche ein Machtwort. Hier is es: Mir gehn nicht zu dere andere Haltestell, sondern mir warte, bis die Bahn kommt.

Mutter: Ach komm, so schwätz doch net so'n Unsinn Kall, wer weiß, ob die Bahn überhaupt noch kommt; vielleicht fährt die sonntags garnet un mir stehn heut abend noch da. Und da willst du jetz dein Dickkopp hawwe, mit deim Machtwort.

Vater: Bitte ... bitte ..., des hab ich ... genau so hab ich des erwart. Ich mach Unsinn. Ich hab en Dickkopp. Ich bin für die Erschaffung der Welt inklusive Sündefall und zwei Weltkrieg verantwortlich. Also gut, ich nehme mein Machtwort zurück und spreche ein neues Machtwort: Also mir gehn! Biste jetz zufriede?

Mutter: No ja, wenn du halt sagst, mir gehn, Kall, da müsse mir uns ewe nach dir richte. Los, Kinder, kommt! *(sie beginnen wieder loszulaufen)*

Willi: Awwer dann müsse mer laufe! Wenn mer net Tempo mache, dann hammer überhaupt kei Chance mehr!

Anneliese: Also, diese Familie! Also, deß mer dadezu verurteilt is, in so einer Familie ...

Vater: Ach hör doch mit dieser dumme Latscherei auf, Anne-lies! Das ist die neueste Mode bei dir, immer auf dei Familie zu schimpfe. Kommst dir wohl sehr interessant vor, weil de jetz en Konsul in d e i n e r Familie hast. Von einer Halte-stell zur andern rase! Ich bin ja schon bald naßgeschwitzt! Alles wege dem blöde Konsul.

Willi: So, jetz hier noch um die Eck da erum. Hier sin mer genau in de Mitt zwische de beide Haltestelle. Jetz Tempo!

Anneliese: Horcht emal! *(man hört die Elektrische kommen)*

Vater: Des is unser Elektrisch!

Mutter: Ach, wo dann her, des is se net! Kommt, halt euch doch net auf!

Anneliese: Natürlich is se's!

Mutter: Ei, so lauft doch!

Willi: Kein Zweck mehr. Die kriege mer nie. Das heißt, ich tät se schon kriege, awwer ihr alte Leut ...
(Die Straßenbahn rauscht an Hesselbachs vorüber)

Mutter: (ruft) Anhalte! Anhalte! Macht doch emal dem Fahrer e Zeiche, vielleicht hält er an! Winkt doch emal! Los! Los! *(Straßenbahn verschwindet um die Ecke)* Ach, warum habt ihr dann auch net gleich gewinkt! Der Fahrer hat's net gesehn!

Willi: Doch der Fahrer hat's gesehn und hat sehr freundlich zurückgewinkt!

Vater: So. Bitte! Un des alles, weil sich die Mamma drauf versteift hat, von dieser Haltestell fortzulaufe!

Mutter: Du hast dich drauf versteift, Kall! Du hast ja doch noch ausdrücklich e Machtwort gesproche! Jetz isses schon zehn nach halb vier. Jetz hilft alles nix, Kall, jetz müsse mer e Taxi nemme. Kommt!! Mir nach! Drüwe auf dem Platz stehn immer Taxis. Schnell ...!

(Überblendung)

(Hesselbachs steigen die Treppen zur Plattenbeckschen Wohnung hinauf)

Mutter: (schwitzend) So, im Haus wär'n mer. Genau vier Uhr. Eine ganze halbe Stunde zu spät! Is das hier, Annelies?

Anneliese: Weiß ich doch net. Ich war doch auch noch net da. Wahrscheinlich wird's noch en Stock höher sein. *(alle steigen schnaufend weiter)*

Vater: Ich bin vollkomme naßgeschwitzt. So hat uns die Mamma gehetzt. So ebbes is mir ja in meim ganze Lewe noch net ... So ein Affetheater! Alles nur wege diesem Kon ...

Mutter: *(scharf, aber gedämpft)* Kall, nemm dich doch zusamme! Ich bin auch naßgeschwitzt. Awwer des is ewe so bei gesellschaftliche Verpflichtunge. Da ist mer ewe naßgeschwitzt.

Vater: Du hast ja merkwürdige Vorstellunge vom gesellschaftliche Lebe, Mamma.

Willi: Hier im dritte Stock wohnt auch kein Plattenbeck. Is des überhaupt des richtige Haus?

Vater: No, des tät mer jetz noch fehle, auch noch in e verkehrt Haus ...

Anneliese: Ei, ich denk, ihr habt nachgeguckt! Nr. 62.

Willi: Des is Nr. 62. Das weiß ich bestimmt! Da muß es halt noch e paar Stöck höher sei.

Mutter: Allmächtiger, wieviel Stöck hat denn des Haus?

Willi: Ich glaub fünf.

Vater: *(bitter)* Och no, da wohne die natürlich im fünfte. Des is doch sonneklar. Wann mir wohin komme, wohne die Leut immer so hoch, wie's nur geht. Uns wird heut nix geschenkt. Des wär ja direkt unheimlich, wann die net da wohne täte, wo mer die meiste Treppe dazu enaufkrawwele muß.

Mutter: Vor alle Dinge, Kall, sei auf keinem Fall jetzt so aggressiv bei's Plattenbeck's! Benimm dich anständig!

Vater: Was heißt anständig? Des erste, was ich tun werd, deß ich frag, ob ich mein Rock un mei West ausziehe darf, weil ich schwitz wie en Narr ...

Willi: Vielleicht könne mer erst all emal kurz unter die Dusch gehn, ins Plattenbecks ihrm Badezimmer ...

Anneliese: *(stöhnt)* Ooooch, also ich blamier mich mit euch, des seh ich schon komme. Ich blamier mich bestimmt mit euch! Ist es hier?

Vater: Ach, wo dann her! Des wird grad im vierte Stock sein, wanns noch e fünfte gibt. Los, als nur weiter gestiwwelt ...

Willi: Halt, Babba, stop! Hier: Plattenbeck! No bitte. Soll ich schelle, Mamma?

Mutter: *(ganz leise flüsternd, außer Atem)* Augeblick, Wi ... Willi. Erst emal ... ... verschnaufe ... Babba, hast du emal e ... Taschetuch?

Vater: Auch das. Bitte!

Mutter: (zischend) Net so laut, Kall! Daß die uns womöglich hörn! Kall, du hättst dir awwer auch wirklich e frisch Taschetuch nemme könne ...

Vater: (ebenfalls zischend) Des war ja frisch, wie mer fort sin. Awwer ich hab ja e paar Liter Schweiß demit aufgewäsche. *(alle sprechen im Flüsterton weiter)*

Mutter: Willi, hast du e Taschetuch?

Willi: Ja, hawwe hab ich eins ... awwer ich bin net sicher, ob's dir besser gefällt wie em Babba seins. *(zieht es heraus)*

Mutter: (entsetzt) Willi! Sofort steckst du des Ding fort! Is ja nicht zu glaube! Un daß du dich nicht unterstehst, des Taschetuch erauszunemme, wenn mir drinn bei's Konsuls sin.

Willi: Bitte! Ich werd's mit Hochziehe mache.

Anneliese: (verzweifelt) Aaaach, also sowas! So eine Familie! Hier haste e bissi Eau de Cologne, Mamma, du bist ja ganz rot im Gesicht, komm emal her!

Mutter: Soo. Danke. Sin mei Haar in Ordnung?

Vater: Ach, des is doch dene Wurscht! Meinste, die hawwe nix zu tun als auf dei Haar zu gucke. Ich guck ja auch net drauf. Mir auch von dem Zeug, Annelies. *(heftig)* Net so viel ... so, geht schon. Meine Herrn, jetz stinke mer awwer all, als ob mer in e Dippe voll Eau de Cologne gefalle wern.

Willi: Ja, kann ich jetzt bimmele?

Anneliese: (hastig) Augeblick. Mein Strumpf! Dreht euch emal um.

Willi: Jesses, auch noch diese Schamhaftigkeite! Vor der Familie wirke deine Reize sowieso net. Kann ich dann vielleicht auch noch schnell mei Unnerhos ausziehe, mir is so heiß ...

Vater: Mamma, sitzt mei Krawatt richtig?

Mutter: Zeig emal her, Kall ... nein, natürlich net!

Vater: Au, willste mich strangulieren oder was?

Anneliese: Jetzt macht doch endlich fort! Hopp, schell!

Mutter: Du hast ja selber ewe noch „halt" gesagt, Anneliese. Guck lieber emal nach, ob bei mir alles in Ordnung is.

Vater: Alles in Ordnung, Mamma. Dein Unnerrock guckt zwar en halwe Meter eraus, awwer des mecht nix.

Anneliese: Oooooch, den Unterrock! Also warum nähste dir dann den auch net endlich emal erauf, Mamma.

Vater: Kommt, kommt, kommt ... jetzt schell scho, Willi. *(Willi klingelt)*

Mutter: *(flüsternd)* Mir dürfe jetzt netmehr so flüstern, sondern müsse ganz normal un zwanglos schwätze. *(sie markieren „zwangloses" Gespräch wild durcheinander. Brechen plötzlich ab. Pause)*

Vater: *(zögernd)* Da kommt ja keins.

Mutter: *(flüsternd)* Ach, die wern's net gehört hawwe.

Willi: Soll ich noch emal bimmele?

Mutter: Net so hastig, Willi. Wart doch erst emal *(längere Pause)* Ich glaub ... jetz ... könnste vielleicht ... doch noch emal ...
(Willi klingelt. Pause)

Vater: Nix. *(Pause)*

Willi: Vielleicht mache die absichtlich net auf.

Anneliese: Ach, du bist ja, d i e sind net so unhöflich.

Willi: Ei, weil mir so unhöflich warn un sin zu spät komme, da wolle die uns vielleicht jetz zeige, daß sie a u c h gewartet hawwe. Un daß se's jetz auch netmehr so eilig hawwe.

Mutter: Ruhig! Seid emal ruhig! Ich mein, ich hätt ewe was gehört. *(alle lauschen angestrengt)*

Vater: Nix.

Anneliese: Also sowas.

Vater: Jetz laßt mich emal schelle. *(schellt sehr lange)*

Willi: So schellt der Fachmann.

Mutter: Kall, biste verrückt. So schellt mer doch net bei fremde Leut!

Vater: So? Awwer so läßt mer auch net fremde Leut vor der Tür warte, mit dene mer sich verabredt hat!

Mutter: Vielleicht hawwe se fortgemußt. Sie hat doch gesagt, er müßt in de Industrieclub. Un sie muß zu ihrer Wohltätigkeitsveranstaltung im Dings, un die Hannelore darf ins Kino. Und ...

Vater: Ja, awwer alles erst n a c h unserem Gegebesuch! Wenn mir auch zu spät sind! Unser Besuch war für eine Stunde Dauer angesetzt! Jedenfalls hab ich solang bleibe wolle. Un solang mir net da sind, da hawwe diese Konsuls diese Zeit abzusitze.

Anneliese: Ach, garnix hawwe die abzusitze, Babba! Die hawwe ganz recht, wann se net länger als e halb Stund auf uns warte.

Vater: Keinen Geschmack hawwe se! Keine Lebensart! Wann se net warte! Keine Umgangsforme! Netwahr. Mer muß immer damit rechne, daß dem Besucher etwas Unvorhergesehenes zustößt ... ein Straßenbahnzusammenstoß oder sonst etwas. Es hätt ja auch sein könne, daß die Mutter unterwegs ihrn Herzanfall kriegt hätt. Da läuft mer net so mir nix dir nix einfach fort! Des mächt man nicht! Jedenfalls nicht in meine Kreise. In Kreisen der guten Gesellschaft nicht! Ich weiß ja net, aus welche Kreise dieser angebliche Herr Konsul überhaupt stammt ...

Anneliese: Also, Babba, beleidige laß ich die Verwandte vom Hans nicht!

Mutter: Net so laut, zum Donnerwetter! Ihr seid doch in eme fremde Treppehaus.

Willi: Ja, was is jetzt? Ich bin zwangsweise mitgenomme worn, weil meine Anwesenheit angeblich so dringend erforderlich war, für diesen Gegebesuch. Awwer jetzt ... wo die Sach sowieso Essig is ... kann ich jetzt wenigstens fort?

Vater: Von mir aus ... bitte! Ich hab auch genug von dere Geschicht.

Mutter: Kall, an dere ganze Verzögerung ist doch einzig un allein schuld, daß du ...

Vater: (massiv) Mamma, ich stelle fest, daß du seit heute mittag ununterbroche versuchst, mir die Schuld für deine Fehler un Unterlassunge in die Schuh zu schiebe! Ich hab den Wecker net aufgezoge! Beziehungsweise net net aufgezoge! Un ich hab auch net zu dere zweite Haltestell laufe wolle, un ich hab auch den ganze Gegebesuch net gewollt! Un überhaupt: *(schreit)* Mir langt's. Ewe hab ich de Kanal voll. Guten Abend! *(er geht mit energischem Schritt die Treppe hinunter)*

Mutter: Also des is ja ... also des is ja ... da arrangiert mer des, in bester Absicht ... zum Wohle aller ... un dann ... also Annelies, wie findest du des vom Babba?

Anneliese: (gereizt) Es tut mir leid, Mamma, awwer ich find, daß der Babba leider recht hat, wenn er sagt, daß du den Wecker verkehrt gestellt und die Sach mit dere Haltestell auf'm Gewisse hast. *(Mutter schnappt nach Luft)* Ich weiß, du hast's net bös gemeint, Mamma, awwer es is wirklich kein Vergnüge, *(sie schluchzt)* in einer solchen Familie ... *(sie bricht in Tränen aus)*

Mutter: So? Wenn das deine Einstellung is ... ach laß doch die dumm Heulerei, Annelies! Mit Heule is hier gar nix zu mache! ... Wenn das deine Einstellung ist zu deiner Mutter, dann hab ich nur noch dasselbe zu sage wie ewe der

Babba: *(unter Tränen)* Guten Abend! *(eilt schluchzend und tief empört die Treppe hinunter)*

Anneliese: Also so was! Ach! *(heult)*

Willi: Komm, Annelies, dreh die Wasserleitung ab. Ich glaub, du kannst dir deine konsularische Verwandtschaft in de Schornstein schreiwe. Die betrachte dich scheint's doch nur als Verwandtschaft dritter Güte. Zu herabgesetzte Preise.

Anneliese: *(wütend)* Halt doch dein ungewaschenes Maul, du blöder Kaffer. Ich geh heim. *(eilt die Treppe herunter)*

Willi: *(trocken, ihr nachsehend)* Nachdem die Gräfin ihrem mißratenen Bruder ein lässiges Abschiedswort zugeworfen hatte, schritt sie mit der ihr eigenen Hoheit die Treppe des Konsulats hinab. *(seufzend, für sich)* No, un ich? Mach ich mich halt auch dünn. *(Geräusch im Korridor der Wohnung)* No?

Hannelore Plattenbeck: *(drinnen flüsternd)* Du, Lotte, ich glaub die sind alle weg jetzt. Mensch, du, ham die lange da gestanden und gequatscht. Ich hab schon gedacht, die werden doch nicht die Tür aufbrechen. Ich werde mal ganz vorsichtig ins Treppenhaus gucken. *(Sie schließt die Korridortür auf. Sie schleicht zum Treppengeländer. Ruft gedämpft zurück)* Nichts mehr zu sehn, Lotte. Die sind wir los, du.

Willi: *(trocken)* Einen recht schönen guten Nachmittag!

Hannelore: *(quietscht)* Huch, haben Sie mich erschreckt! *(erkennend)* Ach, Herr ... Hesselbach, Sie sind noch da? Ich dachte ...

Willi: Sie wärn die ganz Kaffrus schon los, gell?

Hannelore: *(wird rot)* Au backe, was werden Sie jetzt von mir denken?

Willi: Ich denke, daß Sie noch ganz schön rot werden könne, meine Dame. Steht Ihne awwer gut.

Hannelore: *(kichernd)* Haben Sie alles gehört womöglich ...

Willi: *(streng)* Alles, Sie sind restlos entlarvt!

Hannelore: Sind Sie jetzt böse?

Willi: *(grinst)* Im Gegeteil. Nichts könnte Sie mir sympathischer mache!

Hannelore: Wollen Sie nicht hereinkommen? Ich bin nämlich allein mit meiner Freundin Lotte. *(ruft)* Lotte, komm doch raus, du Feigling.

Willi: Ich beiß net!

Hannelore: Ach, du Angstmeier! Die traut sich nicht. Wir wollten nachher um fünf ins Kino.

Willi: Meine Späher haben mir das bereits berichtet. No ja, wenn Sie's halt garnet anders tun ... da begeb ich mich halt in die doppelte Gefahr und komm mit erein.

Hannelore: Aber Sie dürfen natürlich Pappi und Mutti nichts verraten.

Willi: Für wen halte Sie mich! Die Geheimnisse, die in meinem Busen ruhen ... wenn Se mir den paradoxe Ausdruck gestatte ... die ruhe sanft, sozusage! Darf ich? *(sie treten ein)*

Hannelore: Ich muß Ihnen ja vor allen Dingen erst mal erklären, wieso wir überhaupt ... *(die Tür schließt sich)*

(Überblendung)

Vater: (betritt den imposanten Vorraum des Industrieclubs. Zum Portier) Bitte. Ist das hier der ... eh ... Industrie-Club?

Portier: (sehr von oben herab) Ja, wen möchten Sie denn sprechen?

Vater: Herrn ... eh ... Konsul Plattenbeck.

Portier: Plattenbeck? Konsul? Ja, den haben wir auch. Wen darf ich denn melden?

Vater: Hesselbach.

Portier: Einfach Hesselbach?

Vater: Proku ... ja, eh ... einfach ... sagen Sie einfach Direktor Hesselbach.

Portier: So? Ja. Moment. *(ergreift den Telephonhörer)* Ruf mal Konsul Plattenbeck ans Telefon, Paul. Ja, der Dicke ist das. *(Pause)* Der Herr wird gerufen.

Vater: Danke.

Portier: (ins Telefon) Herr Konsul Plattenbeck. Ein Herr ... wie war der Name ...

Vater: Direktor Hesselbach.

Portier: Ein Herr Hesselbach möchte Sie sprechen. Ja? So? Kann ich ihn raufschicken. Danke. *(hängt ab)* Ja, Sie können raufgehn, Herr Hesselbach.

Vater: (herablassend) Danke. *(schreitet würdevoll die Marmortreppen hinauf)*

(Überblendung)

(Es klingelt an Hesselbachs Korridortür)

Anneliese: (innen, von einigen Gewissensbissen geplagt) Endlich scheine se zu komme. Eim awwer auch so e Angst einzujage. *(sie öffnet)* Mammache, Gottseidank, ich hab schon gedacht, warum komme se dann net, is womöglich was passiert ... ?

Mutter: (trocken) Wieso? Alles in Ordnung.

Anneliese: Mammache, ich hab mer ja so Vorwürf gemacht, daß ich so hysterisch gewese bin. Du mußt vielmals entschuldige.

Mutter: Brauchste net, sehr lieb. Hauptsach: Ich hab alles in Ordnung gebracht! Die Familiebeziehunge sin wiederhergestellt, un du kannst mir glaube, Anneliesche: Die Plattenbecks wern für uns ein sehr wichtiger, angenehmer Verkehr wern.

Anneliese: Ja, wieso, Mamma? Un wo haste dann überhaupt de Babba?

Mutter: Is der noch net da? Ich war allein. Und zwar bin ich in die Wohltätigkeitsveranstaltung gange un hab dort die Frau Konsul getroffe. Sie war erst e bissi ... wie soll ich sage ... merkwürdig ... un hat mich auch erst scheint's garnet erkannt. Awwer dann, wie ich se einfach angesproche hab, da war se sogar direkt verlege un dann die Liebenswürdigkeit selbst. Und sehr vernünftig! Ich hab ihr gesagt, daß mir leider einen kleine Straßenbahnunfall gehabt hätte. Nichts Ernstes, netwahr ... awwer doch ewe so, daß eine starke Verzögerung eingetrete wär. No, un das stimmt ja auch. Diese dumme Sach an der Haltestell, des kann mer doch als e Art Unfall bezeichne. No ... un wie se das gehört hat, da war se scheints sogar direkt erleichtert! Un sehr freundlich! Ooch, was war die Frau so freundlich! Ja, also sie hätte sehr lang gewartet, hat se gesagt, awwer dann hätte se leider fortgemüßt. Un sie hat sich doch direkt bei mir entschuldigt! Also mit einem Wort: ich hab alles ausgebügelt. Und sie lade uns demnächst zu einer Autofahrt ein.

Vater: (tritt durch die Korridortür ein, aufgekratzt) N'abend! No ... ihr zwei Unglücksrabe? Wie hockt ihr dann da, auf eurer Stang? Könnt froh sei, daß ihr euern Babba habt! Wenn der net wär! Jahaaaaaa! Also: alles wieder in Butter! Ich hab alles ausgebügelt.

Mutter: (mißtrauisch) Du auch, Kall? Ja, wieso?

Vater: Die konsularischen Beziehunge sind wiederhergestellt. Der Gegebesuch gilt als gemacht un dankend angenomme. Im übrige wern die Konsuls demnächst bei einer Flasche

Wein unsere liebe Gäste sei, netwahr. Ist ja fraglos ein feiner Mensch, dieser Konsul, nix zu sage. Zuerst war er also geradezu direkt verlege, wie er mich gesehen hat ...

Mutter: Der auch? Ja, wo hast du dann den Konsul ... ?

Vater: Im Industrieclub natürlich. Ich hab ihm alles erklärt. Daß unsere Verspätung unvermeidlich war ... ei ja no, un da war er ... mer möcht fast sage ... direkt erleichtert. Un hat gesagt, daß er zu seinem Leidwese nicht länger auf uns warte konnt ... ei ja no, also des sieht mer ja auch ein! Also mit einem Wort: Wie steh ich da?

Mutter: (ahnungsvoll) Ja, Kall, was hast du dann dem Konsul gesagt, **warum** mir uns verspätet hawwe?

Vater: Aaaaach, ich hab em einfach gesagt, mir hätte net aus em Haus gekonnt, du hättest wieder dein Herzanfall kriegt... des kann mer doch net nachkontrollieren ...

Mutter: (tonlos) Kall!

Vater: No, is ja auch vollkomme wurscht. Hauptsach, mir hawwe eine plausible, glaubhafte Entschuldigung, un der Konsul hat sie zur Kenntnis genomme und wird sie seiner Frau berichte, und die sin netmehr bös.

Anneliese: (heult vor Wut) Also sowas!!! Von seine eigene Eltern so blamiert zu wern! Alle beide lüge se!! Und jeder lügt ebbes anneres!!! Sooowas! Och, ich kann dene Plattenbecks ja netmehr in die Auge gucke!

Vater: Wieso? Was is denn jetz schon wieder los? Ich hab doch die gesellschaftliche Verbindunge aufs beste wiederhergestellt mit ihm!

Mutter: (mit kaltem Entsetzen) Ich auch, Kall! Ich mit ihr! Awwer ich hab ihr gesagt ... mir hätte en Straßenbahnunfall gehabt!

Vater: Ach, des Gewitter.

Anneliese: Uuuuuunmögliche Familie! Die Plattenbecks wern erschüttert sein, daß bei uns so geloge wird. Aaach, die wern mich überhaupt netmehr angucke!

Willi: (tritt durch die Korridortür ein) N'abend allerseits. Was, schon wieder Krach? Herrschafte, ich weiß was, was ihr net wißt. Mit wem war ich ewe im Kino? Mit Fräulein Hannelore Plattenbeck! Und was hat mir Fräulein Hannelore Plattenbeck unter Kichern und dem Siegel tiefster Verschwiegenheit erzählt? Welches ich übrigens hiermit ohne weiteres breche ...

170

Die anderen: No?

Willi: Des Hannelörche hat sich heut mittag seit drei Uhr ...
hört, hört! ... seit drei Uhr allein mit ihrer Freundin Lotte
in der elterlichen Wohnung befunde. Um fünf Minute vor
halb vier klingelt das Telefon. Das Hannelörche hebt ab,
das Goldkind. Un wer is dran? Die Mutti. „Hannelörche",
flötet die Mutti, der Pappi und ich, wir haben ganz ver-
schwitzt, daß um halb vier diese Hesselbachs einen Gegebesuch bei uns machen wollen.

Die anderen: Waaas?

Willi: „Die werden wohl gleich kommen. Am besten, Kind,
wenn die klingeln, am besten machst du da garnicht auf.
Wir werden dann morgen schon irgend eine Ausrede finden.
Wir haben einfach die Klingel nicht gehört oder sowas".
Also sprach Mutti, und so geschah es. Tjawoll, meine Herr-
schafte!

Anneliese: Ja, is dann sowas möglich! Ei, da hawwe ja die
Konsuls noch schlimmer geloge als ihr allebeid zusamme!
(alle brechen in befreites Lachen aus)

Vater: Siehste, Annelies'che, das is ewe das vollendete gesellschaftliche Lebe, so wie du dir's immer erträumt hast.

Der röhrende Hirsch

Anneliese: (*eilt durchs Zimmer. Ruft*) Mamma, wo biste dann?
(*sie schreit auf. Pause. Klagend*) Mein Nylon-Strumpf! Ooch,
also sowas! (*wütend*) Also, jetzt möcht ich doch emal wisse,
wer eim dieses verflixte Ding da in de Weg gestellt hat!
Oooooch!

Mutter: (*herbeieilend*) Ei, Annelies, was is dann passiert?

Anneliese: Hier! Bitte!

Mutter: Aaaach, du liewer Himmel, sin des dei neue?

Anneliese: (*fast weinend*) Funkelnagelneue Nylons! Vor zehn
Minute zum erste Mal angezoge! (*heftig*) Wie kann mer
dann awwer auch ahne, deß jemand ausgerechnet hier auf de
Fußboden diesen blöde bronzenene Hirsch hinstellt.

Willi: (*kommt dazu*) Haltet den Dieb! Was is passiert? Der
Willi is schuld! Ich weiß zwar net, worum sich's handelt,
awwer deß ich schuld bin, is im voraus klar.

Anneliese: Hast du den Hirsch newe die Tür gestellt?

Willi: Ob ich was?

Anneliese: Ob du den Hirsch newe die Tür gestellt hast?

Willi: Ich schieß net emal den Hirsch im wilde Forst, wie komm
ich dann dazu, einen Hirsch newe unser Wohnzimmertür
stelle. Leidest du öfter an solchen Halluzinatione? (*sanft*)
Haste einen Hirsch gesehe in unserer Wohnung? Biste
sicher, daß es sich net um en Vogel Strauß gehandelt hat,
den du in deim arme Köppche zu hawwe scheinst?

Anneliese: Also horche emal ...

Mutter: Die Annelies meint doch unser Bronzeplastik ... hier! den röhrende Hirsch!

Willi: Achso, diesen Esel mit Hörner. Tut mer leid, da bin ich ausnahmsweise emal net schuld.

Mutter: Ei, wie war dann des nur möglich?

Anneliese: Hier an dem spitze Geweih von dem Viech bin ich hänge gebliewwe. Wie kann mer dann des ahne, daß des jemand auf de Fußboden stellt, un noch dazu direkt newe die Tür.

Mutter: (ruft nach hinten) Kall!

Vater: (von weitem) Was is?

Mutter: Hast du die Plastik an die Tür gestellt?

Vater: Wen?

Mutter: Die Plastik! Den Hirsch!

Vater: Plastik! Wann ich sowas hör! Plastik! Darf ich dich vielleicht emal frage, ob du diese Plastik, wie du dieses Monstrum zu nenne beliebst, auf meinen Schreibtisch gestellt hast?

Mutter: Natürlich. Awwer jetz steht se hier auf'm Fußboden!

Vater: Da haww ich en ja auch hingestellt. Und ich will ... dir nur sage, daß ich auf meinem Schreibtisch keine Hirsche zu sehn wünsche. Grundsätzlich nicht.

Willi: Der Babba ist ein grundsätzlicher Hirschgegner.

Anneliese: Also Babba, da hättste awwer den Hirsch wirklich woannerst hinstelle könne als newe die Tür. Hier bitte, ein Riesenloch in meim neue Nylon.

Vater: Da mußte ewe besser achtgewwe. Außerdem hab ich gehört, daß mer Strümpfe stopfe kann. In mei Strümp krieg ich auch oft Löcher enei un mach net so e Gedees deswege.

Mutter: Weil du se auch net stoppst, Kall.

Anneliese: Ach, dieses Loch kann mer doch net stopfe. Der Strump is hin. Aaaach, es is zum Verzwazzele, ewe frisch angezoge!

Vater: (kühl) Wenn ich bereits wegen einem Loch im Strump verzwazzele wollt, da tät mei Lewe überhaupt nur noch aus Verzwazzelung bestehn. Wende dich an deine Mamma, die an dere Sach schuld is. Sie hat für solche Zwecke eine Notpfennigkass. Laß dir den Strump dadraus ersetze.

Mutter: Oooooch, des tät noch fehle, Babba! Aus meiner Notpfennigkass! Ich soll schuld sei, wo du den Hirsch ...

Vater: Du hast mir den Hirsch ohne meine Gegezeichnung ... ich mein, ohne meine Genehmigung auf meinen Schreibtisch gestellt und ich ...

Willi: ... wünsche keinen grundsätzlichen Hirsch dadrauf zu sehn. Netwahr, Babba.

Vater: Erstens is des Ding scheußlich. Zweitens nimmts eim de ganze Platz eweg ...

Willi: Ewe, der ist ja fast lebensgroß. Wanns noch e Plastik von eme Maikäfer wär oder von ere Mick ...

Mutter: Ach, Willi, zieh doch die Sache net als fort ins Lächerliche.

Willi: Die braucht mer doch garnet eneinzuziehe, Mamma, die is doch schon so lächerlich genug.

Mutter: Ich hab die Plastik bisher immer in mein Wäscheschrank stehn gehabt. Awwer ich brauch den Platz. Ich weiß net, wohin damit. Un auf deim Schreibtisch, da is doch noch Platz, Kall.

Vater: Ja, awwer kein Schuttabladeplatz.

Mutter: Ach also erlauwe mal, Kall ... diese Plastik ...

Vater: Och hör mer doch auf! Wann ich dich schon als sage hör „Plastik".

Mutter: Isses vielleicht keine Plastik? Eine Bronzeplastik! Ein sehr wertvolles Stück. Hat mir der Herr Kommerzienrat Binder zur Hochzeit geschenkt. „Röhrender Hirsch" ... eine Bronzeplastik von Oswald Deubel.

Willi: Sehr sinniges Hochzeitsgeschenk. War des e zarte Anspielung auf dich, Babba?

Vater: Also, Willi! Netwahr! Ich bin weißgott großzügig un kann Spaß verstehn. Awwer mer kann's auch zu weit treiwe. Bronzeplastik. Ich hab mich schon damals geärgert über diesen Tineff.

Mutter: Tineff? Der Herr Kommerzienrat Binder schenkt mir kein Tineff zur Hochzeit, mein liewer Kall. Meine Hochzeitsgeschenke warn kein Tineff. Ich will die alt Geschicht net wieder aufrührn ... von dem Aschebecher in Form von eme Nachtdippche, das dir dein Bruder damals geschenkt hat, un wo mir den Krach deswege hatte, weil ich dieses humoristische Geschenk in meiner Wohnung net aufstelle wollt *(Vater will unterbrechen)*. Ja, ja, ja, schon gut, Kall! Jedenfalls is dieser Hirsch von Deubel ein Kunstwerk, ein wertvolles Kunstwerk. Steht ja auch drauf, daß es eins is. Bronzeplastik von Oswald Deubel.

Willi: Hast du schon jemals was von einem Oswald Deubel gehört, Mamma?

Mamma: Selbstverständlich! Von dem is doch diese Bronzeplastik.

Vater: Also, ich hab noch nix von em gehört und ich will auch nix von em hörn. Un ich hab nur den eine Wunsch, daß diese Bronzeplastik dort wär, wo se herkommt ... nämlich beim Deubel.

Anneliese: (ihre Strümpfe betrachtend) Glatt fortschmeiße kann mer diese Nylons, glatt fortschmeiße.

Willi: Ach, du Banause! Schwätzt von Nylons, wo es hier um ein Kunstwerk von nie dagewesener Bedeutung geht.

Vater: Kunst! Wann ich sowas hör! Des Ding da, des is en ganz übler, altmodischer, überladener Kitsch!

Mutter: Kitsch! Meine Plastik! Also horche mal! Der Hirsch is doch sehr natürlich!

Willi: Du mußt's ja wisse, Mamma. Ich persönlich hab noch kein Hirsch röhrn sehn.

Mutter: Ei no, ich auch net. Awwer des sieht mer doch, daß des natürlich is.

Vater: Daß es natürlich is ... des is ewe grad der Kitsch, netwahr. Kunst is nie natürlich. Des is ja ewe die Kunst. Daß mer en Hirsch mecht, der net so aussieht wie en Hirsch, un wo mer doch merkt, deß es en Hirsch sein soll, das is ewe die wahre Kunst.

Willi: Ewe! Der Hirsch müßt sechs Bei hawwe un Geig spiele, da wär des ohne weiteres ein bedeutendes Werk. Awwer so ...

Mutter: Och ihr! Mir hat damals jemand gesagt, die Plastik wär gut ihre zwei bis dreihundert Mark wert.

Vater: Ja, in der Inflation ...

Mutter: Ach, Unsinn, Kall. Du weißt genau, daß mir nach der Inflation geheirat hawwe.

Vater: Ja, damals war nix gescheites mehr da, da mußt mer nemme, was mer kriegt hat.

Mutter: Kall, meinst du mich dademit?

Vater: Nein, die Bronzeplastik.

Mutter: Jedenfalls laß ich dieses Stück nicht von euch herabsetze und in de Schmutz ziehe.

Vater: Jedenfalls lasse ich mich von diesem Stück nicht belästige, un wenn du mer's wieder auf de Schreibtisch stellst, dann werde ich es wohl herabsetze ... *(es schellt)*. Des wird der Herr Pökelmann vom Gesangverein sei. Der will mer des Protokoll von unserer Generalversammlung bringe. Der kann dir übrigens genau sage, was dieser Hirsch wert is, der hat in einer Kunsthandlung gelernt.

Mutter: Da wirste schon hörn, daß mein röhrender Hirsch ein Wertstück is, das du ewe net zu schätze weißt. Andere Leut lege überhaupt ihr ganz Geld in Bilder und Plastike an, weil die ewe wertbeständig sin, un sogar noch als steige in ihrm Wert! Un es is immer gut, wenn mer in Notzeite noch so e Objekt hat, wo mer drauf zurückgreife kann.

Willi: (läßt Herrn Pökelmann eintreten)

Vater: Ah ... Sangesbruder Pökelmann! ... *(allgemeine Begrüßung)*

Pökelmann: So, ich hab alle Unterlage dabei, Sangesbruder Hesselbach, es is alles genau geordnet, und Sie könne alles ersehen, was Sie für die nächst Vorstandssitzung brauche. Hier bitte.

Vater: Danke sehr. Sehr schön, danke sehr.

Mutter: Gott, was für zwei Riesenordner mit Babbier! Muß mer da soviel Babbier verschreiwe, um e bissi zu singe ...

Vater: Also, Mamma, netwahr ... deine Einmischunge in unsere Vereinsarbeit! Sie müsse entschuldige, Sangesbruder Pökelmann ...

Pökelmann: Nix zu entschuldige, mei Frau sagt des auch als. Awwer eine geordnete Verwaltungsarbeit muß auch bei der Kunst herrsche.

Vater: Selbstverständlich. Übrigens, da mir grad von Kunst spreche, lieber Herr Pökelmann ... eine Frage. Sie sind doch beschlage in der Frage der bildende Kunst ... so, was Plastike und Bronze un so Statue angeht, netwahr.

Pökelmann: Ei no, des will ich awwer meine. Wann ich auch momentan mit Bettfedern handle tu ... so darf ich mich doch wohl bei aller Bescheidenheit ... ich mein, ich will mich net lowe, gell ... als eine hervorragende Kapazität im Kunsthandel bezeichne.

Vater: (trocken) Gelle, mir war's doch so. Sie hammer ja erzählt, daß Sie emal e Jahr in ere Kunsthandlung gelernt hawwe.

Pökelmann: (beleidigt) Anderthalb Jahr, Herr Hesselbach, anderthalb.

Vater: No, um so besser. Mir ... e ... hätte da eine Frage. Uns ist ... e ... e ... da eine Bronzeplastik zum Kauf angebote worde.

Mutter: Wieso, Kall?

Vater: (nachdrücklich) Laß mich ausrede, Mamma. Dir ist se ja nicht angebote worde, ich weiß. Mir ist se angebote worde. Hier. Röhrender Hirsch. Ein Deubel.

Pökelmann: Ein was?

Vater: Ein Deubel. Ein ... Oswald Deubel. Ein Dings von einem Oswald Deubel. Einem namens Deubel.

Pökelmann: Nie gehört.

Mutter: Sie kenne de Oswald Deubel nicht, Herr Pökelmann?

Pökelmann: (verlogen) Ach, Deubel? Ja, so! Dem Name nach, natürlich. Ja, schon natürlich. Awwer ich muß Ihne sage, was diesen Hirsch angeht ... apropos, wer will Ihne dann den verkaufe? Jemand vom Verein?

Vater: Nei, nei, nei. Denn kenne Sie net. Net von hier. Sie könne ganz objektiv un offenherzig ihr fachmännisches Urteil abgewwe. Irgendwelche Rücksichte oder gar Schmeichelei sind nicht erforderlich. Nur ewe was Sie als Fachmann wahrheitsgemäß ...

Pökelmann: Ja, also als Fachmann muß ich Ihne sage ... natürlich, es kann schon Leut gewwe, wo dene dieser Hirsch gefällt, netwahr ... also über de Geschmack läßt sich ja bekanntlich net streite ... awwer natürlich als Fachmann und freundschaftlicher Berater, netwahr, da kann ich Ihne net rate, dieses Stück zu kaufe.

Vater: Aaaaaaaha.

Mutter: Ja, wieso ...? Dieser ... e ... Herr hat doch gesagt, diese Plastik is e paar hunnert Mark wert.

Pökelmann: (lacht sonor) E paar hunnert Mark. Ha! Frau Hesselbach, entschuldige Se, da sin Sie awwer im Begriff, einem ganz üble Schwindler aufzusitze. Dieses Ding is, wann mer's irgendwo alt verkaufe will, höchstens fünf, sechs Mark wert. *(Sensation)* Ich mein, es kann natürlich auch Leut gewwe, die aus besondere Gründe mehr dafür bezahle, aber ich spreche von einem normale Verkaufswert oder, genauer gesagt, vom Versteigerungswert. Denn wer kauft sich so Sache im Lade? Bei jeder Versteigerung könne se so Sache nachgeschmisse kriege.

Mutter: (zerschmettert) Ja ... awwer ... ich denk, des is eine echte Bronze ...

Pökelmann: Aaaaawer kein Gedanke, Frau Hesselbach, kein
Gedanke. Ganz gewöhnliches Gußeise un nachher über-
bronziert. Solches Zeug macht mer heut garnet mehr. Weil
des garnet abzusetze is. Der Materialwert fällt überhaupt
net ins Gewicht. Und der kinstlerische Wert ... ei ja no,
wisse Se, die Fabrikante, wo so Figurn in Serie herstelle, die
wolle natürlich so wenig Geld wie möglich ausgewwe für
gute Vorlage. Noja, da nemme se irgend en Dreck von
eme sechstklassige Bildhauer, weils ewe nix koste soll.
Vater: Aha. Also Sie kenne den Name von diesem Oswald
Deubel auch net.
Pökelmann: Kein Gedanke, der Mann hat überhaupt kein Name.
Mutter: Ja, awwer Sie hawwe doch vorhin gesagt, Sie täte
diesen Herr em Name nach kenne.
Pökelmann: Ja, also kenne ... em Name nach schon ... also ich
mein, ich hab den Name schon emal irgendwo ... des schon
... awwer ich glaub net, daß des dieser Deubel is. Jedenfalls is des hier ein ganz primitives Machwerk, unverkäuflich,
un vom künstlerische Standpunkt aus, ... ei ja no, ewe
dillettantisch, völlig dilettantisch. Ich hab früher auch als
Figurn geschnitzt, also ich bin da schon kompetent, netwahr. Awwer da is ja keine Komposition drin, die Proposi-
sitione sin verzeichnet, un überhaupt die ganz Anlag is nix.
Also gewwe Se bloß kei Geld dadefür aus.
Vater: (sarkastisch) Un meine Frau hat diesen Hirsch für eine
glänzende Kapitalanlage gehalte!
Mutter: (verlegen) Nein, also des net ... des hab ich garnet,
Kall! Bloß, ich hab ewe gedacht ... ich mein, mer hat mir
das gesagt ... ich mein, ich versteh ja net so viel von Kunst...
ich muß mich auf des verlasse, was mir gesagt wird ... und
gefalle ... also gefalle tut mir ja der Hirsch direkt auch net.
Awwer bei dene berühmte und furchtbar teuere Kunstwerke is des ja auch immer so, netwahr. Gefalle tun se eim
garnet, awwer se sin dann ewe doch Tausende wert. Und
die Sache, die eim am wenigste gefalle, die sin oft am meiste
wert. Und ich hab ewe bloß gedacht, daß dann vielleicht
auch dieser Hirsch ...
Pökelmann: Dieser Hirsch ist ein ganz billiges Massenfabrikat,
das ewe auf künstlerisch hergerichtet is. Den kaufe Sie
bloß net! Ich weiß ja net, wer Ihne den andrehe will,
awwer unter uns gesagt, des is en ganz großer Dreck, un
wenn Ihne da einer was erzählt hat von zwei-, dreihunnert

Mark, der gehört direkt angezeigt, bei de Polizei. Ja, also ich muß gehe ... Also, auf Wiedersehn allerseits ... *(sehr umständliches Verabschieden. Pökelmann wird von Willi hinausgeleitet)*

Vater: Bitte. Der Fachmann hat gesprochen. Er ist nicht beeinflußt, und sein vernichtendes Urteil über diesen Hirsch bedarf keines Kommentars.

Willi: *(kommt lachend zurück)* So, der is fort, no ich hätt mich ja bald kabuttgelacht über de Mamma ihr Gesicht! Mammache! Arm Dier, komm, net bös sein ... ich mach mich doch net lustig über dich. Awwer es is halt so komisch, daß de des Ding erst als e Art Heiligtum un jetzt ... ich will euch was sage, am beste, mer stifte den Hirsch für die nächst Tombola vom Verein.

Mutter: Meinen Hirsch?

Vater: Ich als Vereinspräsident wer mich zu beherrsche wisse, einen solchen Schund in unsere Tombola zu stifte.Die andern stifte zwar auch als Schund ...

Mutter: Also, ich kann des ja immer noch net glaube! Daß der Herr Kommerzienrat Binder mir etwas zur Hochzeit geschenkt hawwe sollt, was derartig ...

Willi: Der hat dich schön angeschmiert, Mamma ...

Anneliese: Die Hauptsach is doch bei solche Sache immer nur, ob einem sowas gefällt oder net. Un da des Ding ewe der Mamma halt gefalle zu hawwe scheint ...

Mutter: *(im Rückzugsgefecht)* Also gefalle ... gefalle kann mer ja net direkt so sage ... Mir hat er sogar ausgesproche net gefalle, der Hirsch *(Proteste der andern)* ... ich hab des ja auch vorhin schon dem Pökelmann gegenüber betont ... un überhaupt ... un *(es schellt)* un überhaupt hat's ewe geschellt ... *(sie tritt hinaus)*

Willi: No, da hat se awwer Glück gehabt, deß es geschellt hat. Nei ... die arm Mamma. Also, daß ihr ihrn schöne Hirsch so zur Sau gemacht habt ...

Vater: Ich hab er ja immer gesagt, des Ding is nix wert, awwer mir wird ja net geglaubt.

Anneliese: Ei no, als ob ich jemals was für des Zeugs übrig gehabt hätt. Awwer des hindert alles net, Babba, daß du mir den Nylon-Strump ersetze mußt.

Vater: Ich? Niemals?

Anneliese: *(schmeichelnd)* Babbache.

Vater: Hm. *(Anneliese schmust weiter)* Was ... e ... kostet dann so en Nylon-Strump?

Anneliese: *(zärtlich, in singendem Ton)* Es gibtere zu sechs, zu siwwe un zu acht Mark des Paar.

Vater: Hm. Also drei Mark. Der andere Strump is ja noch gut.

Anneliese: Och, des weißte doch genau, daß mer Strümp nur paarweis kaufe kann, auch wenn du dich noch so dumm stellst. *(sie schmust)*

Vater: *(seufzend)* Also gut sechs Mark. Von mir aus. Was tut mer net all, wenn mer so mit alle töchterliche Reize umgarnt wird. Awwer du kommst nur schmuse un küsse, wann de was hawwe willst. Des werd ich mer merke. Ich will auch sonst als emal e bissi geküßt wern. Wozu hat mer sich dann sowas groß gezoge? So, da haste sechs Mark. Jetzt mach mer awwer die Nylonstrümp net gleich wieder kabutt.

Anneliese: Ja, siehste, Babbache. Nylon-Strümp, die gehn halt so leicht kabutt, des iss es ja, und die sin auch garnet mehr so modern, es wäre viel rentabler, wenn ich e paar Perlon kaufe tät.

Vater: Rentabler, des glaub ich, für die Fabrikante. Was koste dann diese ... Dings?

Anneliese: Och, garnet so viel mehr ... neun bis elf Mark.

Vater: Neun bis elf Mark! Ei, meinste dann, ich wär de Rockfeller. Kommt nicht in Frage!

Anneliese: Och Babbache! *(kosend)* Babbache! Babbache!

Vater: Och ja ... no ja ... also ... neun Mark, liewer Himmel!

Anneliese: Babbache, du hast uns doch als selber gesagt, es wär net gut, wenn mer von einer Ware die billigst Qualität kaufe tät. Die billigst wär meistens die teuerst. Awwer die teuerst ... die wär die billigst ...

Vater: Och, also ... es ist ja nicht zu glaube ... wie mer hier vergewaltigt wird ...

Anneliese: Babbache ...

Willi: Annelies, des is awwer wirklich unlauterer Wettbewerb. Von dir läßt sich de Babba küsse. Du setzt dei weibliche Reize mit voller Breitseite ein. Awwer ich kann em ja schließlich net uff de Schoß hippe, wann ich Geld brauch. Un wann ich so erumschmuse tät mit von wege „Babbache" un so ... da tät ich kei zehn Mark erbe.

Anneliese: *(triumphierend)* Elf, meinste, mein Bester. Dankeschön, Babbache. Och, Babbache, du bist ja de liebste goldigste Babba, den mer sich denke kann ...

Vater: Ja, ja, schon gut. Alles für elf Mark.

Anneliese: ... un unter diese Umstände will ich dir den Hirsch nochemal verzeihe.

Vater: Hach, wie großmütig von dir ... des kann ich ja garnet annemme.

Anneliese: Bin auch großmütig, denn schließlich hat mir der Riß ja auch weh getan, ganz abgesehn von dem Schrecke, so daß ich eigentlich auch noch e Schmerzensgeld ...

Willi: Ja, un ich hab einen sehr beträchtlichen Verdienstausfall durch die Zeit, die ich der Angelegenheit widme mußt... *(Anneliese imitierend)* Babbache, ooch, Babbache ... *(sie lachen)*

Vater: Hilfe, ich bin unner die Räuber gefalle! Jetz awwer nix wie enaus und's Portmonaie festgehalte mit beide Händ ... un dabei ausgeschlage mit den Hinterbei ...! Nix wie enaus, mich seht ihr so schnell net wieder ... *(er reißt die Tür auf, will hinausstürzen und stößt dabei mit seiner Nichte Erna zusammen. Erna schreit auf)* Ach, des Gewitter, Entschuldigung, hab ich Ihne weh getan ... ach, des is ja die Erna!

Mutter: Also, Kall, was machste dann da für e Theater! So enauszustürze wie en wildgewordener Wasweißich ...

Vater: Ja, es ... es war nur ... im Spaß ... hab ich dir arg auf de Fuß getrete, Erna?

Erna: *(sehr pomadig, phlegmatisch mit einem monotonen, quäksigen Tonfall)* Ach naa. Weh net. Ich hab mich nur so erschrocke. Awwer des war ja auch so furchtbar, wie de Onkel Kall auf aamal dagestande hat un is gege ein gestumbt.

Willi: *(für sich)* Die dumm Gaaaß hat uns grad noch gefehlt.

Mutter: Ei no, komm nur enei, Ernache. Kinder, ihr könnt euerer Cousine Erna gleich gratuliern. Se hat sich verlobt. *(ziemlich laue Gratulation seitens der anderen)*

Erna: Dankeschee, Annelies. Dankeschee, Willi. Dankeschee, Onkel Kall.

Mutter: Ei no, jetzt setz dich awwer emal, Ernache.

Erna: Dankeschee, Tante Marische. *(stößt einen Schrei aus)*

Mutter: Was is dann los ... Also welcher Kaffer hat dann jetz den Hirsch auf diesen Stuhl gelegt, das sich die Erna direkt eneinsetze muß!

Willi: Ei no, der Kaffer war ich. Ich hab's halt aus dem Weg geräumt, damit sich net noch emal eins die Nylons verreißt.

Anneliese: Also sowas!

Mutter: Haste dir weh getan, Ernache?

Erna: Naa. Ich hab mich nur wieder so furchtbar erschrocke, direkt weh getan hab ich mer net getan.

Willi: Du hast e gut Schutzpolsterung, gelle? *(Erna kichert)*

Mutter: (verweisend) Willi!

Erna: (kichert) Mein Erwin sagt aach immer so zweideutige Sache.

Willi: Ich hab's awwer ganz eindeutig gemeint.

Erna: (grinsend) Ja, du bist aach so en Schlimmer. Mein Erwin is aach so en Schlimmer.

Vater: (nervös) Ja, ja, ja. Was heißt Erwin? Wer ist Erwin?

Mutter: (einlenkend) Ihr Bräutigam natürlich. Kall! Ich hab euch doch gesagt, die Erna hat sich verlobt. Und denkt euch nur emal an, sie hat uns extra en halbe Streußelkuche gebracht, weil se doch kei Verlobungsfeier gemacht hawwe. Des is doch wirklich aufmerksam.

Erna: Ja, mein Erwin sagt, große Verlobungsfeiern mache, des is nicht zeitgemäß, segt mein Erwin. Un des ganze Geld, wo des kost, deß sich fremde Leut auf eim sei Koste de Ranze vollfresse, dadefür kann mer lieber Möbel anschaffe, segt mein Erwin. Also natürlich, die Verwandte hat er ja dademit net direkt gemeint.

Willi: Aha, also die dürfe sich de Ranze doch vollfresse?

Mutter: Willi!

Erna: Er is ewe sehr wirtschaftlich, mein Erwin, gelle. Un er segt auch, des gehört sich net, heutzutag groß zu feiern, wo's viele Mensche so geht wie mir, deß ich noch net emal die ganz Aussteuer zusamme hab. Ei no, un da hammer halt net gefeiert. Des heißt, gefeiert hammer schon, bloß warn net so viel Leut dabei, weil mein Erwin so wirtschaftlich is. *(kichernd)* Awwer er war ganz schee blau, mein Erwin, mein Gott, was war der Mann so besoffe. Awwer er segt, er is lieber blau im kleine Kreis und net, wann so viel Verwandtschaft dabei is. Un dann sin die vielleicht aach blau, un des is em dann wieder zu blau, net. Er is ewe eige. Awwer sehr gut is er, mein Erwin, un sehr wirtschaftlich, gelle. Awwer mei Mamma hat gesagt, wann mer's Hesselbachs schon net eingelade hawwe, da müsse mer'n wenigstens en Kuche schicke, damit se net denke, mer täte se schneide un hätte se mit Fleiß net eingelade. Awwer mein Erwin hat halt gewollt, deß mer im kleine Kreis feiern, weil des ewe wirtschaftlicher is. Un die Mamma hat em des net abschlage wolle, un's mecht ja aach net soviel Aweit.

Weil mein Erwin hat ja aach net unrecht, des kann mer net sage, er is ewe wirtschaftlich net ...

Willi: (während Vater seufzt und Erna weiterquäkst, leise zu Vater) Gewitter nochemal, diese Quäkerei von dere geht eim awwer auf die Nerve, Babba.

Vater: (ebenso) Ein furchtbares Weib, ich könnt der direkt den Hirsch ins Kreuz schmeiße. Halt emal, ich hab e glänzend Idee. *(unterbricht Erna)* Ja, Moment emal, vergesse mal dei Red net. Ein Augeblick, wann ich auch emal was sage dürf. Meine liebe Erna ...

Mutter: Kall, was biste dann so unhöflich?

Vater: (scharf) Ach, halt doch emal dein Schnawwel. Ich bin doch net unhöflich. Im Gegeteil. Meine liebe Erna! Die Nachricht von deiner Verlobung und die Freude darüber ...

Willi: ... daß mir nicht dran hawwe teilnemme müsse ...

Mutter: (leise) Wil ... li!

Vater: Und die Freude dadrüber, daß du einen so wirtschaftlichen Bräutigam hast, veranlaßt mich, dir im Namen unserer Familie unseren allerherzlichsten, ... herzlichsten Glückwunsch auszusprechen.

Erna: (wieder losblökend) Vielen Dank aach, Onkel Kall. Ja, was ich sage wollt, mein Erwin is nämlich so ...

Vater: ... wirtschaftlich, ja ich weiß. *(fortfahrend)* auszusprechen. Glückwunsch auszusprechen. *(hustet)* Der Umstand, daß ihr euere Verlobung der ernsten Zeit angemessen, im kleinen Kreis gefeiert habt, erfüllt uns mit tiefem Verständnis.

Willi: Und noch tieferer Befriedigung.

Vater: (ungerührt) Mit besonderer Freude erfüllt uns der Umstand, daß ihr andererseits doch durch die Übersendung eines Streußelkuchens ...

Willi: (leise) auch, wanns bloß en halwer is ...

Vater: ... unserer gebührend gedacht habt. Und so erlaube ich mir, dir anläßlich deiner Verlobung als angemessenes Geschenk ein Kunstwerk eines namhaften Künstlers zu überreichen, das dich durch deine Ehe und auf deinem ferneren Lebenswege begleiten möge, diese Bronzeplastik „Röhrender Hirsch" von keinem geringeren als ... Oskar Deubel.

Willi: ... wald, Babba!

Vater: Wieso Wald?

Willi: Wald! Oswald Deubel!

Vater: (*im Zuge bleibend*) Ob „kar" oder „wald", jedenfalls einem bedeutenden Künstler, der in seiner Plastik das Röhren eines Hirsches so recht lebensnah und ... und ...

Willi: Volksverbunden ...

Vater: Noja, also jedenfalls ... gestaltet hat. Möge dieses herrliche Werk ein Schmuckstück eueres trauten Heimes werden, in Leid und Schmerz ein treuer Begleiter, in Regen und Sonne, in ... e ... Schutz und Trutz ... also jedenfalls, hier hastes!

Kinder: Bravo!

Mutter: (*kopfschüttelnd, leise*) Kall!

Erna: Awwer des kann ich doch garnet annemme, Onkel Kall. Deß ihr euch dadevo trennt, so e Wertstück. Un des is doch viel zu viel. Och, des hätt doch vollständig gelangt, wann er mer ebbes für de Haushalt gewwe hätt' ... weil nämlich mein Erwin, der denkt ja auch als mehr wirtschaftlich ... net ...

Vater: Deine Bescheidenheit in Ehren, liebe Erna. Awwer des lassen mir uns nicht nemme, euch zu einer so feierlichen Gelegenheit auch ein entsprechendes Geschenk zu überschenke, übereigne ... ich mein überreiche. Und des kann nur ein Kunstwerk von hohem ideellem Wert sein, das mir selber immer hochgehalte hawwe, ideell, und von dem uns die Trennung nicht leicht fällt. Awwer ihr sollt es hawwe, als Ausdruck unserer verwandtschaftlichen Gefühle, und erwarten wir von euch dasselbe, nämlich, daß ihr das Geschenk auch annemmt (*Erna will unterbrechen*). Keine Widerrede, keine falsche Bescheidenheit ... Mamma, du wickelst des Ding ein, des Werk, mein ich, Annelies, du gibts deiner Cousine des Geleite an die Haustür, Willi, du trägst ihr den Hirsch an die Elektrisch, damit se auch richtig damit fortkommt ... nein, keinen Dank, Erna! Alles, alles Gute, un wann die Erna die 25er Bahn noch kriege soll, müßt ihr euch eile, komm, hopp, hopp, hopp ... (*Aufbruchsdurcheinander. Die Kinder verschwinden mit der überraschten Erna*) So. (*reibt sich die Hände*) Des hätt mer awwer elegant hingekriegt.

Mutter: (*traurig*) Kall, wie haste soowas mache könne?

Vater: (*in großartiger Stimmung*) Die Erna hab ich nie leide könne, ihr ganz Sippschaft hab ich nie leide könne, un ihrn Erwin werd ich auch nie leide könne, des weiß ich jetz schon. Un den Hirsch hab ich auch nie leide könne. Und durch meinen grandiosen Einfall, hab ich jetzt alles, was ich net leide kann, harmonisch mitenanner vereinigt. Und dademit wärm mer hoffentlich auch die ganz Kaffrus inklusive Hirsch endgültig los. Für den vertrocknete halwe Kuche hätte mir dere noch gottweißwas schenke müsse, und so hawwe die was, was se sich aufs Vertikow stelle könne, un mir sin den Hirsch auf die billigst Art los!

Mutter: (*schluchzend, tief beleidigt*) Kall, des kann ich dir nie verzeihe ... *(sie weint)*

Vater: Ach also komm, komm! Wirst auch noch heule wege dem Hirsch ... no, jetzt hammer's. De röhrende Hirsch bin ich los, und dadefür hab ich jetzt e röhrende Frau. Daß in dieser Familie als fort geflennt wern muß! Jetz sag doch emal selber, Marieche ...

Mutter: Garnix sag ich. Ich schwätz netmehr mit dir. Mindestens vier Woche schwätz ich nix mehr mit dir.

Vater: Vier Woche, lieber Himmel! *(zärtlich)* Komm, Marieche, komm, mei Liebes, vier Woche nemmehr schwätze, des sin doch leere Versprechunge ... des hältste doch net durch. Mer wolle froh sei, wann des bis heut abend schaffst. Vier Woche ... lieber Himmel ... wer weiß, was in vier Woche is ...

(Überblendung)

Mutter: (*Geht in bester Laune mit Anneliese und Willi spazieren. Sie betrachten Schaufenster*) Guck emal hier, des Pulloverche! 5 Mark 75, des wär auch net schlecht.

Anneliese: Och, des kann doch nix sein, Mamma.

Mutter: No, so für alle Tag? Du, steht Willi immer noch vor dere Buchhandlung?

Anneliese: Ach, mit dem kann mer net in de Stadt spaziern gehn, Mamma, der bleibt immer vor so uninteressante Läde stehn. Du, guck emal hier in dem Antiquitätegeschäft, der antike Sessel da, schön, gell?

Mutter: Wär mir zu überlade. Awwer des chinesische Service is entzückend ...

Anneliese: Ooooooooch, du, des is awwer wahr, des is ja süüüüß, einfach süüüüüüß. Awwer sonst scheine die nix Gescheits zu hawwe. Lauter Gerümpel.

Mutter: (*plötzlich*) Du, Annelies, guck emal da!

Anneliese: Wo? Die Kristallvas?

Mutter: Nein, da! Diese Bronzeplastik. Genau wie unsern Hirsch damals.

Anneliese: Ach ja. Nein, ich glaub, unserer war doch anders.

Mutter: Nein, du. Genau so, aufs Haar genauso! Mer könnt denke, des wär überhaupt unserer.

Anneliese: Ach woher, unserer war anders. Auch kleiner, denk ich.

Mutter: Awwer jedenfalls sehr ähnlich, die gleich Art. *(ruft)* Willi! Willi, komm doch emal her!

Willi: (kommt indigniert) Kreisch doch net so üwwer die Gaß, Mamma! Sowas. Bist doch net deheim. Ein Benimm hat die ältere Generation.

Mutter: Willi, was siehst du da in dere Auslag?

Willi: Lauter aale Schrawes.

Mutter: Und die Bronzeplastik da?

Willi: Ei, guck emal an, mer meint die wer so ähnlich wie unsern berühmte röhrende Hirsch.

Mutter: Un ich sag euch, des is net nur ähnlich, des is genau so. Den kenn ich doch, wie oft hab ich den abgestaubt. Des is ein Stück in der gleiche Art. Wartet emal, jetzt geh ich awwer doch emal da enei un frag. Frage kost nix.
(Sie tritt allein in den Laden ein und sagt zu dem mürrischen alten Antiquitätenhändler mit etwas belegter Stimme) Guten Tag.

Händler: Dag. Mache Se mal die Dür richtig zu, mir heize net für die Gaß.

Mutter: Entschuldigung. Ich habe gedacht, sie wär zu. *(schließt verwirrt die Tür)* Ja, ich ... e ... ich wollt ... e ... eigentlich nur emal ...

Händler: Gucke Se sich halt um, ob se was finne ... die Leut wolle all nur gucke, dann laafe se eim doch wieder fort.

Mutter: Ja, ich wollt eigentlich ... ich hätt gern nur emal gefragt, was dieser Hirsch davorne ... der da ...

Händler: (überrascht) Der interessiert Sie?

Mutter: Ja, ich wollt nur fragen ... e ... ist das ein Deubel?

Händler: Ein was?

Mutter: Ein Werk von Deubel, von Oswald Deubel, mein ich?

Händler: Aageblick, emal nachgucke, ob was draufsteht. *(sieht nach)* Tatsächlich. Ja, also, des is ein ... Deubel ... ein Oswald Deubel. Von dem is des. Interessiert Sie des Stück?

Mutter: Ja, was ... e ... kostet des dann?

Händler: Ja, also, netwahr ... so ohne weiteres kann ich Ihne des net sage, ich hab des Stück bloß in Kommission.

Mutter: Wie, in Kommission?

Händler: Ich hab des Stück nicht erworbe. Des gehört mir nicht, verstehnse. Der Herr, wo dem des Stück gehört, der hat mirs bloß dagelasse, verstehnse. Un wann sich ein Intressent findet, da kann der mit dem Herr verhandele, also des heißt, ich werd des dann vermittle.

Mutter: Ja, also mich interessiert, was dieses Stück kostet.

Händler: Ja, so genau kann ich Ihne des net ... weil, der Herr will selber verhandle, net? Muß es dann ausgerechnet dieser Hirsch sei? Ich hätt hier eine sehr schöne Nymphengruppe. Oder hier, die Tänzerin mit dem Fächer. Oder da hawwe se eine Amazone auf'm Pferd. Die ist genauso groß wie der Hirsch. E sehr schön Stück.

Mutter: Och nein. Ich stell mer doch net sowas in mei Wohnung. Ich intressier mich nur für den Hirsch. Ich hab nämlich auch so einen Hirsch, der ganz genau so ...

Händler: Ach, ein Pendant hawwe Sie? Soo. Noja, des is natürlich was annersder, da könnte Sie des Stück hier natürlich gut brauche. Ei ja no, was könnte Sie dann dem Herr anbiete für diesen Hirsch?

Mutter: Ich? Ja, er muß doch en Preis festgesetzt hawwe.

Händler: Hat er vielleicht auch, hat mir awwer net so gesagt, wie weit er erunner geht. Er will erst emal Angebote hawwe. Und dann wollt er sehn. Ich kann da nix mache. Ich krieg nur mei Prozente.

Mutter: Ja, was is denn dieser Hirsch ungefähr wert?

Händler: Wert, wert ... bei so Sache ... des is schwer zu sage ... wert is der soviel, wie er einem wert is. Wenn Sie ihn als Pendant brauche könne, dann is er für Sie schon was was wert, net. Und dann derf mer natürlich auch net vergesse, es is ewe ein Satan, net.

Mutter: Ein Satan? Wieso? Ich denk, des Werk is von Deubel?

Händler: Ja, natürlich, Deubel, des wollt ich ja auch sage, Deubel, natürlich.

Mutter: Is dieser Deubel ... bekannt?

Händler: Bekannt ... noja bekannt, also so bekannt wie de Rembrandt is er natürlich net, awwer in seine Kreise is er schon bekannt.

Mutter: Ja, was glaube Se dann ungefähr ... wieviel ... e ...

Händler: Ja, also der Herr is der Meinung netwahr ... also er hat was von ungefähr dreihundert Mark gesagt.

Mutter: Dreihundert ... dreihundert Mark ist der Hirsch wert?

Händler: Ich hab net gesagt, deß der dreihundert Mark wert is. En Kurswert hat sowas überhaupt net. Sowas is nur für Liebhaber. Wenn sich ewe Intressente finde.

Mutter: (erregt) Ja, hat sich denn schon jemand für das Stück intressiert?

Händler: (gedehnt) Ja ... ja. Schon. Also Verschiedene, net. Nachfrag is schon nach solche Stücker. Awwer wenn Sie dreihundert Mark defür gewwe wolle, da dürf ich Ihne den Hirsch sofort aushändige, dadezu bin ich von dem Herr autorisiert.

Mutter: Nein, also vorläufig ... ich wollt mich nur erst emal informiern. Awwer ich komm möglicherweise auf den Hirsch zurück ...

(Überblendung)

Vater: Es ist ja nicht die Möglichkeit, es ist ja nicht zu glauwe! Vierhundert Mark! Vierhundert Mark für ein derartiges Machwerk!

Mutter: Glaubt ihr mir jetzt, daß ihr ein wertvolles Kunstwerk leichtsinnig ewweggeschmisse habt?

Anneliese: Meinste wirklich, Mamma, deß mer den Hirsch bei dem Händler mit userm Hirsch vergleiche kann? Vielleicht is des e anner Material oder sowas!

Mutter: Ei, deswege hab ich euch ja all mitenander einzeln in den Lade eneigeschickt, damit ihr euch unbeeinflußt überzeugt. Damit's net wieder heißt, die Mamma hat sich was eingebildet. Also wenn du schon keine Beobachtungsgabe hast, Annelies, dann frage ich euch, Babba und Willi, auf Ehr und Gewisse: Ist dieser Hirsch bei dem Händler in Größe, Form un Material die selbe Sach wie der Hirsch, den de Babba vor fünf Woche der Erna aufgedrängt hat ... ja oder nein?

Vater: Ja, also, des schon.

Willi: Ohne jeden Zweifel, Mamma. Ganz genau so.

Mutter: Also bitte! Wenn der Hirsch bei dem Händler dreihundert Mark wert ist, dann war unsern Hirsch auch dreihundert Mark wert ... un dieser Erna ein Verlobungsgeschenk von dreihundert Mark ... also ...

Vater: Was heißt dreihundert Mark? Vierhundert Mark will der Kerl da jetzt schon dafür hawwe. Wie die Annelies drin war, wollt er noch dreihundertundzwanzig.

Willi: Bei mir war'ns bereits dreihunnertfuffzig.

Vater: ... un von mir verlangt der Kerl ins Gesicht enei vierhundert Mark! Die Nachfrag wär zu groß, un unter dem könnt sich der Herr net entschließe ... un Festpreise gäb's ja net für Kunstwerke. Un des wär ein sehr gesuchtes Pendant un en echter Deuwel un was net all ...

Mutter: Bitte! Awwer mir wird nicht geglaubt! Dem Herrn Pökelmann, der von Kunst kei Ahnung hat, dem ja ... fünf Mark, sowas Lächerliches. Wenn dieser Kunsthändler vierhundert ...

Vater: Kunsthändler, Kunsthändler ... des is kein Kunsthändler, sondern ein ganz gewöhnlicher Trödler, der auch alte Schirm verkauft und gebrauchte Matratze un was net all. Der hat kei Ahnung von Kunst. Der schlägt eraus, was er erausschlage kann.

Willi: Ja, awwer, Babba, so Sache müsse doch irgendwie en feste Wert hawwe.

Vater: Hawwe se ewe net. Des kannste oft genug in de Zeitung lese, deß einer e Bild von so eme alte Holländer für tausend Mark verkauft hat, und der, wo's gekauft hat, der verkaufts für zehntausend Mark weiter ... un zuletzt findt sich irgend en verrückter Millionär, wo hunnerttausend un noch mehr dafür bezahlt. No jetzt mach's anners. So is des. Hunnerttausend Mark für e Bild, wo e paar Blumme drauf sin. Un auf eme annere Bild sin genau soviel Blumme drauf, un die Blumme sin genau so bunt un genau so schön gemalt und des Bild läßt sich net emal für zwanzig Mark verkaufe. Des is ewe der Kunsthandel ... des is für unsereins e Buch mit siwwe Siegel. Da läßt mer am beste die Finger devo.

Mutter: Ja, hättest du nur die Finger devo gelasse!

Vater: Ich bezweifle, daß sich wirklich ein Dummer findet, der vierhundert Mark für so en Kokelores bezahlt.

Mutter: Auf diesen Kokelores, mein lieber Kall, sin doch offensichtlich schon mindestens dreihundert Mark gebote worn, sonst wär der Preis ja net innerhalb acht Tag so enaufgegange.

Willi: No jedenfalls, wenn die Nachfrag nach so Hirsch so groß is ... da wärn mir unsern Hirsch awwer auch für dreihunnertfuffzig losgeworn.

Anneliese: Ach, also nei, wann mer des doch gewußt hätt!

Mutter: Un jetzt, wo die Preise allgemein so steige, da gibt mer solche Stücker überhaupt nicht aus der Hand. Des sin Kapitalsanlage, des sin langfristige Investierunge *(Vater protestiert)* Awwer des begreift natürlich ein Mann nicht, der sich immer damit brüstet, daß er Prokurist einer so bedeutende Firma ...

Vater: Brüste ... brüste ... ich brüste mich nicht, ich bin Prokurist und infolgedessen ein versierter Geschäftsmann als ...

Mutter: Ja, das merkt mer! Schenkt ein solches Wertstück einer unbedeutende Verwandte zur Verlobung, wo's e Torteschaufel für e Mark fuffzig auch getan hätt.

Vater: Ich muß mich darauf verlasse, was mir der Herr Pökelmann gesagt hat. Ich kann nur nach dem Sachverständige-gutachte gehn ...

Mutter: Sachverständig? Der? Es soll schon sachverständigere Sachverständige gewwe hawwe, die elend danewe gehaue hawwe.

Vater: Wann des wirklich der Fall sein sollte, da hab ich selbstverständlich eine Regreßmöglichkeit gege de Herrn Pökelmann. Wenn mir durch seine Falschbeurteilung nachweislich Schade entstande is, dann muß er mir denselbe ersetze.

Anneliese: Vielleicht hat der Pökelmann überhaupt selber auf den Hirsch gespitzt un hat nur deswege gesagt ...

Willi: Blödsinn!

Vater: Es gibt jedenfalls nur eins, mir ...

Mutter: Nein, es gibt jedenfalls nur eins: Mir müsse sehn, daß mir der Erna diesen Hirsch wieder abjage!

Willi: Auf, auf zum fröhlichen Jagen! De Babba als fröhlicher Hirschfänger!

Mutter: Und da bleibt uns ewe garnix anneres übrig, als ihr ewe ein Ersatzgeschenk zu mache, was Praktisches, weil ihr Erwin ja sowieso für des Wirtschaftliche is. Un ich hab den Eindruck, daß se garnet so scharf auf den Hirsch war ... mein Gott, so Leut hawwe ewe kein Geschmack un kein Sinn für Kunst ... also, des is de einzige Weg, der uns bleibt.

Vater: Ich wollt ...

Mutter: Entschuldige meine Offenheit, Kall ... awwer was du wolltest, des war en Blödsinn!

Vater: Ich wollt grad genau dasselbe sage wie du.

(Überblendung)

Mutter: (redet auf Erna ein) Ei ja, no natürlich, das is doch ganz klar und auch sehr verständlich, grad weil dein Erwin so wirtschaftlich denkt, mei lieb Ernache. Un deswege hammer uns gedacht, daß dieses Geschenk, das dir mein Mann sozusage im erste Impuls der Zuneigung un der Freude sozusage spontan überreicht hat, net wahr, deß also dieser Hirsch doch net ganz des Geschenk war, was der heutige Zeit un ihre Bedürfnisse entspricht. Und deshalb wollt ich dir dann doch ewe was Nützlicheres bringe, gell. Hier! Dieses reizende Kaffeekännche, sowas kann mer doch auch wirklich praktisch verwende in eme junge Hausstand. Mir Fraue wisse halt doch besser ... un den alte Hirsch, den darfste mir ruhig wiedergewwe, des nemme mir euch garnet übel. Des war so e typische Männerdummheit vom Onkel Kall, gelle *(lacht forciert)*.

Erna: (in ihrer langweilig-quäksigen Art) Ja, also des Kaffeekännche, des nemm ich s c h o n. Dankeschön auch, Tante Marieche. Viel Wert hat des ja net. Ich hab ja auch schon vier Kaffeekänncher kriegt zur Verlobung un wer weiß, wieviel mer zur Hochzeit noch kriegt.

Mutter: Ach, Kaffeekanne kann mer garnet genug hawwe im Haushalt, Ernache.

Erna: Die annere sin aach besser. Und außerdem trinkt mein Erwin überhaupt kaan Kaffee, der is so ...

Mutter: (innerlich knirschend) Wirtschaftlich, ich weiß.

Erna: Nei, der ist so gege aufpeitschende Getränke, segt er, awwer ich tät des Kaffeekännche schon behalte; so ebbes kann mer immer emal brauche zum Verschenke. Awwer den Hirsch will ich natürlich auch behalte.

Mutter: Nei, du verstehst mich net, Ernache. Die Kaffeekann geb ich dir ja als Ersatz für den Hirsch. Den Hirsch hätt ich ewe doch ganz gern wieder. Er ist eine persönliche Erinnerung ... weißte. Un die hat ja für euch natürlicherweise kein rechte Wert ...

Erna: Ja, des hab ich ja auch gedacht, wie ich's kriegt hab von euch. Und wie ich heimkomme bin, da hab ich auch glei zu mein Erwin gesagt, die Hesselbachs, die hawwe mer da awwer en schöne Dreck angehängt, un mein Erwin hat auch gesagt, da sieht mer wieder die liebe Verwandte *(Mutter schluckt empört)*. De mußt schon entschuldige Tante Marieche, awwer des is die Wahrheit, un da kann mersch ja auch sage. Awwer dann hat mei Mamma gesagt, dieser Hirsch ist gut sei dreihundert Mark wert.

Mutter: Waa ... woher will dann dei Mutter des wisse?

Erna: Weil mei Mamma doch auf deiner Hochzeit war, und du hast ihr damals selber gesagt, der Hirsch wär vom Kommerzienrat Binder und wär mindestens dreihundert Mark wert. Un da hat mein Erwin gesagt, des is natürlich ebbes anderes, da kann mer dann nix dagege sage. Un dann hat er den Hirsch mitgenomme.

Mutter: Mitgenomme? Wohin dann mitgenomme, um Gotteswille?

Erna: Des waaß ich net. Ich hab mich um den Hirsch netmehr gekümmert. Awwer mir kenne ja aach mit dem Hirsch mache, was mer wolle. Un zurückgewwe, den Hirsch ... also des glaab ich net, deß de Erwin des mecht. En Hirsch für dreihundert Mark gege e Kaffeekännche, wo wahrscheinlich im Ausverkauf für zwei Mark fuffzig ...

Mutter: Diese Kaffeekann ist echtes Markeporzellan, meine liebe Erna, und is ja auch ... auch sozusage ... sozusage nur e Muster, netwahr. Ich wollt ja ewe nur sehn, ob dir's gefällt, un dann wollt ich selbstverständlich des ganze Service für euch kaufe. Ich laß mich doch net lumbe. Awwer ich möchte ewe aus gewisse Gründe meinen Hirsch wiederhawwe.

Erna: No, des is awwer gut! Deß aans kemmt un will sich sei Geschenke wiedergewwe lasse! Also, da muß ich erst emal mein Erwin frage. Un da weiß ich net, ob der überhaupt seine Zustimmung erteile tut. Was soll dann des für e Service sei? Is des für sechs Persone oder für zwölf? *(Mutter erbleicht)* Also weil ich nämlich glaab, bei einem Service von bloß sechs Persone, da tät mein Erwin seine Zustimmung net erteile, deß ich meinen Hirsch wieder hergewwe derf. Weil ja ein Sechs-Personenservice lang net soviel wert is, wie ein Hirsch für dreihundert Mark. Weil des doch ein Kunsthirsch is. Un die Kunst mecht ja grad die dreihundert Mark aus. Der Hirsch mecht se net aus. Awwer bei einem Zwölf-Personenservice ... also da tät ich schon rede mit meim Erwin. Er ist ja garnet so ... awwer ewe wirtschaftlich, net. ... Un bei einem Zwölf-Personenservice ... na da ...

(Überblendung)

Vater: Ja, was is jetzt, Marieche? Willste mich zum Narrn halte? Drei Monat geht schon der Zirkus mit dem verdammte Hirsch. Erst muß ich eine Kaffeekanne und dann ein Sechs-Personenservice und dann ein Zwölf-Personenservice bezahle. Ja, was is jetzt? Wo is jetzt der Hirsch?

Mutter: *(schluchzend)* Die Erna hat mer schon vor drei Woche fest versproche, se bringt mer den Hirsch. Awwer sie hat halt noch ebbes von ere große Kucheplatt gesagt, ohne die tät ihr des Service net gefalle ... vielleicht erwartet sie, deß ich die auch erst noch bring, weil se garnix von sich hörn läßt ...

Anneliese: Also, so eine Unverschämtheit. Was mer sich von dieser dämliche Person biete lasse muß!

Vater: Dämlich? Wer is dann hier dämlich? Die net ... die hat uns schön ausgepowert! Was die uns all aus de Nas gezoge hat! Als ob mir zu was verpflichtet wärn! Wo's e Glückwunschkärtche für zehn Pfennig gut getan hätt. Die is net dämlich. Dämlich sind ganz annere Leut ...

Mutter: Ich freue mich, wenn du zu einer Selbsterkenntnis gelangt bist, Kall ...

Vater: Selbsterkennt ... och horche mal zu, des is awwer ein starkes Stück, ich war doch immer dagege, auch nur einen einzige Pfennig für diese Erna ... und du hast e ganz Service aus mir erausgepreßt. Awwer e Kucheplatt bezahl ich net mehr. Ich net.

Mutter: Awwer Kall! Selbst wenn mer die Kucheplatt auch noch kaufe ... dann stehn mer uns immer noch besser als wenn mer jetzt des Renne aufgewwe. Wenn mir diesen Hirsch bei diesem Händler für vierhundertfünzig Mark verkaufe ... dann hawwe mir immer noch über zweihundert-fuffzig wieder erausgeholt dadebei!

Vater: Ja, wenn, wenn ... Der hat groß erumgeredt von der kolossale Nachfrage nach diesem Hirsch. Awwer vorläufig hat er ja den eine Hirsch noch net mal verkauft. Ich geh jeden Tag an dem Schaufenster vorbei und seh den Hirsch immer noch röhrn. Wo is dann da die groß Nachfrag? Meinste, der nimmt unsern Hirsch auch noch in Kommission wenn er den erste noch net emal loskriegt hat!

Willi: *(stürzt herein)* Kinner! Der Hirsch is eweg! Aus dem Schaufenster von dem Lädche, wo mer uns damals all der Reih nach erkundigt hatte wege dem Hirsch. In der Ludwig-straß! Ich hatt grad geguckt, ob er noch net verkauft is.

Mutter: Du hast auch als nachgeguckt, Willi? Ich nämlich auch.

Anneliese: Ich auch, awwer vorhin war er noch da.

Willi: Ei ja, ich hab ja gesehn, wie en der Händler aus dem Schaufenster genomme hat. Un gleich drauf is en Mann mit em Paket erauskomme, da war unverkennbar der Hirsch drin.

Mutter und Anneliese: Also, dann is der Hirsch doch verkauft, Babba!

Mutter: Ei no, wann er den eine verkauft hat, da wird er auch den andere los, Babba ... und wenn der Preis vor sechs Woche schon auf vierhundertundfünfzig Mark gestiege war, wer weiß für wieviel der den jetzt verkauft hat.

Anneliese: Vielleicht für fünfhundert!

Mutter: Oder sechshundert. Oder siebenhundert. Ihr habt ja keine Ahnung, was im Kunsthandel für Preise bezahlt wern. Un wenn mer nur vierhundert dafür kriege! Und wenn mer nur dreihundertfuffzig dafür kriege, da hätte mer des Service eraus und es wär immer noch was gerett! Es wär doch der helle Wahnsinn, Kall, wenn mir jetz an dieser Kucheplatt die ganze Sach scheitern ließe, Kall! Du mußt ewe emal e bissi wirtschaftlich denke!

Vater: Ach hör mer doch auf mit „wirtschaftlich". Ich bin doch net Erwin! Nichts mehr. Kein Pfennig. Ehe nicht der Hirsch hier vor mir auf meim Schreibtisch steht ...
(es schellt)

Willi: Besuch? *(er geht zur Korridortür und öffnet. Ironisch)* Aach, die lieb Erna. No, hast dir awwer Zeit gelasse ... *(ruft)* Babba, der Hirsch is da!

Erna: Genawend allerseits. *(frostige Begrüßung)* Also ich hätt jetz den Hirsch da. Also mir täte euch dann halt die Gefälligkeit. Awwer wie des wär mit meiner Kucheplatt, fragt mein Erwin.

Mutter: Sollste auch noch kriege, in Gottes Name. Hauptsach is, der Hirsch is wieder da.

Erna: Un noch zweiunddreißig Mark Auslage hätt mein Erwin gehabt wege dem Hirsch, un des tät zusamme fuffzig Mark mache, un natürlich darf ich den Hirsch nur dalasse, wann ich diese fuffzig Mark ...

Mutter: Ei, ja, ja. *(halblaut)* Babba! Los!

Vater: Ich?

Mutter: *(drohend)* Der Hirsch steht vor dir auf deim Schreibtisch!

Vater: Also bitte. Auch des noch. Hier haste fuffzig Mark.

Erna: Ja, also dann danke auch. Mir mache des ja net, deß mir Geschenke zurückverlange, auch wann mer ebbes annerster defür kriegt. Awwer ich hab ja den Hirsch von Anfang an net hawwe wolle. Nur weil die Mamma gesagt hat, die Tante Marieche hätt gesagt, deß der Hirsch dreihundert Mark wert wär. Und da hat en de Erwin verkaafe wolle für dreihundert Mark. Un er hat en auch in eme Geschäft stehe gehabt, e paar Woche lang. Un erst hat's aach so ausgesehe, als ob die den Hirsch losschlage täte. Weil vier Leut hawwe sich sehr interessiert für den Hirsch. Awwer die sin netmehr wiederkomme. Un der Händler da, der hat zu meim Erwin gesagt, er soll en bloß wieder mitnemme den Hirsch, der wär unverkäuflich.

(Staunen)

Und da hat mein Erwin gemeint, es wär halt doch besser mer täte des Service nemme. Dann der Händler hat em Erwin für de Materialwert von dem Hirsch höchstens e Mark fuffzig bezahle wolle.

Mutter: E Mark fuffzig!

Erna: Ei ja. Un da hat en mei Erwin halt vorhin wieder geholt aus dem Lädche.

Vater: Waas? Doch net aus dem Lädche in de Ludwigstraß?

Erna: Doch. Der hat en drei Monat im Schaufenster gehabt. Awwer dieser Hirsch wär ganz großer Dreck, hat der Händler gesagt. Ach noja, un wann ich euch en Gefalle damit tun konnt, geb ich euch halt euern Hirsch wieder. Des Zwölf-Personenservice, des is wenigstens ebbes. Was tu ich mit dem Hirsch.

Vater: (verzweifelt) Dann war des unser eigner Hirsch in dem Lädche! Und die steigende Nachfrage ... des warn mir selber, weil mir all nachenander denach gefragt hawwe ... un den Phantasiepreis, den hawwe mir selber in die Höh getriebe ... oooooh, ohhhhh, ohhhhhh ...!

Erna: (verständnislos) Was hat dann de Onkel Kall? Was habt ihr dann all?

Vater: (läuft stöhnend hinaus) Ohh, ohh, ohh ...

Willi: (resigniert) Hörst doch. Mir hawwe jetzt zwei röhrende Hirsch im Haus.

Die diplomatische Krankheit

Mutter: Eil dich, Annelies. Mir müsse an die Bahn. Is kei
Zeit mehr zu verliern. Unser Schlafzimmer hab ich auch
schon gemacht, obwohl de Babba immer noch beim Anziehe is. Bei dem dauerts heut wieder emal! Es is zum
Verzwazzele. Mer meint grad, er täts expreß mache,
weil's heut schnell geh muß. Ach, Willi! Also, mir sin
klar, gell? Du wirst mit heut des Haus hüte, gell.

Willi: Kei Angst, Mamma. Bis auf en kleine Wasserrohr-
bruch un e Zimmerbrändche wirste dei Wohnung unver-
sehrt wiederfinde heut abend. Was en Sege, deß ich zum
Haushüter ernannt bin, da brauch ich net mit nach Großkrotzeburg zu de Verwandte. Des verdank ich all meim böse Fuß.

Anneliese: (seufzt) Ja, du hast's gut.

Mutter: Also horch emal! Annelies! Ich denk, du fährst gern
emal mit mir über Sonntag ...

Willi: Tröst dich, Annelies. Immer noch besser, mit de Mamma nach Großkrotzeburg als mit em Babba auf sein Betriebsausflug.

Mutter: Wo bleibt dann de Babba überhaupt bloß? Die wolle doch um neun fahrn. Was macht dann des für en Eindruck, wann ausgerechnet e r zu spät ..... Kall! *(sie tritt ins Schlafzimmer)* Ja, sag emal, Kall, wie lang brauchst du dann noch, um dich anzuziehe ... *(perplex)* Kall! Ei, du hast dich ja wieder ins Bett gelegt!

Vater: (etwas geniert, aber fest) Ja, ich ... e ... e ... ich hab die Sach schon seit gestern abend gespürt, aber ich hab natürlich niemand beunruhige wolle, netwahr, deswege hab ich nix gesagt ... un ich hab ja auch bis vorhin noch mitfahrn wolle bei diesem Betriebsausflug ... aber ich merk jetz, es geht doch net: ich bin krank!

Mutter: Krank! Ei, ums Himmelswille, wieso dann, Kall!? Auf einmal?

Vater: „Auf einmal!" Ich bin bereits seit gestern abend krank.

Mutter: Da is mir awwer garnix aufgefalle an dir!

Vater: Ich bin ewe unauffällig krank.

Mutter: Sonst lamendierste doch immer gleich, wenn de nur e bissi was hast!

Vater: Lamendiern, also erlauwe mal! Ich hab noch nie lamendiert ... ich pflege ewe auch größere Schmerze mit der mir eigene Gelassenheit und ohne jedes Aufsehn zu ertrage.

Mutter: Wart emal, mir is d o c h was an dir aufgefalle, gestern abend: du warst so höflich zu mir. Deswege! Wenn die Ehemänner höflich zu ihre Fraue wern, dann sin se krank. Ja, wo biste denn krank?

Vater: Ja ... e ... allgemein. Ein allgemeines Krankheitsbefinde, netwahr! Eine Art Anfälligkeit des gesamte Organismus, die sich net so direkt lokalisiern läßt, netwahr. Jedenfalls krank. Awwer jetz macht kei Gedees deswege. Ich werd dademit schon selber fertig. Bitte sich überhaupt net um mich zu kümmern. Ich bleib ewe heut einfach im Bett un kurier mich aus, un morge wird's schon wieder gehn.

Mutter: Ja, wo haste dann Schmerze, Kall?

Vater: Schmerze ... Schmerze! Schmerze hab ich überhaupt ... hab ich ziemlich überall. Im Rücke un auf der Brust, un auch im Kopp natürlich. Wo mer halt so Schmerze hat.

Awwer des macht ja nix. Laßt euch net störn. Ich mach des schon.

Anneliese: Also, Mamma, da könne mir ausgeschlosse fahrn!

Vater: Unsinn! Ihr fahrt natürlich nach Großkrotzeburg! Ich werd euch doch net die Freud verderwe.

Mutter: Mir müsse erst emal wisse, was du hast.

Vater: Ach, garnix besonders! Laßt mer doch mei Ruh! Alles halb so wild.

Mutter: Also wann du garnix besonneres hast, dann versteh ich net, warum de dich net zusammenreißt und zu euerm Betriebsausflug gehst. Des kannste doch net mache, daß ausgerechnet du als Prokurist ewegbleibst, wenn der garnix besonneres fehlt.

Vater: Von garnix besonneres kann ja gar kei Red sein, net-wahr! Ich habe einen schweren Anfall von ... e ... Krank-heit, netwahr.

Mutter: Von was für einer?

Vater: Des weiß ich net, laßt mer doch mei Ruh, Deiwel noch emal. Ich werd mich hier in aller Gemütsruh auskuriern. Ihr zwei fahrt selbstverständlich nach Großkrotzeburg. Un de Willi wird hier schon für mich sorge. Netwahr, Willi.

Willi: Ei no klar, Babba.

Mutter: Annelies, telefonier emal sofort an en Dokter.

Anneliese: Ja, Mamma, gell, ich mein auch ...

Vater: Halt, halt, halt ... wieso Dokter? Ich brauch doch kein Dokter! Wozu Dokter?

Mutter: Wenn de net weißt, was de hast, dann mußte natürlich untersucht wern. Eher geh ich net aus em Haus, eh ich net die Gewißheit hab, daß es nix Ernstes is.

Anneliese: Richtig! Ich auch net!

Vater: Wieso weiß ich net, was ich hab. Is doch lächerlich, sich da zu beunruhige! Ich will garnet ... sich ... beun-ruhigt zu hawwe ... zu tun ... ich sag euch schon selber rechtzeitig, wann ihr euch beunruhige sollt. Ich weiß selbstverständlich genau, was ich hab, dadezu brauch ich keinerlei Dokter. Ich hab ... e ... Ischias!

Mutter: Ewe haste gesagt, du weißt net, was de hast.

Vater: Des weiß ich ja auch net, ich nehme es nur an. Netwahr. Wisse kann mer überhaupt nix, netwahr. Alles, was der Mensch wisse nennt, ist lediglich eine Vermutung. Un ich vermute, des ich Ischias hab, netwahr. Mit den Begleit-erscheinunge einer allgemeinen Schwäche, netwahr.

Mutter: Och, no des kanns doch net sein. Des is doch nix ...

Vater: Und möglicherweise einer drohenden Grippe oder Rippenfellentzündung.

Mutter: Ach, des wär ja entsetzlich, wo doch grad die Grippe ..

Vater: Einer drohenden hab ich gesagt! Also einer noch nicht vorhandenen! Einer, der durch einen Ruhetag jeder nur denkbare Riegel ohne weiteres vorgeschowe wern kann. Also wie gesagt, ich brauch kein Dokter. Ich spür des ganz genau, ich muß mich nur emal ein, zwei Tag ausruhe un dann wird's schon wieder gehn.

Mutter: Also, Kall, ich kann dich doch net hier allein liege lasse und aufs Land fahrn, wenn dir womöglich ... Annelies, geb mer emal des Thermometer aus dem Schränkche. Vor alle Dinge erst emal Temperatur messe.

Vater: Ach, was soll ich dann, ich will kei Temperatur messe ... was tu ich dann mit Temperatur ...

Mutter: Um zu sehn, ob de Fieber hast, Babba. Dazu mißt mer im allgemeine die Temperatur. Komm los, Kall. Stell dich net so an un nemm des Ding untern Arm.

Vater: (seufzt) Also her demit ... Vor alle Dinge müßt ihr emal an die Firma telefoniern, müßt Bescheid gewwe, net-wahr, daß ich wege einer plötzlichen, wenn auch nicht schweren ... so doch ernsten Erkrankung leider nicht mit auf den Betriebsausflug komme könnt, netwahr ... ich tät viel Vergnüge wünsche, un sie sollte nur ohne mich losfahrn.

Willi: Ich werd glei telefoniern, Babba, ich mach des schon.

Anneliese: Ei, Mamma, also des wär ja unverantwortlich, wann mir de Babba hier so liege lasse täte, allein un ohne Pfleg, nur um uns in Großkrotzeburg zu amüsiern!

Mutter: (süß) Ich freue mich, Annelies, daß dir unser Besuch in Großkrotzeburg jetzt als e Amüsement erscheint. Bisher hatt ich immer de Eindruck, er wär dir eine lästige Pflicht. Umso besser. Ob mir zwei fahrn oder net, des hängt ganz devon ab, ob der Zustand vom Babba des erlaubt, un ob er des erlaubt, des wern mer gleich ... *(mißtrauisch)* Kall, sag emal, was reibste dann da als fort unter deiner Bettdeck?

Vater: Ich? ... nix! Wieso? Was soll ich dann reiwe?

Mutter: Du hast doch da ewe was geriwwe!

Vater: Was soll ich dann geriwwe hawwe! Is doch vollkomme lächerlich zu behaupte, ich hätt ...

Mutter: Was hast du dann da unter deiner Bettdeck? ... Zeig emal her *(Vater protestiert heftig, sie entwindet ihm das Thermo-*

meter) Waas? Das Thermometer!? Ich denk, des haste unterm Arm zum Messe!?

Vater: (erregt) Also bitte keine Inquisitionsmethode, netwahr! Und mich net aufzurege, netwahr! Schließlich bin ich ein kranker Mensch!

Mutter: Dann versteh ich net, warum du leugnest, daß du dieses Thermometer geriwwe hast!

Vater: Wenn du unner geriwwe verstehst, daß ich dieses Thermometer abgewischt hab, mit einer sozusage reibende Bewegung, netwahr, dann hab ich des Thermometer meins-wege auch geriwwe. Abgewischt hab ich's. Des wird mer ja wohl noch dürfe. Zumal ich krank bin un Fieber habe ... ich mein ... net viel ... awwer immerhin doch e bißche ...

Mutter: Kall! Ei, ums Himmelswille, ei du hast ja hohes Fieber! Guckt doch nur emal das Thermometer an! 41,9!

Anneliese: Allmächtiger, Babba, da biste ja schwerkrank!

Willi: So, ich hab telefoniert, Babba. Alles in Butter.

Mutter: Alles in Butter! Ha! Sofort en Arzt, Willi, de Babba hat 41,9 Fieber! Natürlich fahrn mir net, Annelies! So telefoniert doch emal! ... Wadewickel! ... Mir müsse'm sofort Wadewickel mache, daß es Fieber erunner geht! ... *(durcheinander)*

Vater: (wütend) So macht mer doch kei Spuzze, verdammich nochemal ... ich bin doch ... ich mein, ich, ich bin ... ich ... ich hab ... ich kann ...

Mutter: (halblaut, verzweifelt) Er schwätzt schon im Fieber-wahn *(tröstend)* Jaaaaja, is schon gut, Babbache, jaaaja ... Du bist, du hast, du kannst! Jaaaaja! Nur net aufrege, Babbache, ganz ruhig! *(halblaut)* Annelies, haste die kalte Kompresse? Ich geb em erst emal ei auf de Kopp ... *(laut)* Komm, Babbache, komm, des wird dich beruhige!

Vater: (brüllt) Au!!!! Seid ihr verrückt! Eim den nasse Lappe auf de Kopp zu schmeiße! Hi! Überall läuft mir es Wasser enei! Das is eine Rücksichtslosigkeit sondergleiche, alles vor lauter Gedees! ... Ich hab doch garkei Fieber! *(brüllt)* Laßt mich enaus!

Mutter: (halblaut) Willi, helf emal ihn festhalte ... des könnt schon des Dilirium sei, Allmächtiger, kommt ... mer müsse'n beruhige. *(laut)* Babba! Babbache! Ruhig! Ganz ruhig! Ich bins doch! Ganz ruhig! Ich bin's ... erkennste mich net! Ich bins ... ich bin doch ...

200

Vater: (in kalter Wut) Mamma, wann ich dir jetzt sage wollt, was du bist, dann reicht ein ganzer Zoologischer Garte net aus, um des auszudrücke, was ich auszudrücke hätt, wann ich sage wollt, was du bist ... *(heftig)* Ich hab doch garkei Fieber, Deiwel nochemal! Ich hab doch noch garnet gemesse! Ich hab doch dieses Thermometer überhaupt noch garnet unner der Achsel gehabt!
(staunen)

Mutter: (hilflos) Ja, aber des Thermometer zeigt doch 41,9 ... wieso ...

Vater: Ja, also des weiß ich net, woher soll ich dann des wisse. Von mir sin die 41,9 jedenfalls net! Was weiß ich! Des ... des ... des wird wahrscheinlich so sein, daß es anners is, netwahr ... Des Thermometer wird wahrscheinlich von irgend wem anders auf 49,1, stehn, wo früher damit gemesse worn is, was weiß ich, un des Thermometer is wahrscheinlich noch net eruntergeschlage worn... Ja! Un mir gibt man ein nicht eruntergeschlagenes Thermometer! ...

Mutter: Awwer, Kall, du hast doch Fieber! Du hast doch en ganz heiße Kopp!

Vater: Da soll mer kein heiße Kopp kriege, wenn mer sich mit so einer Familie alsfort erumbalge muß! *(Telefon klingelt, Anneliese geht hinüber und meldet sich)*

Mutter: Hach, was en Schrecke, da muß ich mich awwer erst emal setze.

Vater: Is doch die Höh, mir ins Gesicht enei e Fieberdelirium anzudichte!

Mutter: (hilflos) Awwer Kall, du hast doch selber gesagt, du hättst Fieber.

Vater: Von Fieber hab ich kein Wort gesagt. Ich habe höchstenfalls eine leicht erhöhte Temperatur. Natürlich nicht so leicht erhöht, als daß ich an diesem Betriebsausflug doch teilnemme könnte. Awwer auch auf der andere Seit doch wiederum zu leicht erhöht, als daß ihr zwei deswege eure geplante Fahrt nach Großkrotzeburg jetz aufgewwe müßtet!

Anneliese: (kommt zurück) Mamma, komm doch du emal ans Telefon. Eine Dame is am Apparat un will wisse, wie's em Babba geht? Un ob's gefährlich wär?

Mutter: Eine Dame? Kall, wer ...

Anneliese: Eine Frau Klettenberg.

Vater: (unwillkürlich) Ach, du kriegst die Kränk.

Mutter: Klettenberg? Ach, is des net die Schwester von deinem Chef, Kall? Die Witwe, der du mich damals bei euerer Jubiläumsfeier vorgestellt hast?

Vater: (brummt) Verdammt aalt Scheckel.

Mutter: Die is doch überhaupt Mitbesitzerin von euerer Firma.

Vater: Leider.

Mutter: No, da kanns doch jedenfalls nix schade, wann mer sich gut mit ihr stellt. Soo, da is die also wieder zu Besuch bei Ihrm Bruder, warum haste mir dann des net erzählt?

Vater: Aach noch.

Mutter: Also da muß ich awwer gleich emal mit ihr ... also des find ich awwer sehr zuvorkommend von ihr, daß sie sich gleich nach deinem Befinde erkundigt ... *(weggehend)*

Vater: (nachrufend) Sagst ihr, ich könnt auf keinen Fall mitfahrn, heut, auf keinen Fall ... *(man hört Mutter am Telefon äußerst liebenswürdig sprechen).* Du, Annelies, geh noch emal hin bei die Mamma, un sag ihr, sie soll dere sage: ich wäre leicht, awwer ernst erkrankt! Leicht, awwer ernst, verstehste! Sodaß ich keinesfalls heut auf den Betriebsausflug, awwer jedenfalls morge wieder ins Geschäft komme könnt. Los, geh!

Anneliese: (lachend) Leicht, awwer ernst, also sowas! Ei no, ich geh ...

Vater: (diskret) Mach emal die Tür zu, Willi.

Willi: (Tür zu, noch diskreter) Gelle, du hast des Thermometer zu stark geriwwe, Babba? Ja, des muß mer im Griff hawwe. Unter de Bettdeck is des saumäßig schwer, zur rechte Zeit aufzuhörn, mir is des auch emal bassiert bei der Kinderlandverschickung, da haww ich's Thermometer auf 44 Grad geriwwe. Des is mir auch net geglaubt worn.

Vater: (vertraulich) Willi. Horch emal. Unter Männer! Kannstes Maul halte?

Willi: Ei no, klar, Babba! Mir müsse doch zusammehalte! Haste ebbes ausgefresse?

Vater: (peinlich berührt) Ausgefresse! Also ich muß doch sehr bitte, Willi, solche Ausdrück ...

Willi: (enttäuscht) Ei no, was dann, ich denk, mir rede unter Männer.

Vater: Ja, awwer net so, wie du zu denke scheinst. Willi, komm emal her. Schlag emal dieses saudumme Thermometer erunter. Bis auf 37,6 ... wolle mer emal sage. 37,6 is des Richtige. Erhöhte Temperatur, awwer vollkommen harmlos. Un des hätt ich jetzt gemesse, verstehste. Un dann helf mir emal, deß mir unser zwei Weibsleut aus'm Haus kriege.

Willi: Haste womöglich e pikante Lektüre, Babba, wo de ungestört lese willst?

Vater: Pikante Lektüre! Ich verbitte mir solche Unterstellunge! Da sieht mer, wie mer mißverstande wird, wenn mer sein erwachsene Sohn emal zum Vertraute mache will! Pikante Lektüre! Ich! Ungestört lese! Des könnt ich auch im Büro! Nein, es is im Interesse von der Mamma! Um sie zu schone. Un vor alle Dinge, weil ich sonst de ganze Tag im Bett liege müßt.

Willi: Ja, Babba, dann sag eim doch emal endlich, warum du eigentlich simulierst!

Vater: Simulierst! Simulierst! Ich simulier natürlich net! Ich ... e ... ich hab ... lediglich eine ... wolle mer emal sage: diplomatische Krankheit, net ...

Willi: Wege dere Witwe Klettenberg, gell?

Vater: *(zerschmettert)* Willi ... woher weißt du des?

Willi: Ei ja no, ich bin ja net blöd, netwahr. Des Gesicht, wo du gemacht hast, wie die Annelies gesagt hat, diese Frau Klettenberg wär am Telefon ... no, da war mir alles klar.

Vater: Was war dir klar?

Willi: Des du ebbes hast mit dere.

Vater: Biste verrückt! Ewe net!

Willi: Hat se dich abgehängt? Oder hast du se abgehängt?

Vater: Willi ... ich ... also des is ja ... Willi, horch ... Unter Männer, wie gesagt! Kei Wort zu de Mamma, un natürlich auch net zu de Annelies! Grundlose Eifersuchtsszene wärn jetzt das letzte was mer noch fehlt!

Willi: *(grinsend)* No, also von wege „grundlos" ...

Vater: Also, ich versichere dir, ich hab nichts, garnichts mit dieser Frau vor! *(geflüstert)* Awwer die scheint leider ebbes mit mir vorzuhawwe. Erst war ich ganz harmlos un hab an nix böses gedacht, wie se als emal ins Geschäft komme is, wie se sich die Büros und die Lager von der Firma hat von mir zeige lasse. Schließlich is se ja Mitinhaberin, un des is ihr Recht. Awwer wie se dann in de letzte Woche immer wieder zu mir komme is ... un hat immer so vertraulich die Hand auf mein Arm gelegt un hat gegirrt ... richtig gegirrt hat dieses Stück Malheur ... Also mit einem Wort, die is scharf auf mich!

Willi: *(lacht)* Auf dich? Ha!

Vater: Was heißt ha? Warum nicht?

Willi: *(noch lachend)* Ewe! Warum net! Ei ja no, dann lasse doch. De wirst dich doch net ziern. E Küßche in Ehrn kann niemand verwehrn.

Vater: *(dumpf)* Willi! Dieses Weib ist ein Brechmittel. Ich hab noch nie daran gedacht, meinen Poste als Prokurist meiner alte, gute Firma jemals aufzugewwe. Awwer dieses Weib hat mich jetzt schon fast dadezu gebracht. Und newe dere hätt ich heut volle vierzehn Stunde sitze solle! Im Omnibus! Beim gemeinsame Mittagesse! Beim Abendesse! Beim anschließende Kameradschaftsabend oder wie des jetzt heißt ... ich glaub, es heißt schon Kameradschaftsabend ... Un dann tanze! Tanze! De ganze Abend mit dere Heuschreck. Ohne mich! Krankwern ... des war mein letzter Ausweg.

Willi: Ei no, des könnste doch de Mamma un de Annelies ganz offe sage, daß de garnet krank bist, und ...

Vater: Net so laut! Wann die Mamma des wüßt ... die Eifersucht!

Willi: Wieso dann Eifersucht, ich denk, du hast garnix mit dere?

Vater: Ewe deswege! Die grundlose Eifersucht wird gewöhnlich mit besonderer Hingabe betriebe. Des weißt du noch net so. Awwer sei du erst emal verheirat. Ich kann dir nur den eine Rat gebe. Wann du ebbes mit ere annere Frau hawwe solltest, des is schon schlimm. Awwer wenn bloß dei Frau denkt, du könntest möglicherweise ebbes mit ere annere hawwe ... des is noch viel schlimmer. Besonders, wenn du die anner in Wirklichkeit garnet ausstehn kannst. Aber wenn du des wahrheitsgemäß sagst ... des wird dir alles nur als Verstellung un besondere Raffinesse ausgelegt! Also komm, ich kann dir jetz kein Unterricht in der höhere Ehediplomatie gewwe. Die meiste Verstimmunge gibt's jedenfalls net durch Schuld ... sondern durch Unschuld, die eim net geglaubt wird. Unser zwei Weibsleut dürfe von dieser ganze verdammte Situation garnix erfahrn. Sonst is mei Ruh beim Deiwel. Die solle ruhig glaube, ich wär e bissi krank. Awwer net so krank, dasse jetzt net nach Großkrotzeburg fahrn. Die müsse fahrn! Sonst muß ich die Krankheit weiterspiele un de ganze Tag im Bett liege bleibe.

Anneliese: *(tritt ein)* Ob du jetz gemesse hättst, Babba, will die Mamma wisse. Die telefoniert immer noch.

Willi: *(eilig)* Hier Annelies. Ewe hammer's Thermometer grad erausgenomme. Ich hab die Sach persönlich kontrolliert. Es sin keine Verwechslunge oder Mißverständnisse möglich. 37,6! Also garnix ernstes. Ihr könnt ruhig fahrn.

Anneliese: *(enttäuscht)* Oh!

Vater: Sehr menschenfreundlich von dir, meine Tochter! Damit du net nach Großkrotzeburg zu fahrn bräuchst, da wünschst du mir e Lungeentzündung.

Anneliese: Ach, Babbache! Doch kei Lungeentzündung. Bloß e ganz klei bißche höher Temperatur, damit die Mamma net fahrn will ... ich hab so garkei Lust! Könne mir des Thermometer net e bissi höher drücke?

Vater: *(entrüstet)* Also Anneliese! Des is ja unerhört von dir! Du glaubst doch nicht, daß ich mich hergebe zu derartige Methode ...

Willi: Sehr richtig, Babba! Schamlos is des, Annelies! So etwas lehnen mir ab!

Anneliese: *(geht maulend)* Och habt euch doch net so. Als ob des groß was wär. Den kleine Gefalle hätt ihr mer schon tun könne.

Willi: Annelies, ich bin empört über deine laxe Auffassunge! Pfui!

Anneliese: Ach du bist en Simbel, deß de's weißt. *(ab)*

Vater: Net so auffällig, Willi, die merke des sonst.

Willi: *(eifrig)* Du, Babba, diese Frau Klettenberg ... also will die dich richtig de Mamma ausspanne oder was?

Vater: Ausspanne! Hast ja en Knall! Nein, se will ... unterhalte wern, solange se hier zu Besuch is, un bekomplimentiert will se wern, un Spaziergäng will se mache, un in Lokale gehn un was net all ... un quatsche will se! Endlos quatsche! Un en Dumme debei hawwe, der ihr zuhört.

Willi: Aha. Und der bist du.

Vater: Ja. Des heißt: ewe net. Ich drück mich ja, wo ich kann. Awwer die drückt sich als hinner mir her, die dumm Orschel. Den Betriebsausflug ... den hat die auch als auf'm Gewisse. Net geruht hat se, bis einer angesetzt worn is. Nur weil sie Klimbim mitmache wollt. Und eine Nervensäge is des, mein lieber Mann. Mein Chef, ... also des is ihr Bruder, net, ... der drückt sich ja auch vor ihr, wo er kann. Der kann se net verbutze. Überhaupt jeder drückt sich. Awwer diese Schreckschraub is einfach nicht abzuschüttele. Un mich hat se entsetzlicherweise auch noch besonners in ihr Herz geschlosse, weiß der Deiwel, wodemit ich mer des verschuldet hab. Ich ...

Mutter: (*mit Anneliese eintretend*) So Kall, also dann bin ich ja beruhigt. Un die Frau Klettenberg war auch beruhigt, wie ich ihr gesagt hab, daß du bloß 37,6 hast. Also dann könne mer ja ruhig fahrn. Los, Annelies, de Mantel an, un dann nix wie eweg. Ich hab Kamilletee bereitgestellt, Kall. Kamilletee is immer gut. Die Frau Klettenberg hat auch gesagt, ich soll dir vorerst emal Kamilletee gewwe. Un wann de wo Schmerze hast, dann macht dir der Willi Kamille-Umschläg. Mit Kamille kriegt mer alles fort.

Vater: Ja, ja, ja. Bloß dich net, gell. Geht nur los. Los. Der Willi macht des schon. Ich wünsche nicht, daß so e Gedees um mich gemacht wird. De kannst ganz beruhigt sei.

Mutter: Ja, des kann ich auch. Der Willi bleibt ja da.

Willi: Vielen Dank für die Ovatione. Ich krieg bestimmt des Blaue Band der häusliche Krankepflege.

Mutter: Und damit der Willi kein Blödsinn macht, un vor alle Dinge damit du selber kein Blödsinn machst, Kall ... hat mir ewe die Frau Klettenberg versproche, se kommt emal vorbei un sieht nach em Rechte.

Vater: (*entsetzt*) Hierher? Die Frau Kletten ...

Mutter: Ja, die Frau Klettenberg. Ich find's reizend von der Schwester von deinem Chef, sich so um dich zu bemühe. Un es is ein sehr diplomatischer Schachzug von mir, so ein Angebot ruhig anzunemme, ohne mich zu ziern. Persönliche Beziehunge zu de Brötchengeber könne nie schade.

Vater: Ich ... ich denk, die Klettenberg wollt doch absolut auf den Betriebsausflug?

Mutter: Sie sagt, sie fährt sowieso net mit auf den Betriebsausflug, un des macht ihr garnix aus. So komm doch, Annelies, los, los, los ... Auf Wiedersehn, Babba, auf Wiedersehn, Willi! Un gute Besserung, Babba. Un laß der's gut geh!

Vater: Ha! Gut geh! Da hast du dafür gesorgt! Och es is zum ...

(Überblendung)

Frau Klettenberg: (*eine jener unerfreulichen, unausgefüllten Frauen, die sich krampfhaft Beschäftigung machen und sich mit penetranter Besserwisserei in anderer Leute Dinge hängen. Wenn sie ins Flirten kommt, macht sie auf jung und geziert. Ebenso wirr wie ihre Gedankenverbindungen sind die verschiedenen Platten, die sie auflegt. Mal macht sie in intellektuell, mal in niedlich, mal in häuslich, mal in Bohème, alles in dem Bestreben, interessant und begehrenswert zu scheinen)* Na seeeeehn Sie, mein lieber Herr Hesselbach. Sie sind ja in diesen vier Stunden ein neuer Mensch geworden! Ein neuer Mensch! Natürlich sind Sie noch krank! Auch wenn Sie es nicht wahrhaben wollen *(Vater stöhnt)*. Sehen Sie, Sie stöhnen. Sie sagen zwar, daß sich Ihr Zustand gebessert hat, mein lieber Herr Hesselbach ... und das hat er auch durch meine Behandlung ... aber gesund sind Sie noch nicht! Nein, nein, nein.

Vater: Ja, awwer Sie brauchen sich wirklich nicht mehr zu bemühen, ich kann des ja garnet annemme ...

Frau Klettenberg: Annehmen! Ha! Daß ich meine elementarste Menschenpflicht an Ihnen tue, das sollten Sie nicht annehmen können? ... *(ruft)* Herr Willi! Bitte noch einen Kessel kochendes Wasser! Aber wirklich kochend! Die drei letzten Kessel, die Sie mir gebracht haben, waren nämlich nicht kochend!

Willi: (ergeben) Kochend. Bitte. Wieviel Kessel Wasser soll ich dann jetz noch mache?

Frau Klettenberg: (souverän) Weiß ich nicht. Bis Ihr Herr Vater gesund ist. Reicht Ihnen das?

Willi: Ja, mir reichts. *(ab)*

Frau Klettenberg: Die Dämpfe müssen heiß sein, wissen Sie, sonst nützt es nichts. Dämpfe! Immer Dämpfe! Mit Dämpfen kann man nämlich alle Krankheiten austreiben. Das Einatmen von Dämpfen ist überhaupt die einzige wirklich wirksame Heilmethode. Die Ärzte lehnen sie natürlich ab. Weil sie alle keine Ahnung von den Körperfunktionen haben. Und dabei liegt es doch klar auf der Hand, daß auf dem Weg über die Atmungsorgane man den einfachsten Zugang zu allen Stellen des Körpers erhält, indem man einfach Dämpfe einströmen läßt. Und so kann man logischerweise auch alle Krankheiten heilen. Man muß eben nur die richtigen Dämpfe einatmen, und dann ist es unausbleiblich, daß man gesund wird.

Vater: (erschöpft) Ja, ja ... awwer kann mer dann net emal e Paus mache mit dem Einatme ...

Frau Klettenberg: Keine Pause! Das ist es. Kopf unter dem Handtuch lassen! *(sie macht auf neckisch)* Na, wer wird denn gleich das Kopfibopfi wieder dahin tun, wo Frauchen gesagt hat!

Vater: (verstört) Hä?

Frau Klettenberg: *(kichert)* Ach, ich bin albern, nicht wahr, mein lieber Herr Hesselbach? Ach, ich bin so gern albern. Kopfibopfi ... so rede ich immer mit meinen beiden Neffen, wenn ich sie pflege. Sie sind mir doch nicht böse, mein Lieber ... ach glauben Sie mir, ich habe Erfahrung im Umgang mit Patienten. Sie glauben nicht, nach wie verblüffend kurzer Zeit mir meine Patienten oft versichert haben, daß sie sich gesund fühlen.

Vater: Doch, des glaub ich. Ich fühl mich ja auch bereits gesund.

Frau Klettenberg: *(in singendem Ton)* Nahein, neinein, das tun Sie nihicht, Sie Dummerle. Schön tief atmen! Tief, tief, tieftieftieftieftief ... Essigdämpfe sind geradezu ein Wunder, besonders nach den Kamillen-Dämpfen. Aber jetzt machen wir ganz was Feines. Jetzt gehn wir gleich zu den Terpentin-Dämpfen über. Man muß immer wechseln mit den Dämpfen, verstehn Sie. Na, wo bleibt denn unser junger Mann! *(ruft singend)* Haalloo! Herr Williii!

Willi: *(kommt)* Ja?

Frau Klettenberg: Noch nicht fertig?

Willi: Gleich kocht's wieder.

Frau Klettenberg: So, na dann bleiben Sie mal hier, ich werde draußen die Terpentindämpfe zurechtmachen. Sie können jetzt schon mal Ihrem lieben Vater den Nacken kneten. *(sie eilt geschäftig hinaus)*

Willi: *(ironisch)* Reich mir deinen Nacken, lieber Vater.

Vater: *(dumpf)* Du, Willi. Ich glaub, jetzt bin ich langsam wirklich krank.

Willi: Ei meinste, ich vielleicht net? Wie die ein sekkiert! Ei, muß mer sich dann des wirklich biete lasse von dere?

Vater: *(wimmernd)* Ei, ich kann se ja doch net enausschmeiße mit ihre Dämpfe. Leider! Ich kann doch die Mitinhaberin von meiner Firma net vor de Kopp stoße, vor ihrn dumme. Awwer lang halt ich's net mehr aus. Seit zwanzig Jahr bin ich netmehr krank gewese. Awwer die kriegt des hin bei mir.

Willi: Also Babba, jetzt sei awwer emal en Mann un werd grob. Also ich an deiner Stell ...

Frau Klettenberg: *(kommt zurück)* Soooo, da haben wir herrliche Terpentindämpfe. Die alte Schüssel nehmen wir weg. Soo. Und jetzt ...

Vater: Also, ich will ja net unhöflich sein, awwer ich ... ich hab jetz genug von diese ... Dämpfe! Völlig genug! Ich will wie gesagt net unhöflich ...

Frau Klettenberg: (lacht naiv) Aber Sie d ü r f e n ruhig unhöflich sein, mein lieber, guter Herr Hesselbach. Unhöflich sein ... das dürfen meine Patienten immer ... das ist ein Ventil, nicht wahr. Sie dürfen schimpfen, schreien und toben. Das fördert die Blutzirkulation und steigert nur die köstliche Wirkung der Dämpfe.

Vater: (heftiger) Ja, sage Sie emal, begreife Sie mich dann net, Frau Klettenberg? Ich protestiere dagegen, daß Sie mich ...

Frau Klettenberg: Protestieren dürfen Sie auch. Meine Patienten protestieren immer. Protestieren fördert die Verdauung. Ha. Ich habe noch nie jemanden in Behandlung gehabt, der nicht protestiert hat. Vor allem gegen Terpentindämpfe. Die wollte keiner. Und Sie werden jetzt gleich noch stärker protestieren. Denn Terpentindämpfe sind auch wirklich ekelhaft. Aber sie wirken so wundervoll. Kommen Sie, es muß sein. Die Schüssel gut festhalten ... und jetzt den Kopf dicht darüber, soooo!

Vater: Äääääääääääx!

Frau Klettenberg: So schreien sie alle! Wie lustig! Ach, das wirkt noch viel toller, wenn wir Ihnen jetzt das Badetuch über den Kopf tun.

Vater: (verzweifelt) Nein ... nein ... net ... net des Tuch über de Kopp. Nicht das ... *(Stimme wird durch das Tuch gedämpft)* Nicht das Tuch über de Kopp, nicht das ...

Frau Klettenberg: (schwärmerisch) Ach, mein lieber Willi, Ihr Vater ist wirklich reizend. Er reagiert so frisch auf Terpentindämpfe. Ich bin gespannt, wie das erst nachher bei den Zwiebeldämpfen wird.

(Überblendung)

(Mutter wartet mit Anneliese nach der Heimfahrt vor dem Bahnhof auf die Straßenbahn)

Mutter: Es war doch eigentlich wirklich nett in Großkrotze-burg, des mußte doch zugewwe, Annelies.

Anneliese: (resigniert) Ei no, bis auf des dumme Geschwätz vom Onkel und der Tante ...

Mutter: Ach no ja, annere Leut schwätze auch net viel geschei-ter. Un so arg kommt's ja auch net drauf an, was mer

schwätzt. Hauptsach, daß mer schwätzt. Daß mer sich
wieder emal sieht un e bissi zusamme is un sich erzählt.
Awwer unruhig bin ich halt doch gewese de ganze Sonntag,
wege'm Babba.

Anneliese: Ob die Frau da, die Schwester von seim Chef oder
was, wirklich nachgucke komme is? Also, ich find des ja
komisch.

Mutter: Wieso dann komisch? Solche Beziehunge muß mer
fördern. Un nix fördert so die Beziehunge wie Krankheite.
Weil mer sich doch auch so schön drüber unterhalte kann.
E gut oder e schlecht Wort von dere Dame in einem ent-
scheidende Augeblick, das kann unter Umstände für das
Wohl und Wehe von unserer Familie ausschlaggebend sein.
No, mir wern's ja bald selber sehn. Jesses, schon Zeit
zum Abendesse ... Gottseidank, da kommt unser Elektrisch.

(*Überblendung*)

Vater: (*stöhnt hoffnungslos*) Ah ... äh ... äh ... du, Willi ...

Willi: Hm?

Vater: (*apathisch*) Was macht die Kuh dann jetzt schon wieder
drauße in der Küch?

Willi: (*ebenfalls apathisch*) Ich glaub, Zwiebeldämpfe, ge-
mischt mit Terpentin oder was se gesagt hat.

Vater: (*seufzt*) Willi, daß du an diesem schwersten Tag
meines Lebens bei mir ausgeharrt hast, obwohl dich dieses
Monstrum die ganz Zeit fortschicke wollt ... Willi, des
werd ich dir nie vergesse. Sofern ich die Sach überhaupt
überleb ... Is dir noch nix eingefalle, wie mer diese wandeln-
de Schreckenskammer erauskriege könnt?

Willi: Nur mit roher Gewalt, Babba! Also wenn du mir da
freie Fahrt gewwe tätst ... ich glaub, mit soviel Liebe zur
Sache hätt ich noch nie jemand en Tritt in Hinnern gewwe
wie dere.

Vater: (*seufzt*) Kann mer ja net mache, Willi. Leider kann
mer's net mache. Och, wann ich mache könnt, was ich
wollt, no des wär garnet auszudenke ... awwer mer kann
sowas net mache!

Willi: Ja, also dann wüßt ich halt auch nix mehr. Anspielunge
versteht se net. Grobheit bemerkt se net ...

Vater: Daß diese Frau Witwe is, des wunnert mich net. Dere
ihrn Mann hat die einzig mögliche Konsequenz gezoge.
Oder er hätt sie dothaage müsse.

210

Willi: Ja, awwer des wär auf einmal garnet gange. Bei dere müßt mer des Maul noch emal extra dothaage.

Frau Klettenberg: (tritt heiter ein) Na, meine Lieben, war es langweilig ohne mich? Aaaach, das kenne ich. Wenn ich in meiner Familie nicht für Unterhaltung sorge, dann tut niemand den Mund auf. Na, Hesselbächlein? Sie sehen aber jetzt schon wieder viel gelöster aus! Viel entschlackter! Aaaach, meine Dämpfe, da geht nichts drüber! Meinen Bruder lasse ich auch immer atmen, solange ich zu Besuch bei ihm bin. Er wehrt sich immer so, hi! Weil er nicht krank ist, sagt er. Er kann die eigentliche Problematik eben nicht erkennen. Gesunde Menschen gibt es überhaupt nicht. Jeder ist krank. Man merkt es eben nur nicht in jedem Fall. Haben Sie Sartre gelesen? Bei dem steht das auch irgendwo. Oder Schopenhauer, ich weiß nicht genau. Ich schwärme so für Philosophie. Ich finde, sie gibt einem mehr als die Kunst. Ausgenommen die moderne. Herr Willi, mein lieber guter ... haben Sie eigentlich garnichts vor heute? An einem so herrlichen Sonntag? Sie brauchen doch wirklich nicht hierzubleiben. Ich sorge schon für Ihren Vater. Kommen Sie, nehmen Sie Hut und Mantel ...

Willi: Nein, nein, ich kann schon dableibe. Ich hab ja auch en böse Fu ... des heißt nein, nein, nix hab ich.

Frau Klettenberg: Was haben Sie?

Willi: Nix, nix. *(für sich)* Ich wer' der auch noch sage, deß ich en böse Fuß hab, die macht mir auch noch Dämpfe. *(laut)* Ich laß mein Vater net allein, wenn er so krank is. Ich mein, Sie könnte ruhig fortgehn, Frau Klettenberg, ich mach em die Dämpfe schon weiter. Bestimmt!

Frau Klettenberg: Sie haben einen falschen Pflichtbegriff, Willi! Sie möchten an sich schon gehen ... aber Sie gestehen es sich nicht ein, daß Sie möchten. Sie ... e ... Sie sind irgendwo gehemmt. Die meisten Menschen haben Hemmungen ohne es zu wissen.

Willi: Awwer Sie hawwe bestimmt kei.

Frau Klettenberg: Sehr richtig. Weil ich eben immer wieder nach innerer Gelöstheit strebe. Ich treibe tänzerische Gymnastik, wissen Sie, und lebe ganz bewußt. In allem ganz bewußt. Und ganz planlos. Mit planvoller Planlosigkeit, möchte ich sagen, verstehen Sie.

Vater: Vollkommen.

Frau Klettenberg: Ich tue, was mir in den Sinn kommt. Das sind meine schöpferischen Augenblicke, verstehen Sie. Ohh ... einen Moment, ich muß mal nachsehn, ob in der Küche schon was kocht. Jetzt bekommen Sie nämlich etwas ganz Feines zum Einatmen. Etwas ganz, ganz Feines, Hesselbächlein. Augenbliiiiiihik! *(ab)*

Vater: *(ächzend)* Wann die zu allem andere net bloß auch noch so saudumm babbele tät.

Willi: Also, ich bin gern bereit, ihr e Bei zu stelle, Babba, wann du mer de Auftrag gibst. Oder sie in die Küch einzusperrn oder sowas. Du, horch emal. *(Geräusch auf dem Korridor)* Na, ewe kemmt die Mamma mit der Annelies zurück!

Vater: Die soll sich ja net hierher traue, die Mamma! Die hat mir ja die ganz Geschicht eingebrockt!

Mutter: *(eintretend, mit Anneliese)* Guuuuten Abend! No, mei Babbache, wie geht's uns dann?

Vater: *(wütend)* Herrlich geht's uns! Es Babbache kann sich kaum halte vor lauter Herrlichkeit.

Mutter: *(arglos)* Gell, mein Kamilletee, jaaaaa ... *(aufmerksam)* Augeblick emal, du siehst awwer garnet gut aus, Kall. Willi, was hast du dann mit em Babba gemacht? Was habt er denn überhaupt hier für en fürchterliche Gestank in dem Zimmer. Wonach stinkt dann des hier? Das is mir im Korridor schon aufgefalle, was is dann des? Willi, was haste dann da bloß gemacht?

Willi: Ich? Hä!

Anneliese: Also sowas, de Babba is ja förmlich zusammegefalle im Gesicht! Un so e ungesund Farb!

Mutter: Ja, is dann die Frau Klettenberg net gekomme? Sie hat mir doch versproche, emal nach em Rechte zu sehn?

Vater: Nach dem Rechte, ja. So eine ungeheuerliche Einmischung in meine Privatangelegenheite! Mir dieses Weib auf de Hals zu schicke! So eine bodenlose Niedertracht von dir!

Mutter: Von mir? Ei Kall, ums Himmelswille, was is dann in dich gefahrn?

Vater: Dämpfe.

Mutter: Wieso soll ich dämpfe? Ich hab doch garnet laut gesproche, ich hab nur ...

Vater: Ach Unfug, du hast gefragt, was in mich gefahrn is un ich hab gesagt: Dämpfe. Dämpfe sin in mich gefahrn. Dämpfe, Dämpfe, nix wie Dämpfe, de ganze Tag!

Anneliese: (halblaut) Was is dann mit em Babba, Willi? Redt der irr?

Vater: Ich habe aus Rücksicht auf dich, Mamma ... nur aus Rücksicht auf dich! ... diese ganze unwürdige Geschichte auf mich genomme mit dere Krankheit. Aus Zartgefühl, netwahr! Und du hast mir als Quittung diesen weibliche Folterknecht auf de Hals geschickt!

Frau Klettenberg: (tritt ein) Ach, die Frau Hesselbach ist wieder da! Ich habe Sie schon kommen hören, aber ich hatte gerade alle Hände voll zu tun in der Küche. Augenblick, ich kann Ihnen die Hand nicht geben, ich muß diese Schüssel erst aufs Bett unseres lieben Patienten setzen.

Mutter: (verwirrt) Ja ... bitte ... e ... guten Abend *(mißtrauisch)* Was hawwe Sie dann da für e schleimig Zeug in meiner beste Schüssel?

Anneliese: Bäx, wie das stinkt!

Frau Klettenberg: Ja, da staunen Sie, nicht wahr? Das ist mein Spezialaufguß aus Leinsamen, Knoblauch und Lebertran. Darüber geben wir jetzt das kochende Wasser, und die Dämpfe werden dann unseren lieben Herrn Hesselbach wieder ganz kurieren. Nach meiner Vorbehandlung wird das der Krankheit den Rest geben ...

Vater: Ja, un mir auch.

Frau Klettenberg: Einen ganzen Tag Dampfkuren, das wirkt Wunder! Nur wechseln muß man die Dämpfe, immer wechseln, damit keine Eintönigkeit eintritt. Kommen Sie, Hesselbächlein, schön die Schüssel festhalten, wie wir das gelernt haben!

Vater: Pfui Deiwel! Nei! Jetzt hab ich awwer genug! Was is dann des jetzt schon wieder für e Dreckzeug?

Mutter: (entsetzt) Awwer Kall!

Frau Klettenberg: (mit der unendlichen Freundlichkeit einer unerschütterlichen Pflegerin, singend) Dieses Dreckzeug, mein liebes Hesselbächlein, wird unserem Blutkreislauf wundervoll wohltun! Soo. Das kochende Wasser darüber *(es zischt)* Und rasch wieder den Kopf darüber gebeugt, kommen Sie, kommen Sie, tiefer, tiefer, ach, da muß ich ein bißchen mithelfen, sonst wird gemogelt. Und jetzt das Handtuch darüber!

Vater: (wütend) Nein ... nein ... nein ... ich will net ... !

Frau Klettenberg: Na, na, na ... wer wird sich denn schon wieder sträuben? Hübsch artig sein!

Vater: Schluß! Jetz hab ich awwer genug!

Frau Klettenberg: (niedlich) Nananananana! Wer wird denn unartig sein, schnell, ehe es kalt wird! Schnell Ihr Kopfibopfi über's Schüsselchen ...

Vater: Genug mit meim Kopfibopfi! Da hawwe Se was an Ihrn Kopfibopfi! Da hawwe Se Ihrn Dreck! So!! *(er stülpt ihr mit heroischem Entschluß die Schüssel über den Kopf. Sie fällt herunter und zerbricht. Frau Klettenberg schreit nach einer Schrecksekunde entsetzt auf, ebenso Mutter und Anneliese)*

Willi: (begeistert) Bravo Babba! Schmeißt dere die Schüssel an de Kopp! Ha! *(er will sich ausschütteln vor Lachen)*

Frau Klettenberg: (völlig besudelt mit der Brühe, mühsam) Das ist ... das ist ... die infamste, perfideste, schamloseste Undankbarkeit, die mir je begegnet ist! Herr Hesselbach! Von heute ab kenne ich Sie nicht mehr! Und das garantiere ich Ihnen: Sie werden nicht Prokurist einer Firma bleiben, an der ich finanziell beteiligt bin! Darauf verlassen Sie sich! *(sie rauscht hinaus und wirft die Zimmertür, dann die Korridortür hinter sich zu)*

Mutter: (starr vor Schreck) Kall! Wie konntest du?

Anneliese: Also sowas!

Willi: (prustend) Hahahaha, hohohoho! Habt ihr ¦des gesehe? In ihrer Visasch! In de Haar! Am Hals! Überall is ihr der Schmierakel eneigelaufe! Ha! Nei, sowas schönes! Die wird jetzt vier Woche mindestens nach Leinsame, Knoblauch und Lewertran stinke! Hoho! Also dieser Anblick allein, der war bestimmt dei ganz Prokuristestellung wert, Babba *(lacht wieder los)*.

Mutter: (scharf) Ruhig, Willi! *(Stille)* Und jetzt, Kall? *(Stille)* Ich frag dich, Kall: und was jetzt?

Vater: (niedergeschlagen) Des frag ich mich auch. Noja! Die Annelies is verlobt und wird bald heirate. De Willi wird auch bald selbständig. Jetzt hab ich gedacht, daß ich mit de Mamma noch e paar schöne Jahrn allein, in Ruhe und

Sicherheit ... da kommt diese Kuh dazwische ... batsch ...!
Awwer ich konnt net anners. Mamma, ich konnt einfach
net anners ... ! Noja, jetz sitze mer auf der Gaß ...

Anneliese: (zaghaft) Och, vielleicht is des doch noch garnet
so sicher, ob de Babba da ohne weiteres enausgeschmisse
wern kann. Schließlich is sie doch nur Teilhaberin, und
der Chef, des is doch immer noch ihr Bruder.

Vater: Ach, die babbelt den doch dot! Wenn die ebbes erreiche will, da babbelt se so lang, bisses erreicht hat! Un
mein Chef ... der kann se sowieso net rieche ... no, den
macht die so fertig, daß er mei Todesurteil unterschreibe
tät, bloß um die loszuwern. *(es schellt)*

Willi: Vielleicht is se des wieder *(eilt hinaus)*

Mutter: (jammernd) Also nicht einen halbe Tag kann mer dich
allein lasse, Kall ... un schon bringste die Familie um die
Existenz!

Willi: (kommt zurück, erregt, gedämpft) Babba! Dein Chef is
persönlich drauße! *(Aufregung)*

Chef: (eintretend, ernst, erregt) Frau Hesselbach, verzeihen Sie
mein formloses Eindringe in Ihr Schlafzimmer, awwer ich
bin sehr eilig un sehr erregt. Herr Hesselbach! Ich wollt
soewe grad noch auf en Sprung zu Ihne komme. Um Ihne
de Safeschlüssel zu gewwe. Weil Sie ja krank warn und
weil ich morje verreis. Soewe bei Ihnen auf der Trepp
begegnet mir meine Schwester. Und in einem Zustand!
Sowas hab ich ja noch nie gesehn! Sie hätten ihr eine
Schüssel mit irgendwelche übelriechende Stoffe über den
Kopf gestülpt! Herr Hesselbach!

Anneliese: Allmächtiger!

Mutter: Herr Direktor, wenn ich zugunste von meim Mann
vielleicht ...

Chef: Herr Hesselbach! Dieses Vorkommnis spricht für sich.
Herr Hesselbach, ich spreche Ihnen hiermit ...

Mutter: (angstvoll) Awwer Sie müsse mein Mann doch zuvor
wenigstens anhörn, Herr Direktor, mein Mann is gewiß
schuld, awwer andererseits ...

Vater: Komm laß doch, Mamma, da is nix mehr zu mache.

Chef: Herr Hesselbach! Ich spreche Ihnen, wie gesagt, für
diese Tat meinen aller-allerherzlichsten Dank aus! *(Staunen)*

Meine Schwester hat Ihre fristlose Kündigung von mir ge-
fordert. Un wie ich net gleich ja gesagt hab, da hat sie mir
erklärt: sie steigt aus der Firma aus. Ich kann ihrn Anteil
kaufe, sie reist ab und will nie wieder was mit mir, mit der
Firma und mit dieser Stadt zu tun hawwe. Herrlich! ...
Un übrigens, über die Anteile, die da in meiner Firma frei
wern, da rede mer noch emal drüber! Steige Sie doch bei
mir ein als Teilhaber! Das wär doch die best Lösung. Also
nochmals, Herr Hesselbach: Dank! Wärmsten Dank für
diese Tat!

Vater: (erlöst) Bitte sehr. Gern geschehn!

Die schönsten Seiten des Lesens

1307

1689

1391

1776

1957

686

Die schönsten Seiten des Lesens

1581

1504

1374

2018

1784

1128

Die schönsten Seiten des Lesens

1924

1727

1931

1790

1481

1755

Damit Sie den Überblick behalten.

☎ 01 30 / 86 66 86